À PROPOS DE L'AUTRICE

Passionnée par l'écriture depuis toute petite, Virginie Platel a choisi d'embrasser la carrière de scénariste. Elle a contribué, entre autres, à l'écriture de séries à succès pour la télévision telles qu' *Un gars, une fille*, *Scènes de ménages*, *Mère et fille*, etc., et à plusieurs fictions pour la jeunesse. Elle est également membre sociétaire de la SACD (Société des auteurs et compositeurs dramatiques). Désireuse désormais de conter ses propres histoires, Virginie signe en tant qu'autrice des romans dans des genres différents : historique, policier, SF *time travel*, des comédies *chick lit*, ou encore et surtout des romances.

L'enjeu de la dame

Collection : VICTORIA

HARPERCOLLINS FRANCE
83-85, boulevard Vincent-Auriol, 75646 PARIS CEDEX 13
Service Clients — www.harlequin.fr
ISBN 978-2-2804-8544-9 — ISSN 2493-013X

Composé et édité par HarperCollins France.
Imprimé en janvier 2024 par CPI Black Print (Barcelone)
en utilisant 100% d'électricité renouvelable.
Dépôt légal : février 2024.

FSC
www.fsc.org
MIXTE
Papier issu de sources responsables
FSC® C159065

Pour limiter l'empreinte environnementale de ses livres, HarperCollins France s'engage à n'utiliser que du papier fabriqué à partir de bois provenant de forêts gérées durablement et de manière responsable.

VIRGINIE PLATEL

L'enjeu de la dame

Victoria

HARLEQUIN

Prologue

Le Chesnay, 1750. À l'automne...

Guillaume Lavandier se rendit au château du comte du Chesnay dans un carrosse tiré par quatre chevaux. Il soignait toujours ses entrées, comme ses ouvertures au jeu d'échecs. L'issue de la partie reposait d'ailleurs pour l'essentiel sur l'intimidation.

L'attelage franchit le portail de ferronnerie finement ouvragé du domaine, emprunta l'allée centrale bordée d'herbe tendre jusqu'au perron, puis le cocher tira sur les rênes. Les roues crissèrent sur le chemin de terre tandis que la caisse ballotta un temps sur sa soupente avant de s'immobiliser. En ouvrant la portière, Lavandier sentit les effluves suaves et sucrés d'un massif de roses lui chatouiller les narines. Il éternua et songea qu'il faudrait qu'il les fasse couper au plus vite.

Il réajusta son habit de velours noir brodé d'or et, lorsque le domestique déplia le marchepied, il était si impatient qu'il manqua lui écraser la main en descendant.

Mettant pied à terre, il balaya d'un regard désabusé le vaste domaine entourant le château, le considérant déjà comme sa propriété. En réalité, il le serait bientôt. Du moins, une fois qu'il aurait contraint son occupant, un vieux barbon récalcitrant, à rendre les armes. *Autant dire une formalité !*

Un individu au visage émacié portant une perruque poudrée vint l'accueillir. Obséquieux à souhait, il s'inclina en une révérence appuyée.

— Monsieur Lavandier. Je suis enchanté de vous revoir. Avez-vous fait bonne route ?

— Passablement !

— Fort bien ! répliqua son interlocuteur sans avoir écouté un traître mot de sa réponse.

Guillaume songea qu'il aurait aussi bien pu répondre « pâquerette » que l'autre aurait acquiescé avec le même enthousiasme forcé. Léopold Ferrand, l'intendant du domaine, lui servit alors une foule de banalités sur le temps qu'il faisait et la joie qu'il avait d'officier pour le comte depuis de nombreuses années.

— Il n'a d'ailleurs jamais eu à se plaindre de mes services. Car, sans me vanter, je puis affirmer...

Le reste de son discours se perdit dans les limbes tandis que Guillaume fasciné observait les traits déformés de sa figure et son langage corporel suintant d'obséquiosité. Sans doute espérait-il rester à son service, une fois la transaction finalisée ? Ne disait-on pas que l'espoir faisait vivre ?

Hélas pour lui, Lavandier ne vivait pas d'espoir, mais des affaires. Les états d'âme n'y avaient pas leur place. Il songea qu'il lui faudrait engager quelqu'un d'autre, de plus dynamique et de moins servile. Il détestait les courbettes et les salamalecs, surtout quand leur miel n'avait pour fonction que de masquer le fiel de leur émetteur. Or, lorsqu'il demandait quelque chose, il voulait des réponses franches et directes.

— M. du Chesnay est-il disposé à me recevoir ? trancha Lavandier, agacé.

— Je vais le quérir de ce pas ! répondit l'intendant, déstabilisé, non sans s'être incliné à deux reprises et être parti à reculons, en manquant de trébucher.

Une petite servante lui offrit alors de patienter dans un fauteuil de velours bordeaux, qui lui tendait les bras.

Guillaume ignora sa proposition. Après les douloureuses trépidations liées à la mauvaise qualité de la route ressenties à travers la banquette de cuir défraîchie de la voiture, il lui aurait pourtant été d'un grand réconfort. Mais il ne voulait pas se ramollir avant l'affrontement.

La jeune femme demeura interdite, puis s'en fut sans demander son reste.

Soulagé d'être enfin seul, Guillaume ôta ses gants tout en observant les lieux, se piquant d'estimer la valeur du mobilier. En dehors de quelques meubles tout juste passables, il remarqua le tableau d'une liseuse qui surmontait l'escalier menant à l'étage. La jeune fille y figurant était très jolie.

Elle aurait tout à fait sa place dans mon bureau, au-dessus du secrétaire. Et à cet endroit-ci, je pourrais mettre le portrait du banquier flamand, qui trône dans la bibliothèque...

Il s'attarda sur les traits de la jeune personne et fut soudain frappé.

Morbleu, elle a son visage ! La même blondeur, les mêmes prunelles ambre et veloutées, le même teint diaphane, en plus jeune certes, son visage est plus rond, plus enfantin...

Il se surprit à sourire, avant de s'assombrir en se souvenant que la demoiselle, après l'avoir charmé, l'avait griffé de ses épines comme l'une de ces stupides roses en disparaissant du jour au lendemain. Il se morigéna et s'obligea à revenir à l'instant présent pour ne pas se laisser déstabiliser.

De longues minutes s'écoulèrent. Il commença à s'impatienter. Le propriétaire des lieux jouait-il lui aussi la carte de l'intimidation ?

Il sortit son carnet de cuir de sa poche pour y consigner quelques notes en lien avec ses observations : une commode en bois de rose, un service à thé en porcelaine de Chine, un tableau de maître (à faire authentifier)... lorsqu'il fut interrompu par un toussotement.

L'intendant était revenu, les lèvres pincées, l'air contrit.

— Je regrette, monsieur le comte est souffrant. Il ne pourra pas disputer la partie d'échecs contre vous...

— C'est fâcheux ! tonna Guillaume. Dois-je comprendre qu'il déclare forfait ? Nous avions un accord...

— Et cet accord tient toujours ! s'exclama une voix féminine, qui le fit frémir.

Cette voix...

Sa perception se brouilla, le plongeant dans un abîme de perplexité, tandis que des talons pointus résonnaient sur le marbre. Des petits pas vifs, déterminés, une démarche féminine et affirmée qu'il ne connaissait que trop bien. Son cœur, froid jusqu'ici, se mit à battre la chamade.

— Mademoiselle Apolline du Chesnay, fille de monsieur le comte, annonça cérémonieusement l'intendant.

Guillaume leva lentement les yeux sur elle. En voyant la jeune femme aux traits fins encadrés de cheveux blonds relevés en chignon, ce qui lui donnait un air faussement angélique, il étouffa un cri.

C'était bien elle... Celle qui l'avait fort meurtri et dont il n'était toujours pas guéri. Elle qui, en disparaissant sans crier gare, l'avait laissé anéanti.

— Bonjour, monsieur Lavandier. Inutile de faire les présentations, nous nous connaissons.

— En réalité, je n'en suis pas si sûr, mademoiselle du Chesnay ! énonça-t-il en insistant sur chaque syllabe de ce nom inconnu jusqu'alors.

C'est bien simple, il ne reconnaissait pas la femme qu'il avait aimée. Cependant, l'émotion de la revoir, plus belle et plus forte que jamais, le troublait davantage encore. Et voilà que par-dessus le marché elle le mettait au défi de l'affronter aux échecs pour jouer le domaine de son père ! Si sûr de lui en arrivant, Guillaume était tout déstabilisé à présent.

Elle a pris l'avantage. Ce n'est pas bon, ça. Pas bon du tout même ! songea-t-il, dépité.

1

La dame

Le Chesnay, 1750.
6 mois plus tôt, au printemps...

Apolline, au trait[1], se pencha sur l'échiquier de marbre froid pour observer sa position.

Le cœur battant, elle inspira profondément pour se calmer et rendre son esprit clair, aussi pur que de l'eau. Le fait de laisser ses pensées se décanter lui permit ainsi de mieux appréhender la situation.

Mes troupes sont bien déployées... J'occupe le terrain... Où se situent les cases fortes et les cases faibles ? Est-ce que je contrôle les cases stratégiques ? Mhh... Oui, cela m'a l'air pas mal...

Son rêve était d'élaborer un plan parfait, que son adversaire ne découvrirait qu'à la dernière minute. Lorsqu'il serait trop tard pour s'en tirer...

Elle jeta un œil par les grandes fenêtres du salon, près desquelles était placée la petite table de jeu. Le soleil, sur le point de se coucher, rougeoyait à l'horizon. La lumière rasante

1. Ce qui signifie que c'est à son tour de jouer. (Toutes les notes sont de l'autrice.)

et cuivrée se reflétant sur le vernis en bois de rose faisait aussi ressortir la texture en bois des pièces du jeu.

La jeune femme saisit le cavalier qu'elle avait ravi à son adversaire et commença à jouer avec, ses doigts caressant la matière, à la fois rugueuse et douce du bois poli, s'attardant sur le volume, le modelé et la finesse de découpe du personnage sculpté.

Au même moment, elle avisa que les ombres portées sur l'échiquier jouaient en sa faveur. *Encore un peu de patience...*

— Peut-être devrions-nous remettre la suite de la partie à demain ? hasarda son adversaire, inquiet. La lumière décline et les chandelles coûtent cher...

— Ce ne sera pas nécessaire, Léopold, lui assura Apolline, d'un air tranquille, tandis qu'une joie indicible et une chaleur réconfortante la pénétraient.

Un vague sourire devait flotter sur ses lèvres, car la figure de l'intendant se crispa, tandis que sa ride du lion s'accentua.

L'homme au visage émacié scruta avec d'autant plus d'inquiétude sa position sur l'échiquier. En voyant ses paupières s'agiter, Apolline devina son raisonnement : si elle pensait conclure ce soir, c'est qu'elle avait la certitude de pouvoir l'emporter. Il n'avait pas vu venir la menace. D'où pouvait donc venir le coup fatal ?

Apolline appréciait ce moment où, après qu'elle avait patiemment déployé sa stratégie tout au long de la partie, le piège se refermait sur son adversaire, et qu'il s'en rendait compte.

Jusqu'ici elle s'était contentée de faire diversion en l'attaquant par de petits coups tactiques. Il avait exulté en lui ravissant quelques pièces, de peu de valeur. Elle lui en avait repris certaines, pour donner le change, lui laissant penser qu'il menait le jeu. Elle l'avait un peu endormi sur la longueur, en somme.

Il lui avait ensuite suffi de lui offrir une pièce en sacrifice, pour que son adversaire morde à l'hameçon et que la réaction en chaîne se déclenche, inéluctable. Une mécanique implacable, digne d'un dispositif d'horloge, qui devait le conduire à l'échec. Et au mat, si elle demeurait vigilante et ne commettait pas d'erreur du moins.

Ce qui lui plaisait le plus dans ce jeu, toutefois, ce n'était pas tant de gagner d'une manière subtile, mais la créativité qu'elle pouvait déployer sur l'échiquier. *La liberté dans les contraintes.* C'était le credo de sa vie, et son quotidien au château de son père.

Il faut dire qu'il la gardait sous étroite surveillance, la couvant comme la prunelle de ses yeux, au risque de l'étouffer. Étant donné qu'il l'aimait, ce n'était pas de l'égoïsme de sa part, mais il la surprotégeait. Peut-être aussi parce que sa femme s'était enfuie avec un autre...

De fait, cela faisait longtemps qu'Apolline avait appris à s'évader par l'imagination, se réfugiant dans sa passion pour les échecs. Le jeu l'emmenait ailleurs, dans une autre dimension, faite de beauté et d'intelligence. Et sur l'échiquier, elle pouvait déployer toutes ses capacités et sa créativité entre soixante-quatre cases.

Sur ce terrain, elle n'était plus une jeune femme maladroite, inexpérimentée et naïve. Aux échecs, elle était un *joueur* comme les autres, mais qui possédait un talent particulier, un don presque magique.

Son rêve serait d'ailleurs de pouvoir exploiter ce don à sa pleine mesure, et de pouvoir en vivre. Mais pour cela, elle devait continuer à s'entraîner, seule ou avec les partenaires qui voulaient bien jouer contre elle, tout en acceptant de le taire à son père. Le comte n'appréciait guère en effet de la voir occupée dans ces sortes d'affaires, plutôt qu'à coudre ou à broder. Des activités dévolues à une fille, selon lui.

Comme Léopold mettait du temps à jouer, se tortillant sur sa chaise, tandis que son côté était presque dans l'ombre, Apolline posa les mains sur son menton et contempla son œuvre avec fierté. Car c'était bien une œuvre d'art qu'elle avait tissée et qui avait jailli sur la toile de son esprit, puis sur l'échiquier. Elle admira la beauté de sa réalisation. Elle ne prenait jamais le pouvoir par la force, mais par petits coups de génie.

Ce qu'elle appréciait aussi, c'était la région de son esprit où l'emmenait le jeu d'échecs. Un espace de sensations, d'intuition et de déchiffrage presque inné des intentions de l'adversaire. Et elle était très forte à ce jeu-là ! En général, elle cernait rapidement les personnalités, puis elle analysait le style de jeu de ses opposants : agressif, stratégique, tactique... Il lui suffisait alors de suivre la direction de leur regard sur l'échiquier, et d'étudier attentivement leurs gestes, de capter leur respiration, leurs émotions, pour deviner le cheminement de leur pensée et lire dans leur jeu. De sorte qu'elle parvenait à anticiper les réactions et les prochains coups joués par ses adversaires. Et tout cela, juste en les observant avec attention ! Ce qui lui permettait ensuite d'éviter leurs menaces, de prendre l'avantage, puis de remporter la partie.

L'échiquier devenait une sorte de miroir magique pour lire dans les pensées d'autrui, et cela lui donnait un pouvoir inouï.

L'intendant avança l'une de ses pièces d'une main tremblante. Il faisait une erreur, mais de toute façon il n'avait plus vraiment le choix.

Apolline ne se précipita pas pour riposter. Elle s'efforça de demeurer impassible, ce qui était une gageure pour elle qui rougissait facilement sous le coup de l'émotion. Mais aux échecs, comme aux cartes, il ne fallait pas dévoiler son jeu.

D'un geste élégant, elle éloigna son cavalier du roi adverse, sa pièce étant en prise. Le danger paraissait écarté, l'intendant souffla et s'adossa contre sa chaise. Elle positionna sa pièce dans une région qui paraissait lointaine. Même si, le cavalier se déplaçant en L, il lui était facile d'y revenir. Il attendait simplement son heure.

Soulagé, l'intendant avança un de ses pions vers le roi adverse. Un coup d'épée dans l'eau.

La petite table était plongée dans la pénombre à présent.

— On n'y voit goutte ! Peut-être devrait-on...

— Ce ne sera pas nécessaire, vous dis-je.

— Monsieur le comte est très à cheval sur l'heure du souper, argumenta encore Ferrand.

Il n'avait pas tort ! Son père ne supportait pas de ne pas

manger à l'heure. De plus, il ne faudrait pas qu'il sache que sa fille était occupée à jouer aux échecs…

Le temps était donc venu de passer à l'offensive.

Elle avança sa tour jusqu'à la dernière rangée, mettant ainsi le roi noir en échec.

— Fichtre ! lança l'intendant, qui n'avait pas vu le coup venir.

Il déplaça aussitôt son roi pour parer la menace, d'une case, car le roi n'avait pas beaucoup de latitude, bien qu'il soit la pièce la plus puissante du jeu. D'où le fait qu'il comptait sur son armée pour le défendre. Mais il se heurta au fou, positionné en embuscade dans la diagonale.

— Mazette !

Il ne savait plus où poser sa pièce, le terrain était miné.

Dans un effort désespéré, il le cacha derrière un simple pion. Lequel se mua en un héros éphémère.

Apolline ramena alors son cavalier pour accroître la menace sur le souverain.

— Je suis piégé ! s'exclama l'intendant anéanti en mettant la main sur son front.

Apolline ne jubila pas, elle était dans la simple exécution de son plan, une ligne droite vers la victoire. Elle veillait toutefois à la précision de sa réalisation, car le moindre faux pas pouvait mener au pat ou à la nulle. Elle se réjouissait en revanche de la bonne élaboration de son plan. Une combinaison de coups imaginés plusieurs tours à l'avance.

Dans un ultime recours, l'intendant déplaça son roi sur la dernière case libre près de lui.

La jeune femme alla alors chercher sa dame, demeurée dans les lignes du fond, bien à l'abri, pour l'amener au niveau de la rangée du roi, sur le côté, en attaque directe. Le roi noir se trouvait à présent pris en tenaille entre sa dame, sa tour, le cavalier et le fou. Un carré parfait. Le piège s'était refermé sur son adversaire.

En dépit de l'obscurité, Apolline vit son visage devenir cramoisi. Il pinça les lèvres et se passa la main sur la bouche. Il lui fallut quelques secondes avant d'articuler :

— Eh bien, je crois qu'il est inutile de mentionner que vous m'avez mis échec et mat !

— En effet.

Si Apolline aimait gagner, elle ne se réjouissait pas pour autant de la défaite de son adversaire. Aussi, et bien qu'elle eût envie tout de même de se lever pour crier, ou esquisser un pas de danse, elle ne manifesta aucun emportement.

Elle se réfugia derrière son masque de joueuse, impassible, se contentant de replacer les pièces sur l'échiquier pour une partie ultérieure.

— Mais comment n'ai-je pas vu le coup venir ? s'interrogea l'intendant, dépité. C'était à cause du cavalier, n'est-ce pas ?

Apolline répondit calmement :

— C'était bien avant...

— Qu'ai-je donc omis ? questionna encore son adversaire, désireux de comprendre.

Sachant qu'elle-même tirait volontiers profit des critiques constructives pour s'améliorer, elle lui rétorqua :

— D'occuper le centre, peut-être...

Elle ne souhaitait pas trop en dire toutefois, un peu comme un magicien ne dévoile pas ses trucs pour réaliser ses tours.

L'intendant demeura un temps à réfléchir, puis il se leva.

— Eh bien, soit !

Il l'observa et lança d'une voix aigre :

— Vous êtes une véritable artiste de la cambriole[1], mademoiselle !

Apolline sourit.

— Je prends cela pour un compliment ! Bien que vous évoquiez là un larcin...

L'homme se drapa dans sa dignité et se dirigea vers la porte. Puis, il se retourna, et, la fixant de son regard gris de loup, il lâcha :

— Votre père peut être fier de vous, mademoiselle. L'élève a dépassé le maître !

1. Mot ancien pour désigner un cambriolage ou un braquage.

— Oh ! mieux vaut cependant qu'il l'ignore ! Il est très susceptible.

En vérité, elle songea qu'il préférait grandement la savoir accaparée par des travaux d'aiguille, plus appropriés pour une jeune femme en âge de se marier, que par une passion digne d'une femme savante qui pourrait repousser ses éventuels prétendants.

— Tout de même, c'est lui qui vous a tout enseigné, n'est-ce pas ?

— Jusqu'à un certain point...

Elle avait aussi appris de ses autres adversaires, ainsi que dans quelques livres dégotés sur le sujet, dont un des tout premiers traités d'échecs en langue française[1] qu'elle s'était procuré par l'intermédiaire de sa femme de chambre. Mais surtout, elle avait progressé par elle-même, grâce à sa formidable imagination, alimentée par son goût des énigmes et des combinaisons.

En tout état de cause, elle se sentit heureuse. Elle avait l'impression qu'elle progressait, et s'élevait toujours plus dans l'exercice de son art, même si la route était encore longue.

— Souvent les parents donnent des racines à leurs enfants et les poussent ensuite à avoir des ailes ! reprit l'intendant, en ouvrant la porte.

— Dans mon cas, il souhaiterait plutôt me les couper avec les vivres que de me voir m'envoler, croyez-moi !

1. Il s'agit de *L'Analyze des Echecs* de François-André Danican Philidor, sorti en 1749.

2

Le cavalier

En entrant dans le parc du domaine, Lavandier remarqua par la fenêtre de son carrosse que la nature amorçait sa mue. Avec le printemps, les arbres noircis par l'hiver se paraient de quelques bourgeons, timides parcelles de renouveau. Les parfums commençaient à se répandre, mais ne faisaient pas frissonner ses narines. Il regrettait la sobriété de la saison froide. Elle convenait mieux à son état d'esprit.

Il possédait toutefois un point commun avec ces fleurs : elles étaient en avance, tout comme il l'était à ses rendez-vous.

Il détestait être en retard, et appréciait volontiers de profiter de ce petit avantage. Cela lui permettait de recueillir quelques précieuses informations sur son hôte, voire de le surprendre et d'obtenir de lui quelques réactions sincères.

Ce jour-là, aucun domestique en livrée ne l'attendait sur le perron, et ce fut le cocher qui descendit le marchepied. Une fois ses chaussures à boucle parvenues sur la terre ferme, Lavandier tira sur son gilet et referma sa veste de brocart. Maniaque, il réajusta sa cravate et écarta la dentelle de ses poignets. Si elle était esthétique et le fruit d'un travail fastidieux, il l'avait en horreur, car elle le chatouillait. Bien qu'il soit élégant et soignât son apparence, il n'appréciait guère les fanfreluches. Il aimait aller à l'essentiel. Même s'il savait aussi user de subtilité et de ruse pour obtenir ce qu'il désirait.

Il sortit sa montre à gousset de sa poche intérieure. Une belle prise remportée contre une modique somme chez un brocanteur. Comme il avait vingt bonnes minutes d'avance, il balaya le domaine du regard en fronçant les sourcils. Le ciel était d'un bleu céruléen et la lumière bien trop vive. Il les préférait ombrageux, plus en harmonie avec son humeur.

Il saisit son carnet de sa poche, ses doigts effleurant le cuir tanné au toucher peau de pêche, doux, solide et rassurant. Il l'ouvrit d'un geste sûr, ôta la mine de plomb qui y était attachée et nota ses observations. L'estimation de la superficie du terrain tout d'abord et celle de la surface cultivable.

Puis, il remarqua des écuries à proximité. Intrigué, il s'y rendit d'un bon pas. Et il fit bien ! Car il put ajouter à sa liste :

Deux pur-sang jeunes et vigoureux à la robe brillante.

Il nota encore la présence de nombreux accessoires et équipements de qualité confectionnés par un sellier-harnacheur. L'existence d'une voiture cabriolet dont le siège de cuir avait été refait récemment attira aussi son attention.

Il arqua un sourcil et le consigna dans son carnet.

Visiblement, le propriétaire des lieux possédait de l'argent en réserve ou vivait au-dessus de ses moyens !

En revenant vers la bâtisse principale, il aperçut du personnel, plusieurs artisans et domestiques. Là encore, il s'étonna d'en trouver autant. Il voulait estimer les biens à leur juste valeur et faire les choses proprement.

La négociation était la seule variable amenée à se modifier en fonction de son interlocuteur. Et c'était là où il devait déployer tout son art, sans faillir. De sa réussite dépendait en effet sa satisfaction ultérieure. Et elle eut lieu bien plus tard.

Le marquis de la Gondolière le reçut bien après l'heure prévue, après l'avoir laissé macérer longuement dans l'entrée. Il avait de toute évidence donné des consignes pour qu'on ne le mette pas à l'aise, histoire de bien le faire se sentir comme un intrus. Mais Lavandier ne s'en offusqua pas, il avait l'habitude.

Enfin, son valet de pied vint le chercher et l'accompagna jusqu'à son maître. Ils longèrent alors quelques couloirs mal éclairés, bien que luxueusement décorés. Son hôte l'avait sans doute fait exprès, afin qu'il ne remarque pas la richesse de son mobilier ou ses peintures, Florentines pour la plupart. Lesquelles valaient beaucoup d'argent. Guillaume s'était suffisamment formé auprès d'un brocanteur pour savoir tout cela.

Si Lavandier le salua en pénétrant dans son bureau, son hôte ne daigna pas lui retourner la politesse. Il demeura assis devant son secrétaire, à contre-jour, plongé dans un nuage de fumée à force de tirer sur son cigare, signe de son énervement.

— Ainsi donc, vous accourez ventre à terre, chevalier !

Il insista sur ce titre d'un ton condescendant, afin de bien lui rappeler leur différence de rang, et sa position bien inférieure à celle du marquis.

— Nous avions rendez-vous, répondit calmement Guillaume. Mais peut-être que dans les vapeurs d'alcool de la salle de jeu, cela vous a échappé…

— Vous êtes comme les charognards, vous ne lâchez rien ! constata son hôte, amer.

— Il me semble que je vous sauve la mise au contraire !

L'homme se leva, non sans difficulté, et vint se positionner face à lui. Mais son effet tomba quelque peu à plat, car il était bien plus petit que Guillaume et dut lever la tête pour lui adresser la parole.

— Jeune freluquet prétentieux, marmonna-t-il. Me sauver la mise ? Alors que vous vous apprêtez à me plumer comme une volaille !

— Je vous garantis une transaction nette et irréprochable. Elle vous permettra d'éponger vos dettes, tout en usant de discrétion. Ceci, afin de préserver votre réputation, débita Guillaume.

Un discours éprouvé, maintes fois répété.

— Pff ! souffla le marquis. Vous savez ce que vous êtes ?

— Un négociant, répondit Guillaume d'une voix claire.

— Vous êtes comme ces vautours qui rôdent près des bêtes

affaiblies et laissent aux autres le soin de les achever, avant que de se repaître de leur carcasse ! lui cracha le marquis en lui envoyant un nuage de fumée à la figure.

Guillaume serra la mâchoire. Il ne releva pas l'insulte. Cela faisait partie, là encore, des réactions normales d'un client dans cette situation.

Il saisit le carnet dans la poche de sa veste et le parcourut sous le regard intrigué de son interlocuteur.

— Vous possédez suffisamment de richesses pour pouvoir vous en sortir par vous-même. Alors, pourquoi faire appel à mes services ?

— Pardon ? questionna le marquis en feignant de ne pas comprendre.

— Ce tableau de la Renaissance italienne au-dessus de la commode dans le couloir. C'est un Botticelli, n'est-ce pas ? Il vaut à lui seul plus que votre domaine.

Le marquis fut interloqué.

— Vos deux pur-sang peuvent aussi vous faire gagner beaucoup d'argent...

— Rien ne vous échappe ! maugréa son interlocuteur.

— C'est mon métier.

L'autre éclata de rire.

— Mais oui, comme ces bourreaux dont le métier est d'abréger la vie du condamné.

Cette fois, Guillaume s'impatienta. Il haussa le ton.

— Il suffit, monsieur ! Je ne suis pas venu ici pour me faire insulter. Si vous avez changé d'avis, je ne vois pas la raison que j'aurais de vous donner mon bien le plus précieux.

— Votre bien le plus précieux ! se gaussa le marquis. Et quel est-il ?

— Mon temps, monsieur !

— Tiens donc, c'est qu'il a de l'esprit !

Guillaume pinça les lèvres et tourna les talons. C'était plus qu'il ne pouvait entendre. Mais cela faisait aussi partie de sa stratégie. Remettant le carnet dans sa poche, il gagna la porte.

Il compta :

Un pas, deux pas et...

— Attendez ! s'exclama le vieil homme.

Guillaume s'immobilisa.

— Vous avez raison. Je possède quelques richesses, mais comme vous, je n'ai pas de temps à perdre. En fait, j'ai même un très court délai pour rembourser mes dettes de jeu.

Sa voix tremblait, il faiblissait.

— Cela ne vous autorise guère à vous montrer condescendant avec moi..., rétorqua Guillaume avec fermeté.

— Je sais, pardonnez-moi. Mais je perds pied... Je ne sais plus où j'en suis...

Ils entraient dans la deuxième phase de la partie, lorsque son interlocuteur allait tenter de l'amadouer. Ce qu'il fit en lui servant un discours creux sur sa faiblesse pour le jeu, la félonie de son adversaire, son besoin de subvenir à sa famille, à sa femme qui lui coûtait une fortune en bijoux, vêtements, etc.

— Il fallait y réfléchir avant..., répliqua Guillaume, inflexible.

— Je vous en prie, essayez de me comprendre...

La Gondelière commençait à l'implorer, même si la supplique sonnait faux. Il essayait de lui inspirer de la pitié.

Guillaume frémit, mal à l'aise. Il détestait lorsque son adversaire allait jusqu'à s'humilier. Parce que cela entachait sa satisfaction. Comme aux échecs, il voulait vaincre un adversaire valeureux. Pas une chiffe molle. La victoire s'en trouvait ternie...

Aussi décida-t-il d'abréger ce moment. Il prit son carnet, nota un chiffre, puis arracha la page, la plia en deux et la posa sur son secrétaire.

— Voici ma proposition. Elle vaut pour votre propriété et tous vos biens. Si vous l'acceptez, elle vous sera réglée dans les deux jours, dans l'or le plus pur.

L'homme s'assit et prit le temps de déplier le papier. Ses yeux s'écarquillèrent de manière bien exagérée à la vue du chiffre proposé. Mais là encore, cela faisait partie du jeu.

— Vous m'assassinez, monsieur !

— Mon offre est ferme et définitive.

L'autre hésita, il était acculé. Il n'avait plus le choix.

— À ce prix-là, je garde mon tableau et mes pur-sang.

Guillaume réfléchit, il fit planer un long silence. Son hôte se tortillait sur sa chaise, aux abois. Mûr à souhait.

— Très bien. Je vous laisse le tableau, mais je prends les pur-sang.

L'homme parut étonné, hésita, puis finit par abdiquer.

— Marché conclu !

Les yeux du marquis brillèrent, estimant sans doute que Guillaume s'était fait avoir.

Ce dernier sourit, du moins intérieurement. En effet, le tableau était certes de la Renaissance italienne, mais ce n'était de toute évidence pas un Botticelli ! Visiblement, son interlocuteur accumulait des richesses, sans en connaître la valeur véritable.

En revanche, ses pur-sang possédaient la vertu de l'effort. Ils pouvaient lui rapporter beaucoup d'argent. Guillaume avait fait une bonne affaire.

L'homme se tourna vers son secrétaire et s'employa à compléter et à signer le document qu'il avait déjà fait préparer. Il marmonna cependant entre ses dents :

— Quel individu de la pire engeance !... Oh ! mais j'aurai ma revanche...

Guillaume le laissa vider sa hargne. Si cela pouvait le soulager... Les mains derrière le dos, il inspecta la pièce. Bientôt, tout serait en sa possession. Il estima mentalement la valeur du mobilier. Cela le détendit.

Enfin, l'autre lui tendit l'acte de propriété et d'autres documents établis par son homme de loi.

— Vous aurez votre or dans deux jours et vous devrez avoir quitté les lieux dans quatre, lança Guillaume en partant. Prévenez madame au plus tôt, car les malles prennent du temps.

— Vous ne l'emporterez pas au paradis ! hurla encore le marquis tandis que Guillaume disparaissait dans le couloir.

En sortant, et par une curieuse ironie, Guillaume croisa alors un homme d'Église, lequel avait une apparence insolite.

Il était jeune, blond comme les blés, et ses cheveux bouclés évoquaient un des angelots sur le tableau de la Renaissance du marquis. S'il n'avait porté une soutane noire, Guillaume l'aurait pris pour un chérubin.

— Mes hommages, monsieur. Je suis le nouveau curé de la paroisse et je viens vous proposer de vous entendre en confession, quand vous le souhaitez.

Guillaume éclata d'un rire guttural, trop longtemps contenu. Le jeune homme parut déstabilisé, voire effrayé.

— Le propriétaire des lieux, pour peu de temps encore, est à l'intérieur. Si vous vous dépêchez, vous arriverez sans doute à temps pour lui octroyer les derniers sacrements, lui lança-t-il.

Inquiet, le séraphin se précipita aussitôt dans la bâtisse.

Lavandier prit une profonde inspiration et embrassa le domaine du regard. C'était désormais sa propriété. Alors, bien sûr, il ne comptait pas y habiter. Il savait même déjà à qui il allait la céder, pour le double de son prix.

Cela ne s'est pas trop mal passé, finalement !

Il n'éprouvait aucune émotion particulière ; ni remords, ni regret, ni culpabilité. Il faisait juste des affaires.

En attendant son carrosse, il parcourut de nouveau son petit carnet. Il barra le nom du marquis de la Gondolière sur sa liste et lut le nom de son prochain client :

Le comte du Chesnay. Ah, oui ! Gros morceau...

Il regarda alors la date entourée en bas de page qui correspondait à un triste anniversaire.

Encore un coup comme celui-ci et nous y serons.

Il serra les dents.

Justice vous sera bientôt rendue, mère !

Comme son carrosse n'arrivait pas, il remit son carnet dans sa poche et partit à pied vers les écuries.

Il réfléchissait à sa stratégie, lorsqu'en approchant de l'étable il vit une forme suspecte se déplacer à toute allure sur le sol.

Une souris... Elle courait dans sa direction. Il fit un bond de côté et s'écarta aussitôt. Il avait une sainte horreur des rongeurs ! Il se précipita vers le carrosse.

Apercevant le cocher assoupi sur une motte de foin, il lui hurla :

— Dépêchons, dépêchons… nous partons !

Devant son air affolé, l'autre le crut pourchassé par une horde de brigands ou le propriétaire mécontent. Il se leva et galopa jusqu'à la voiture.

Guillaume songea alors :

Si j'ai soigné mon entrée, pour la sortie, c'est plutôt raté !

3

Le roi

Lors du souper, Apolline plongea sa cuillère en argent avec gourmandise dans le potage. Aussitôt des saveurs inouïes lui cajolèrent la langue avant de remonter dans ses narines en exhalant leur arôme. Le mélange de légumes était goûteux, crémeux, et velouté. Un irrésistible fumet de poulet rôti aux herbes, thym et laurier flottait par ailleurs dans la pièce, augurant de merveilleuses saveurs pour la suite du menu. Il était accompagné d'une farandole colorée de légumes, et d'une purée de betteraves, vestiges du repas de la veille. La cuisinière avait décidément l'art d'accommoder les restes !

Assis en bout de table, son père l'observait à la dérobée. Il attendit la fin du repas et que sa fille se soit délectée de sa poire nappée de chocolat chaud avant d'engager la conversation. Cela aurait été inutile de toute façon, tant Apolline goûtait avec gourmandise son dessert, savourant la fraîcheur acidulée et juteuse de la poire qui contrastait avec l'amertume et la douceur sucrée du chocolat onctueux. Le chocolat avait cette faculté presque magique de lui procurer un bien-être immédiat, presque euphorisant. Tous ses sens étaient en ébullition et comblés. Une fois qu'elle avait avalé la dernière bouchée, son estomac la laissait satisfaite. Il ne lui restait plus qu'une moustache brune au-dessus de la lèvre. Ce qui ne manquait jamais d'amuser le comte du Chesnay, qui, par jeu, ne le lui faisait pas remarquer. Elle ne s'en rendait compte qu'au moment du coucher, alors qu'elle brossait ses cheveux et se préparait devant sa glace.

Il savait que sa fille possédait un immense appétit tout autant qu'un enthousiasme débordant, aussi bien pour la bonne chère que pour les beautés de la nature.

C'est pourquoi elle marchait beaucoup, surtout dans le parc de leur domaine, car elle ne pouvait s'aventurer au-delà sans chaperon, ou uniquement pour aller à l'église et rendre visite à son amie, la marquise de la Pomponière.

Avant le souper, et après sa partie d'échecs, Apolline était d'ailleurs allée se promener au bord du petit lac, sur lequel se reflétait le ciel bleu céruléen où flottaient quelques nuages blancs cotonneux. Elle avait flâné dans l'herbe verdoyante, humé les fleurs du domaine et en particulier les roses aux couleurs chatoyantes à qui elle avait donné des noms. Elles étaient encore en bourgeon pour la plupart, mais leur parfum et leur couleur étaient déjà fort prometteurs !

Puis, Apolline était rentrée au château en toute hâte pour se vêtir pour le souper. Aidée de sa femme de chambre, elle avait revêtu une robe satinée d'un bleu azur qui faisait ressortir ses cheveux blonds, lesquels en partie attachés cascadaient dans sa nuque. Elle aimait se faire belle, un peu comme toutes les filles de son âge. Alors bien sûr, ce n'était que pour le souper, mais elle saisissait le moindre prétexte pour bien s'habiller. Ce qui était pour elle un vrai plaisir !

— Vous êtes très en beauté ce soir ! la complimenta d'ailleurs le comte.

— Merci beaucoup, père ! répliqua-t-elle, tout en léchant sa cuillère de chocolat.

— Je ne l'avais jamais vue avant, cette jolie robe...

— À vrai dire, cela fait longtemps que je l'avais dans mes armoires. Mais je l'ai un peu rafraîchie en l'agrémentant d'un peu de dentelle et de broderie.

— Quelle bonne idée ! Vous êtes douée et le résultat est splendide.

Sensible aux compliments, Apolline rougit. Elle songea cependant qu'elle ne lui avait dit qu'une partie de la vérité, car en réalité c'était sa femme de chambre qui avait reprisé la robe suivant ses directives, tandis qu'elle disputait une partie d'échecs.

Le comte du Chesnay toussa et s'essuya la bouche. Alertée par cette toux nerveuse, Apolline leva les yeux et l'observa plus attentivement. Son visage s'était fermé avec ses sourcils froncés. *Il a quelque chose de grave à m'annoncer.* Son estomac se noua et un hoquet la prit soudain.

— Il faut que je vous instruise d'une affaire d'importance.

Elle l'avait deviné ! En revanche, elle ne pouvait pas lire en lui, car son don si utile lors des parties d'échecs avait ses limites. Elle ne pouvait en effet déchiffrer les pensées des gens pour qui elle éprouvait de l'affection. Ce qui était très problématique d'ailleurs dans un jeu où la psychologie était la clé de la réussite !

— Je ne vous ai jamais caché que les affaires du domaine n'étaient pas au meilleur de leur forme. Les récoltes sont mauvaises. Un peu comme si la terre avait refusé de produire cette année ou que le sol avait été empoisonné..., ajouta-t-il, comme pour lui-même.

Apolline acquiesça, secouée ponctuellement par des soubresauts de hoquet, l'engageant à poursuivre.

— J'ai dû me séparer de quelques personnes, et certains domestiques se retrouvent à présent à exécuter plusieurs tâches en dehors de leur fonction...

Au même moment, la cuisinière, qui portait encore son tablier, entra pour débarrasser la table. Elle ramassa la belle vaisselle en porcelaine du comte et, gênée par son poids, laissa tomber la saucière qui vint heurter le sol. Son anse se brisa.

Si le comte parut gêné par le bruit, Apolline, qui considérait celle qui avait tant enchanté ses papilles avec gratitude, remarqua que la femme avait le ventre fort gonflé. Elle était enceinte, et le terme devait être proche. Aussitôt, et n'écoutant que son bon cœur, et également son estomac reconnaissant, elle se leva de table et se précipita pour l'aider.

— Que faites-vous donc ? tonna le comte, choqué qu'elle agisse ainsi au mépris de toutes les convenances.

Mais Apolline ne répondit pas, et, s'adressant à la servante, lui murmura :

— Laissez-moi vous aider...

— Oh ! mademoiselle ! Ce ne sera pas nécessaire...

Mais au moment de se lever, la pauvre femme fut prise d'une crampe et posa la main sur son ventre en grimaçant.

— Voyons ! Laissez cette domestique faire son travail, Apolline ! Comptez-vous faire la lessive ensuite ?

La jeune femme haussa les épaules, mais ne s'interrompit pas. Elle remonta tout elle-même et disposa la vaisselle cassée sur un plateau qu'elle déposa sur une table.

— Allez-vous bien ? Autrement, laissez tout ceci et allez vous reposer, nous verrons cela plus tard..., lui chuchota-t-elle.

La servante hésita, mais ses crampes la reprenant de plus belle elle accepta son offre, et Apolline la soutint par le bras pour la conduire en cuisine où un domestique occupé à laver la vaisselle prit le relais pour la faire asseoir, en remerciant sa maîtresse, tout étonné de la voir en ces lieux.

Apolline revint dans la salle à manger en baissant la tête. Elle savait que son père allait lui faire des remontrances, mais l'homme aux cheveux blancs et au regard bleu délavé se contenta de l'observer en secouant la tête :

— Votre bonté vous perdra, Apolline ! Ce sont nos domestiques. Ce n'est pas à vous de...

— Et donc, vous disiez que ces pauvres gens devaient accomplir plusieurs tâches... Comme ma pauvre femme de chambre, qui se trouve désormais obligée de servir en cuisine !

Déstabilisé, le comte mit quelques secondes à rassembler ses pensées.

— Je disais, en effet, que la situation du domaine n'était pas florissante, voire très mauvaise.

Apolline inspira pour se détendre : elle avait réussi à détourner son attention et à le raccrocher au fil de ses pensées.

— À vrai dire, je ne sais pas trop à quoi attribuer tout cela. À une mauvaise gestion ? Une mauvaise récolte ? Trop de dépenses ? Il est vrai que les catastrophes et incidents divers se sont multipliés récemment…

Apolline se souvint en effet du toit de la grange qui s'était écroulé, du portail de ferronnerie qui ne s'ouvrait plus, le mécanisme de la serrure étant cassé, et qu'il avait fallu faire réparer à prix d'or, des essieux du carrosse qui s'étaient mystérieusement brisés, etc.

— Il va nous falloir trouver un autre moyen de subvenir à nos besoins, car sinon, je devrai vendre le domaine…, lâcha-t-il, comme délivré d'un secret trop longtemps gardé et qui avait fini par l'empoisonner.

Apolline accusa le coup. Son hoquet s'arrêta net. Son cœur se serra :

— Vendre le domaine ? Mais il est dans la famille depuis des générations…

— Je le sais, mais l'argent que nous en tirerons nous permettra de subsister quelque temps et d'aller vivre dans un endroit plus modeste certes, mais où les dépenses seront moins excessives…

Affolée, Apolline pensa aussitôt au petit lac qu'elle aimait tant, aux canards qui s'y ébattaient joyeusement, et aux roses parfumées qu'elle avait baptisées (Rose, Lila, Jacinthe, Hortensia…) qu'elle ne verrait plus…

— N'est-ce pas un peu précipité ? hasarda la jeune fille, la gorge étranglée.

— Hélas ! Le problème est que j'avance en âge et que les choses n'iront pas en s'améliorant.

Apolline chercha désespérément dans son esprit une solution. En réalité, il y en avait bien une : Si elle pouvait gagner sa vie aux échecs, elle pourrait fournir un peu d'argent pour aider. Mais ce rêve lui parut une illusion, inatteignable en l'état, étant donné les difficultés de la vie et l'imminence du drame annoncé par son père.

— Alors, bien sûr il y aurait bien une solution, mais...

— Laquelle ? questionna Apolline, impatiente.

Le comte prit quelques secondes pour choisir ses mots avant de répondre, placide :

— Si tu te mariais à un homme pourvu de biens...

Nous y voilà ! songea Apolline acculée.

— Mais, père, c'est trop tôt ! Je ne suis pas prête... J'ai encore tant de choses à apprendre ! lâcha-t-elle, désespérée.

Elle pensa en effet qu'elle désirait encore progresser aux échecs et qu'un époux préférerait la voir occupée à gérer leur ménage et à faire quelques travaux d'aiguille plutôt qu'à assouvir sa passion.

— Oh ! tu auras bien d'autres choses à faire qu'à nourrir ton esprit, fais-moi confiance !

— Et puis, je voudrais épouser par amour !

— La belle affaire ! s'exclama le comte, blasé. Il faut être lucide, ma fille. La plupart des mariages fonctionnent sur la nécessité et se concluent pour des raisons financières entre gens de même condition.

Apolline aimait son père et le respectait, mais l'idée de se marier par obligation la révulsait. Elle n'y voyait que contraintes sans aucune liberté.

— Nous pourrions te choisir un homme bon, et avec le temps les sentiments naîtront sans doute...

Autant ne pas y compter ! songea-t-elle. De plus, elle devrait renoncer à sa passion. Toute affection disparaîtrait ainsi de sa vie.

— N'y a-t-il pas d'autre solution ? demanda Apolline d'une voix étranglée, tandis que des larmes lui montaient aux yeux.

Le comte du Chesnay croisa ses mains sur la table.

— Le souci est qu'après ma disparition...

Apolline grommela, peu désireuse de l'entendre parler de cela, mais il poursuivit en haussant le ton :

— Après ma disparition donc, mon domaine doit revenir à un hoir mâle. Et par malheur, je n'ai qu'une fille !

Apolline sentit une vague de tristesse l'envahir. Son père dut l'apercevoir sous ses paupières tombantes, car il rectifia aussitôt :

— Même si tu es ma plus grande joie, mon enfant...

Apolline esquissa un pâle sourire, mais elle se sentait blessée au fond d'elle.

— Il faudrait que tu nous donnes un fils pour que celui-ci hérite du domaine. Autrement, il échoira à l'un de mes lointains cousins ou à l'un de ses descendants. D'autre part, il faudrait que ton époux puisse assumer les dépenses courantes d'un tel domaine.

Autant dire que la tâche semblait hors d'atteinte, et surtout dans le délai prescrit.

— Ou alors..., poursuivit le comte.

— Quoi donc ? reprit la jeune fille, pleine d'espoir.

— Nous n'aurons pas d'autre choix que de le vendre.

La messe était dite. Le discours tournait en rond, sans autre porte de sortie.

— Bon, penses-y et nous en reparlerons demain.

Penses-y... Penses-y ! C'est tout réfléchi, on dirait...

Son père se leva de table. Apolline fit de même. Et quand il fut parti, elle se laissa retomber sur sa chaise, et prit sa tête entre ses mains.

4

Ouverture

Jardins de Versailles, 1750.

Un vent frais balayait les larges et belles allées de l'imposante et fastueuse demeure du souverain. Laquelle, resplendissante, se découpait sur un ciel d'un bleu roi. La vue était splendide. L'air embaumait de parfums des fleurs, qui s'éveillaient paresseusement à la vie après un hiver rigoureux, tandis que l'herbe d'un vert tendre reprenait peu à peu de sa vigueur. Cependant, aucun de ces éléments ne parvenait à émouvoir Apolline. Elle se sentait tendue comme les cordes d'un violon baroque, qui lui charmait pourtant les oreilles habituellement.

— Allons, ma chère, cessez de ressasser tous vos soucis et voyez la beauté du monde qui vous entoure..., lui suggéra la marquise de la Pomponière.

Apolline fit un effort, par amitié pour celle-ci. Elle prit une profonde inspiration, laissant l'air frais chargé d'effluves suaves et sucrés pénétrer en elle. L'espace d'un instant, elle apprécia ce qu'elle sentit, et oublia même ses inquiétudes. Mais la douleur sourde qui infusait dans son ventre l'y ramena avec plus de force encore.

— Pardonnez-moi, mon amie. Je ne puis songer à autre chose qu'à ce mariage auquel mon père me contraint !

— Il me semble, moi, qu'il ne vous y a pas obligée...

— Pas en ces termes, il est vrai, mais il m'a tout de même fait sentir qu'une terrible menace pesait sur nos biens, si je ne me sacrifiais pas pour la bonne cause !

La marquise éclata de rire.

— Vous sacrifier ? Mais enfin, le mariage est notre lot à toutes ! Cela vous permettra d'exister socialement, et de prendre votre indépendance vis-à-vis de votre père...

— Eh bien pour ma part, je m'estime très bien là où je suis ! maugréa Apolline, insensible aux arguments de la marquise.

Lesquels semblaient uniquement guidés par la raison.

— Ce sont vos parties d'échecs, n'est-ce pas ? pointa son amie, fine mouche. Vous craignez qu'un mari ne vous arrache à votre passion, n'est-ce pas ?

Apolline rougit. La marquise, informée de son grand secret, voyait clair dans son cœur.

— Je crains qu'il ne m'arrache à ma liberté tout court ! rétorqua Apolline, en chassant un moucheron qui voletait devant sa figure.

— Mais enfin, n'avez-vous pas envie de découvrir l'amour entre les bras d'un bel homme ? Êtes-vous si insensible aux emportements du cœur ?

— Non. J'aimerais trouver le grand amour, bien sûr, mais ce n'est point-là le projet de mon père ! Il veut me faire épouser « utile » et un homme qui a du bien, pour subvenir à tous nos besoins. Les siens et ceux du domaine compris...

La marquise esquissa un sourire, signifiant qu'elle n'était guère étonnée. Elle n'avait pourtant que trois années de plus qu'Apolline, mais mariée depuis plusieurs années déjà, elle portait sur la vie le regard désabusé d'une femme d'expérience.

— Quel étrange paradoxe ! poursuivit Apolline, songeuse. Jusqu'ici, mon père s'est toujours efforcé de me protéger des coureurs de jupons et autres chasseurs de dot. Des « âmes mal intentionnées » à l'entendre. Il m'a préservée de tout ! Je ne sors quasiment jamais, hormis à l'église ou pour vous rendre visite. Mais en faisant cela, il m'isole aussi de mes semblables et me prive de rencontres qui pourraient déboucher sur un amour véritable. Et aujourd'hui, j'aurais soudain besoin de trouver un époux ? Alors, qui est le plus à blâmer dans l'histoire, et à qui en revient la faute si je n'ai à ce jour rencontré personne ?

La marquise pinça ses lèvres déjà fines, à l'image de son caractère pointilleux et dénué de frivolité.

— Votre père désire ce qu'il y a de mieux pour vous ! Et aujourd'hui encore, il veut que vous continuiez à bénéficier de ses biens et de sa fortune. Mais pour cela, vous devez vous marier. C'est le prix à payer.

— Je déteste agir sous la contrainte, maugréa la jeune fille.

Apolline songea qu'aux échecs c'était précisément ce qu'elle préférait : se jouer des contraintes pour mieux jouir de la liberté. Elle était même devenue experte en la matière.

— Allons, ce n'est pas si terrible ! Pour ma part, je suis mariée depuis quelques années à présent et je trouve ma situation tout à fait satisfaisante.

— Et qu'éprouvez-vous donc pour votre époux ?

— Eh bien, beaucoup de respect et... (elle hésita à définir ses sentiments) de l'amitié.

— Mais point d'amour ?

— Nous nous entendons bien. Et c'est déjà beaucoup !

Apolline songea qu'elle voyait les choses différemment. Passionnée, elle ne pouvait concevoir de se marier sans amour.

— Et si vous trouviez un jeune homme agréable, qui vous plaise et qui soit nanti... Le repousseriez-vous ? interrogea la marquise.

— Tout dépend. Si c'est la volonté de mon père de me voir l'épouser, dans ce cas, il pourrait être le meilleur homme du monde que je ne le considérerais pas.

Apolline restait fermée sur la question.

— Très bien. Voyons la chose différemment. L'amour ne vous manque-t-il pas ?

— J'ai celui de mon père et celui des bêtes, et cela m'est suffisant.

La marquise s'arrêta au détour de l'allée et plongea son regard gris dans le sien.

— Ne mentez pas. Vous sentez-vous pleinement épanouie ?

Apolline regarda au loin. Quelques courtisans se promenaient, dont un couple qui se tenait tendrement par le bras. Elle mordit ses lèvres et revint à la marquise :

— Non, bien sûr...

— Ah, vous voyez !

— J'aimerais parfois poser ma tête sur une épaule solide et tendre à la fois, énonça-t-elle, rêveusement. Mais ce n'est point là ma priorité pour le moment...

— Je sais, trancha la marquise ! Mais ne préféreriez-vous pas un vrai cavalier à une pièce de bois sur un échiquier ? (Apolline hésita. Son interlocutrice usa alors d'une autre stratégie.) Supposons que vous recherchiez l'homme idéal. Comment le décririez-vous ?

Les deux femmes reprirent leur marche. La question de la marquise plaisait à Apolline, qui avait le goût des énigmes. Tant et si bien qu'elle se piqua au jeu.

— Il faudrait qu'il soit agréable à regarder. J'aime la beauté, même si elle est tout à fait subjective...

— Bien entendu ! approuva la marquise, ravie de constater qu'elle mordait à l'hameçon. Et ensuite ?

— Qu'il soit doté d'un caractère doux et bienveillant, qu'il ait de l'esprit... (La marquise acquiesça.) Et surtout qu'il aime le jeu ou comprenne ma passion pour les échecs. Ce qui n'est pas gagné ! Mon père dit que les hommes redoutent et fuient les femmes savantes et leur préfèrent les expertes en ménage. (Elle souffla.) Alors, vous voyez ! Je crains que cet homme-là n'existe pas. Aussi, pourquoi perdre du temps et de l'énergie à rêver ?

— Et si vous rencontriez par hasard un homme qui vous inspire les sentiments les plus doux ? poursuivit la marquise qui n'en démordait pas.

— Je ne crois pas au hasard. Je pense que les choses se provoquent…

Cette fois, son amie tiqua, manifestant son impatience.

— Essayez donc de vous ouvrir à cette éventualité ! Car sinon, vous serez malheureuse. Enfin, il semble qu'il n'y ait pas d'autre choix…

— Peut-être que si…, avança Apolline, la gorge serrée, car sur le point de révéler son vœu le plus cher.

— Vous m'intriguez… À quoi pensez-vous ?

— Aux échecs, bien sûr !

La marquise leva les yeux au ciel.

— Allons bon ! J'aurais dû m'en douter…

— J'ai entendu dire que quelques joueurs gagnaient de l'argent en disputant des parties, voire leur vie !

— Mais ils jouent la plupart du temps dans des tripots, des cabarets mal famés sur le bord de scène ou dans des lieux sordides… Ce ne sont point là des endroits pour une jeune femme ! s'offusqua la marquise.

— Cela ne me fait pas peur à moi ! Et je serais la première à m'y risquer. Il faut bien ouvrir la voie ! la défia Apolline.

— Eh bien, moi je ne vous suis pas ! J'ai besoin de mon confort et de tranquillité. Et en épousant un homme de bien *(tout autant que très âgé,* songea Apolline*)*, j'ai aussi épousé la sécurité. Et ma foi, je suis assez satisfaite de mon sort.

Au même moment, les deux femmes rejoignirent un bassin où s'ébrouait un canard. Apolline s'approcha de l'animal pour contempler la beauté de son col où miroitaient des teintes de bleu et de vert. Si elle aimait la nature, elle était aussi soulagée d'échapper à cette conversation qui commençait à devenir étouffante. Le canard se laissa apprivoiser, sentant une présence bienveillante, ce qui la ravit.

La marquise l'observa, tout d'abord attendrie, puis elle fit une moue donnant à penser qu'elle la jugeait irrécupérable. Elle dut comprendre aussi que le moment était venu de changer de sujet, car elle enchaîna :

— Au fait, vous ai-je raconté les dernières rumeurs sur les intrigues de cour à Versailles ?

Apolline ne dit mot. Ce que son amie prit pour un signe d'encouragement.

— Eh bien, figurez-vous que…

Et elle déversa le contenu de son sac d'histoires adultérines.

Au bout d'un moment, se rendant compte qu'Apolline ne l'écoutait plus, jouant avec le canard qui lui picorait à présent dans la main, la marquise fit une autre tentative pour capter son attention :

— Et vous ai-je raconté ma dernière bévue ?

La marquise était en effet très maladroite, ce qui contrastait avec son trop grand sérieux et la rendait attachante aux yeux de son amie.

— Non, que vous est-il arrivé ? lui demanda Apolline, à sa plus grande joie.

Elle lui conta alors comment elle avait présenté une personne de qualité à une autre, sous un titre de noblesse très inférieur au sien. La bévue n'aurait pas eu trop d'importance, si la personne en question ne s'était retrouvée affublée de ce titre durant une matinée entière. Ce qui fit s'esclaffer la marquise qui partit d'un petit rire d'oie, et fit sourire Apolline.

— Eh bien, je vous demanderai à l'avenir d'éviter de me présenter pour éviter ce genre de déconvenue ! conclut la jeune femme.

— C'est plus sage en effet ! approuva la marquise, en riant.

Au même moment, les deux femmes croisèrent un homme en habit de velours. Apolline releva la tête, intriguée, car il était de haute stature, très élégant et, surtout, tout de noir vêtu. Ce qui, avec ses cheveux sombres et son cadogan, lui donnait un air étrange, à la fois ténébreux et envoûtant.

Le contraste était saisissant dans ce décor de jardin d'Éden. Il était comme un cavalier noir surgi de nulle part, venu se placer sur la case blanche devant elle. À mesure qu'il se rapprochait, et tandis que la marquise continuait de soliloquer, Apolline put observer son visage à loisir. Si l'on exceptait ses sourcils froncés, qui lui conféraient un air ténébreux, il avait les traits harmonieux, finement sculptés, d'une beauté singulière. Comme s'il les avait empruntés à une statue grecque !

Mais cette apparition céleste n'en était pas une, car tout son extérieur lui donnait plutôt l'aspect d'un ange déchu. Son cœur battit anormalement dans sa poitrine et elle ressentit une bouffée de chaleur. Fortement intriguée, Apolline se demanda bien qui pouvait être cet homme étrange et pour quelle raison il produisait un tel effet sur elle.

Les ayant remarquées, l'homme sortit de ses sombres pensées. Son regard de braise s'anima. Ses lèvres sensuelles admirablement dessinées esquissèrent un demi-sourire, tandis qu'il s'inclinait. Et alors que la lumière frappait son beau visage de marbre blanc, Apolline sentit soudain le trouble l'envahir derechef. Son cœur se mit à tambouriner à toute allure dans sa poitrine.

Il dégageait quelque chose de très fort et d'intrigant, avec une aura magnétique qu'elle n'aurait su expliquer. Sa noirceur, semblable à celle du chocolat, lui procurait un peu le même effet euphorisant, mais en plus fort. Le moins que l'on puisse dire, c'est que cet homme avait le don de la perturber.

Mon Dieu, mais qu'est-ce donc que cela ?

Elle se tourna vers son amie, escomptant qu'elle l'éclaire sur son identité, qu'elle fasse quelque chose, ou, en tout état de cause, qu'elle la délivre de ce charme puissant.

— Guillaume Lavandier ! Quelle euh... surprise ! s'exclama alors la marquise, à son plus grand soulagement.

5

Gambit[1]

Ce fut avec un déplaisir manifeste que Guillaume Lavandier reconnut la marquise de la Pomponière, qui se tenait devant lui, aussi droite et rigide qu'à l'accoutumée.

La commère était réputée pour avoir une langue bien pendue à Versailles, où elle errait souvent dans les couloirs en quête de son époux. Lequel, militaire à la retraite, se perdait régulièrement en chemin dans quelques appartements féminins, à la recherche de plaisirs que la marquise trop sage et trop pieuse n'était pas en mesure de lui fournir.

S'il l'avait épousée, c'était par amitié pour son père, alors qu'il s'était retrouvé veuf. Encore bouleversé par la perte de la femme qu'il chérissait, il n'avait vu dans la demoiselle que son jeune âge et avait cédé assez facilement aux injonctions de son ami et patriarche de père qui désespérait de la voir finir vieille fille. Et ce, bien qu'elle soit pourtant pourvue d'un titre de marquise et d'une certaine dot pouvant attirer les galants désargentés. Hélas, la jeune personne devait s'avérer être aussi ennuyeuse qu'une veillée de camp sans perspective de bataille.

Et tout cela, Guillaume le tenait de l'époux lui-même qui le

1. Le gambit ou croche-pied est un piège tendu à l'adversaire en ouverture du jeu d'échecs.

lui avait révélé lors d'une soirée un peu arrosée, chez l'un de leurs amis communs.

— Madame la marquise, fit Guillaume en s'inclinant respectueusement, plus par politesse que par volonté de paraître aimable en réalité.

Et ce d'autant qu'il fuyait ce genre de bavarde comme la peste.

En revanche, la demoiselle qui l'accompagnait possédait le charme de la nouveauté, ainsi qu'une remarquable beauté. Ce qui le fit s'appesantir quelque peu dans cet échange. Il l'avait repérée à quelques pas déjà, fraîche colombe vêtue d'une robe d'un jaune pâle printanier, assortie à ses cheveux blonds lumineux, lesquels encadraient un visage d'une beauté incomparable. Son teint était diaphane et ses yeux noisette, aussi vifs et perçants que ceux d'un écureuil. Il y vit de ces sortes d'intelligence que l'extérieur, quelque attrayant qu'il soit, ne peut suffire à éclipser. En outre, ses joues rougirent à sa vue, preuve s'il en était qu'il l'avait troublée. Elles constituaient également l'aveu d'une innocence et d'un manque d'expérience charmant dans les choses de l'amour. Son instinct de séducteur ne s'y trompa pas.

Les jeunes femmes de son acabit étaient cependant les plus difficiles à conquérir. Tout d'abord, parce qu'elles se méfiaient, toutes prêtes à s'enfuir à la moindre approche, et ensuite parce qu'elles écoutaient leur cœur, que seule la plus parfaite sincérité pouvait parvenir à apaiser.

Ce genre de nymphe était une denrée rare à Versailles, tout en étant en même temps très recherchée !

Il la considéra avec d'autant plus d'intérêt, lui lançant un regard ardent.

— Mademoiselle...

Puis, il feint de l'ignorer. Cela faisait partie de sa tactique. Il sentit alors avec délectation son regard insistant sur sa personne, quémandant de l'attention, après qu'il lui eut dans un premier temps manifesté toute sa considération.

— Eh bien, madame de la Pomponière, que nous vaut votre présence à Versailles ? s'enquit-il, sur le ton de la conversation.

Là encore, davantage pour prolonger l'échange et lui permettre d'étudier discrètement la jeune personne à ses côtés.

— Mon époux a été convié par le roi à une réunion d'importance...

Lavandier songea que le vieux militaire était un excellent stratège, et que Louis le quinzième s'attachait sans doute ses recommandations dans le cadre du Secret, son cabinet d'espions. Le souverain manquait en effet terriblement de confiance en lui et s'entourait volontiers d'une cour d'esprits éclairés comme membres de son conseil.

— J'en ai profité pour l'accompagner, tout en conviant mon amie à goûter les charmes des jardins de Versailles.

Les deux femmes échangèrent un regard complice et la plus jeune sourit, ce qui la rendit plus rayonnante encore.

Guillaume brûla en cet instant de se délecter de sa candeur.

— Quelle bonne idée ! répondit-il en ignorant royalement l'intéressée, ce qui la fit bouillir, à en juger par ses doigts qui se tortillaient à présent sur son éventail. Vous avez très bien fait ! Les jardins de Versailles sont d'une splendeur absolument unique en cette saison. Les connaissiez-vous auparavant ?

À ce moment-là seulement, il se tourna vers la jeune femme. Il la vit prendre une grande inspiration, sa poitrine se gonflant dans son décolleté, comme du lait dans une casserole sur le point de déborder.

— Euh, non... C'est la première fois que je les vois ! bredouilla-t-elle, pour son plus grand plaisir.

Il en fut profondément attendri.

— Eh bien, j'espère que vous en retirerez beaucoup d'agrément...

— Mais certainement ! Il y a des canards déjà, répondit la jeune femme. Et je les tiens en haute estime !

Elle se mordit aussitôt la lèvre, comme si elle n'avait pas prononcé les bons mots. Et effectivement, sa sortie était d'une naïveté confondante. Ou alors, il l'impressionnait tant qu'elle avait dit la première chose qui lui passait par la tête. Quoi qu'il en soit, elle aimait sincèrement la nature, tout comme lui.

Il ne l'en apprécia que davantage.

— Au fait, nous n'avons pas été présentés..., répliqua-t-il en se tournant vers la marquise.

Celle-ci parut embarrassée. Elle le dévisagea, puis observa son amie et hésita. Enfin, elle finit par lâcher :

— Je vous présente le chevalier Lavandier...

— Enchantée, chevalier, répondit la demoiselle, avant de s'incliner en une profonde révérence.

Ce qui lui donna à admirer davantage son adorable et appétissant décolleté.

Il attendit qu'elle nomme la jeune personne en retour, mais la marquise n'en fit rien.

— À présent, chevalier, veuillez nous excuser, mais nous devons partir.

— Quoi, déjà ?

— Mon mari doit en avoir terminé, et je ne souhaite pas le faire attendre ! Sa goutte, vous comprenez..., ajouta-t-elle encore, comme pour se justifier.

Lavandier s'en étonna, d'autant que l'homme en question n'en était nullement gêné dans d'autres circonstances. Mais plus que tout, il se sentit frustré de ne pas connaître le nom de cette demoiselle qui l'intriguait tant. Était-ce par jeu que la marquise agissait ainsi ? Ou parce qu'elle désirait la protéger de lui ?

Sur le moment, il en vint à regretter de posséder une aussi mauvaise réputation de séducteur. Mais d'un autre côté, s'il avait pu obtenir ce qu'il désirait avec facilité, cette jeune fille ne lui serait sans doute jamais apparue autant parée d'attraits.

— Vous m'en voyez désolé ! Cela a été un réel plaisir de vous rencontrer, conclut Guillaume avec force politesse.

— Mais pareillement ! répondit la marquise, dont le sourire faux trahissait un empressement feint. Vous êtes ici pour affaires, j'imagine..., questionna encore la curieuse, histoire de grappiller sans doute matière à ragots.

Mais il ne lui donna pas ce plaisir. Versailles était un vaste échiquier où le jeu était de mise, et où il convenait tout particulièrement d'avancer masqué, sans dévoiler ses intentions.

— Tout à fait ! Ah, les affaires, toujours les affaires...

Il ne pouvait lui révéler en effet qu'il faisait l'objet d'une convocation de la part d'un noble devant le roi. La « victime présumée » espérait obtenir réparation tout autant que les faveurs du monarque dans le litige qui les opposait. Mais, hélas pour le plaignant, il s'agissait d'affaires privées. Et de plus, Guillaume avait agi dans son bon droit. Par conséquent, la requête de la prétendue victime était nulle et non avenue.

Ce n'était pas la première fois que ce genre d'incident se produisait et Guillaume en sortait chaque fois vainqueur. Toutefois, ce type de recours pour demander justice lui était toujours désagréable.

— Eh bien, travaillez bien alors ! Tandis que nous allons nous amuser.

La marquise le salua et empoigna son amie par le bras pour l'inciter à partir. Mais la jeune fille ne semblait pas décidée et traînait des pieds.

Il lui décocha alors son fameux sourire en coin, que l'on disait ravageur, histoire de lui laisser un souvenir impérissable. Comme une sorte d'empreinte qu'il gravait dans la cire chaude du sceau de sa mémoire. Et les deux femmes s'éloignèrent.

Le nom de la jeune femme demeurait toutefois une énigme. En le lui taisant, la marquise pensait peut-être être maligne, et minimiser les chances qu'il la revoie. Mais Guillaume n'en était pas à un obstacle près, et il aurait tôt fait de l'avoir surmonté...

Une fois qu'elles furent à bonne distance, la marquise souffla. Apolline le remarqua et crut qu'elle était autant bouleversée qu'elle.

— Je suis bien d'accord avec vous ! Quelle rencontre ! Cet homme est vraiment très... aimable.

Son cœur battait la chamade et elle se sentait tout émoustillée par ses charmants sourires et ses œillades brûlantes.

Il fallait dire aussi que c'était la première fois qu'un homme, aussi beau du moins, la regardait avec cette intensité et la considérait avec un si vif intérêt.

— Oubliez-le ! lui intima froidement la marquise d'un ton sévère qui ne supportait guère la contradiction.

Apolline fut surprise et se sentit blessée par cette injonction. Se pourrait-il que la marquise soit jalouse ? Après tout, le chevalier lui avait témoigné plus d'intérêt qu'à elle...

— Je ne comprends pas, vous aviez pourtant l'air de bien le connaître et de lui accorder votre considération..., reprit-elle, après un temps.

— Ne savez-vous point ce dicton qui dit : sois proche de tes amis, mais encore plus de tes ennemis ? Lavandier est de ces personnes avec qui mieux vaut être en bons termes.

— Tes *ennemis* ? reprit Apolline, stupéfaite. N'est-ce pas un peu fort ?

— Ah, ma chère ! Vous avez tant à apprendre... Sur la nature humaine et les hommes en particulier.

Cette fois, Apolline s'arrêta de marcher. Elle n'appréciait guère que son amie la considère avec condescendance.

— Je ne vous comprends pas, marquise. Tout à l'heure, vous me sommiez de m'ouvrir aux rencontres et de me laisser porter par mes sentiments. Et à présent que je goûte la compagnie d'un homme, vous me renvoyez dans mes quartiers, en me jetant mon ignorance à la figure !

La colère lui brûlait les entrailles. Elle exigeait une explication. Et plus encore, la raison de cette mise en garde à l'encontre d'un homme qui l'avait séduite de manière somme toute bien innocente.

— Très bien. Puisque vous désirez la vérité, je vous la sers toute nue : Guillaume (Apolline nota que son prénom était tout à fait charmant) Lavandier est un dangereux séducteur !

Son annonce produisit toutefois l'effet inverse sur elle. Bien loin de lui sembler une menace, le fait de considérer cet homme très plaisant comme dangereux lui procura un frisson de plaisir. N'était-il pas tombé sous son charme aussi ?

La marquise avisa son sourire et reprit :

— Mais je vois bien que vous ne saisissez pas le péril que représente un tel personnage. Une terrible réputation le précède. Il séduit à tour de bras, mais ne s'attache pas. Il répand la souffrance sur son passage. Et je ne voudrais pas qu'il vous blesse...

Cette fois, Apolline sortit de son rêve éveillé, alertée par les accents de sincérité dans le discours de son amie.

— L'amour à ses débuts peut sembler doux et attirant, poursuivit la marquise. Mais parfois, une attraction intense vous porte vers le mauvais garçon.

Ce cas de figure paraissait plus proche de ce qu'elle venait de vivre en effet...

— Dans tous les cas, vous vous sentez démunie lorsque vous éprouvez une telle inclination, les sentiments peuvent vous brûler comme vous élever jusqu'au ciel.

La marquise semble bien connaître la chose. Se peut-il que cette femme si austère et rigide parfois ait pu éprouver un tel transport ?

— Ils peuvent vous procurer la plus grande des joies, comme vous blesser à jamais, reprit-elle d'un ton cassant. Aussi, et avant de vous lancer, il faut bien faire attention.

— Attention à quoi ? interrogea Apolline, désireuse d'apprendre de son aînée.

— À ne pas vous brûler les ailes !

— N'allez-vous pas un peu vite en besogne, marquise ? C'était une simple rencontre, qui ne prête guère à conséquence.

— Je l'espère ! Mais suivez mon conseil. Oubliez-le, c'est préférable ! (Puis, estimant que le débat était clos, elle poursuivit d'un ton plus léger :) Et sinon de quoi parlions-nous ?

La marquise retrouva bientôt le fil de sa conversation et se remit à babiller sur les derniers ragots circulant à la cour.

Un temps qu'Apolline mit à profit pour repenser à l'étrange rencontre qu'elle venait de faire. Elle ignorait jusqu'alors qu'un homme puisse produire un tel effet sur ses émotions. C'était une découverte fabuleuse et elle avait envie de plus... Elle se dit qu'elle aimerait beaucoup savoir si c'était l'effet de la surprise, si les paroles de la marquise juste avant l'y avaient encouragée, ou si cet homme était vraiment intéressé par sa personne...

Peut-être que si elle le revoyait, elle le trouverait quelconque après tout. Peut-être que l'intérêt qu'il lui avait manifesté n'existait que dans son imagination après tout ?

Elle éprouva bientôt le besoin impérieux de le savoir.

Et pour cela, il n'y avait qu'une chose à faire : essayer de le revoir. N'avait-elle pas le trait[1] après tout ?

Apolline fit ainsi en sorte de prolonger leur promenade dans les jardins de Versailles jusqu'à la tombée de la nuit. Intarissable bavarde, son amie ne se rendit compte de rien.

Hélas, elle ne revit pas le chevalier...

1. En langage échiquéen, signifie que c'est à elle de jouer.

6

Pièce non protégée

Blottie dans sa chambre, Apolline caressait rêveusement le marbre froid de son échiquier, accoudée à la petite table, tandis que le soleil commençait à répandre sa lumière dorée.

Comme souvent, elle disputait une partie contre un adversaire imaginaire, jouant alternativement les noirs et les blancs. C'était au camp adverse de jouer, mais son esprit perdu dans ses pensées ne réussissait pas à se concentrer sur la partie. En cause, la fameuse rencontre au jardin de Versailles dont elle se repassait en boucle tous les détails, le moindre geste, et les mots comme les regards échangés. Cela faisait trois jours que cette rencontre la hantait. Elle était devenue son obsession. Son esprit rationnel ne parvenait pas à comprendre ce qui avait fait basculer les choses, ce qui avait provoqué ce déferlement d'émotions en elle. Dans ses souvenirs, son interlocuteur avait fini par devenir une ombre, avec une voix chaude et envoûtante, tandis que son regard s'était mué en un astre luisant dans une nuit de soie noire.

Elle se repassait indéfiniment la scène, la rejouant sous tous les angles, avec des variantes, comme lorsqu'elle disputait une partie d'échecs. Tantôt, elle changeait les dialogues, tantôt elle modifiait son attitude… Comment aurait-il réagi si elle avait évité son regard à ce moment-là ? N'aurait-elle pu suggérer qu'ils se revoient à la fin de leur entretien ?

Il aurait peut-être souri et souscrit à sa proposition...

Ses doigts se posèrent sur le cavalier noir, et épousèrent ses formes, notamment les arêtes fines de sa crinière. L'aspect rugueux et doux au toucher de la pièce lui rappela le velours de son habit ce jour-là.

Le cavalier convoitait la dame blanche. Entre eux se matérialisait un petit jeu connu d'eux seuls, comme s'ils esquissaient un ballet. Ils s'observaient, se défiaient, se tournaient autour, s'apprivoisaient. Les autres pièces ne l'intéressaient plus, tous n'étaient que des pions, spectateurs de leur joute passionnée.

Comme elle regrettait de ne pas avoir convenu de le revoir ! Que se serait-il passé alors ?

Mais une telle proposition émanant de sa part ne se faisait pas, l'initiative n'était guère permise de la part d'une jeune femme bien élevée. Elle n'avait pas le trait !

— Que diantre les conventions ! soupira-t-elle, en envoyant balader les quelques pièces capturées sur le bord de l'échiquier.

Elle se leva soudain, le souffle court, les sens en ébullition. Elle n'en pouvait plus d'attendre que les choses se passent, d'en être la spectatrice. Elle n'avait qu'une envie : le revoir pour savoir si l'impression si forte qu'elle avait ressentie était un effet de son imagination ou une réalité. Et surtout si cette impression était réciproque. Le chevalier était-il vraiment un séducteur invétéré, ainsi que l'avait mise en garde son amie la marquise ? Elle en doutait, d'autant que son cœur lui soufflait le contraire. Comment un homme aussi aimable et charmant pouvait-il se comporter comme le méchant homme qu'elle décrivait ? Il s'agissait là certainement de racontars. Certains étaient passés maîtres à Versailles dans l'art de faire et défaire des réputations.

Apolline devait le revoir et en avoir le cœur net, car elle ne vivait plus. Ou uniquement dans l'attente et l'espoir de cette rencontre. Et cette langueur ne lui ressemblait pas. Sous le coup de l'émotion, elle était sur le point de commettre une folie. Elle allait sortir de chez elle pour aller le retrouver.

Sa décision prise, elle se leva, et vérifia sa mise : une robe d'un bleu ciel radieux. Elle se poudra le visage, emporta un châle au reflet moiré pour rehausser sa tenue et couvrir ses épaules, du moins en partie, car elle avait envie d'être jolie, et descendit en toute hâte dans l'entrée du château.

Elle croisa alors un domestique.

— Faites atteler la calèche, je vous prie !

— Bien mademoiselle, répondit le serviteur, surpris.

Parvenu à la porte, il se ravisa cependant :

— Monsieur le comte vous accompagnera-t-il ?

— Non... (Elle hésita, puis déclara :) Vous lui direz que je suis attendue chez mon amie, la marquise de la Pomponière.

— Bien, mademoiselle !

Il sortit en toute hâte. Apolline se mordit aussitôt la lèvre.

Que m'arrive-t-il ? Voilà que je mens à présent !

Elle l'avait fait avec un tel aplomb qu'elle en était la première surprise. Au-delà de la culpabilité, elle éprouvait surtout une forme d'élan libérateur. Elle agissait, enfin ! Elle allait le retrouver... À cette pensée, son cœur se mit à palpiter dans sa poitrine. Elle ressentit des fourmillements dans son ventre et un mélange de peur, d'appréhension et d'envie de prendre des risques qui tranchait radicalement avec la monotonie de sa petite vie d'ordinaire si bien rangée.

Elle dut patienter quelques minutes sur le perron, et espéra que son père ne la croise pas à ce moment-là, car elle aurait alors beaucoup de mal à lui mentir.

Fort heureusement, il n'en fut rien et elle grimpa bientôt sur la banquette du cabriolet. Désormais seule aux commandes, elle prit les rênes de son destin bien en main.

Après réflexion, et beaucoup d'appréhension, il faut bien le dire, elle choisit de se rendre d'abord chez la marquise. Celle-ci fut très surprise de la voir débarquer de si bon matin.

— Eh bien, que vous arrive-t-il donc ? Nous n'avions point

convenu de nous voir, il me semble… Ou alors, l'aurais-je oublié ? Dans ce cas, j'en suis confuse, croyez-le bien !

Apolline la rassura et lui expliqua qu'elle ne tenait pas en place au château. Elle invoqua des travaux en cours et le bruit qui la gênait. C'était pourquoi elle souhaitait prendre l'air et aller se promener en sa compagnie, si du moins la marquise était disponible.

— Eh bien, je pensais faire un peu de ménage de printemps, ôter les rideaux d'hiver, et les échanger avec des tissus plus légers.

— Cela pourra bien se faire sans vous ! Il vous suffit de donner vos instructions.

— Certes, approuva la marquise, bien qu'un peu embarrassée, car elle avait apparemment d'autres projets.

Mais devant la détermination et l'entrain de la jeune femme elle finit par céder.

— Laissez-moi le temps de me préparer et je suis à vous. Y a-t-il un endroit particulier où vous souhaiteriez flâner ?

— J'aimerais beaucoup retourner à Versailles ! répondit Apolline, avec enthousiasme.

— Ah. C'est ennuyeux, car mon époux n'y est pas aujourd'hui. Il est parti à Lyon, pour affaires…, ajouta-t-elle d'un ton maussade.

— Qu'importe ! Vous pourriez toujours prétexter auprès des gardes à l'entrée qu'il s'y trouve !

— Je ne suis pas sûre que cela fonctionne… (Elle hésita, et son regard se fit intrigué.) Mais dites-moi, pourquoi voulez-vous tant y aller ? Nous pourrions aussi bien aller nous promener dans un autre parc…

— Puisqu'il faut vous le dire… (Elle toussa pour s'éclaircir la voix, le temps aussi de trouver une bonne excuse.) J'ai très envie de revoir ce petit colvert au bord de l'étang. Et voir s'il a trouvé compagne…

— Je vois… (Elle émit plusieurs cris d'oie, son rire si caractéristique.) Eh bien, soit ! Je ne voudrais pas contrarier votre amour de la nature…

Elle s'en fut se préparer, au grand soulagement d'Apolline qui se reprocha toutefois sa trop grande aisance à mentir. Hélas, la lenteur de son amie exaspéra Apolline. Mais la marquise était nonchalante, c'était sa nature. Chaque minute comptait cependant pour voir Guillaume. À présent que les énergies étaient libérées, elle n'y tenait plus.

La jeune femme sourit néanmoins. Car, en définitive, sa stratégie se mettait en place et elle allait bientôt revoir celui qui l'avait tant troublée ! Cette perspective la ravissait.

Comment cela allait-il se passer ? Le trouverait-elle plus beau encore ? Serait-il heureux lui aussi de la revoir ? L'éventualité qu'elle puisse ne pas le croiser ne l'effleura même pas, tant elle ne doutait pas un instant qu'elle le reverrait.

Elles arpentèrent les jardins de Versailles une bonne partie de la matinée, avant qu'un rideau de pluie ne s'abatte sur elles, trempant la marquise jusqu'aux os. Pourtant, Apolline l'avait conviée à demeurer sous un arbre pour se protéger, persuadée que l'ondée serait de courte durée. Mais il n'en fut rien, et le feuillage croulant sous le poids de l'eau avait fini par déverser son contenu glacé sur la malheureuse. Fuyant leur refuge de fortune, elles durent rentrer sous une pluie battante.

Apolline invoqua leur manque de chance et insista pour renouveler leur promenade le jour suivant, car elle n'avait pas vu le canard. La marquise, bonne pâte, accepta. Et ce d'autant que, son mari envolé, elle s'ennuyait ferme dans sa vaste demeure et n'était pas contre un peu de distraction. Un amusement qu'elle trouvait moins auprès de son amie cependant qu'en grappillant quelques ragots lorsqu'elles croisaient des promeneurs. Finalement, chacune d'elles y trouvait son compte.

Les deux femmes retournèrent au parc les deux jours qui suivirent et Apolline fit connaissance avec tous les canards et cygnes du château, tandis que la marquise faisait le plein de ragots. Mais hélas, pas de Guillaume Lavandier à l'horizon !

Au matin du jour suivant, la marquise malade d'avoir pris

froid sous la pluie dut garder la chambre, ce qui l'arrangeait, d'autant que le talon de sa chaussure situé en son milieu était rentré dans sa plante de pied, et cela la faisait terriblement souffrir.

Mais cela ne suffit pas à décourager Apolline. Elle s'en fut donc seule au château, et une fois à l'entrée, prétexta auprès des gardes du château avoir perdu son étole la veille. Cédant devant son sourire angélique, ils la laissèrent entrer.

Ce jour-là, lorsqu'elle aperçut la haute stature de Guillaume Lavandier se profiler à l'horizon, son cœur manqua un battement. Il marchait en compagnie d'un homme de loi. Mais, hélas pour elle, ils se trouvaient dans une allée adjacente et ne devaient pas croiser sa route.

C'est bien mal me connaître que de penser que je puisse renoncer ! Et encore moins si près du but !

Apolline empoigna alors ses jupons et se mit à avancer de toute la vitesse que pouvaient lui autoriser ses jambes pour parvenir à leur niveau. Heureusement, Guillaume était trop absorbé dans sa conversation pour le remarquer.

Sa progression était toutefois entravée par la boue, il avait plu durant la nuit et l'herbe était trempée. Le bas de sa robe en était tout sali. Qu'allait-il penser en la voyant ainsi arriver, comme une souillon ? Devait-elle renoncer à son grand projet ? Elle songea cependant que même avec une plume sur la tête, s'il lui portait réellement de l'intérêt, alors il agirait avec considération avec elle. Et c'était justement l'occasion de le vérifier !

Elle finit par les dépasser dans l'allée de côté et tourna sur sa droite pour pouvoir les croiser « par hasard ». Ce qui se produisit quelques pas plus loin. Elle feignit de regarder ailleurs, le cœur battant à tout rompre tandis qu'elle tentait tant bien que mal de calmer son souffle court d'avoir pressé le pas. Elle sentait également ses joues cuire du fait de l'exercice, mais qu'importe, elle s'efforça de faire bonne figure...

Lorsqu'il la vit, Guillaume Lavandier interrompit sa conversation. Il portait un habit d'un bleu nuit fort seyant, qui mettait admirablement en valeur sa physionomie. Ses traits étaient aussi beaux que dans son souvenir, même si son expression reflétait davantage l'étonnement que la considération qu'il lui avait portée la première fois.

— Vous ici, mademoiselle ?

— Oui, c'est bien moi ! s'entendit-elle dire, à son plus grand désarroi.

Elle avait bien pensé à plusieurs phrases aimables qu'elle lui adresserait lorsqu'elle le reverrait. Mais toutes ses résolutions ainsi que son courage fondirent en un instant lorsqu'elle se retrouva devant lui.

— La marquise de la Pomponière n'est-elle point avec vous ? interrogea Lavandier, curieux.

— Hélas, elle se trouve être très fatiguée...

— Ah.

Guillaume semblait embarrassé et Apolline sentit un vent glacé souffler sur son cœur. La conversation se tarit. Son interlocuteur paraissait moins ardent que la première fois, il était même plutôt froid et indifférent, comme préoccupé.

En un instant, elle songea qu'elle avait commis une folie de venir ainsi, sans chaperon, pour tenter de rencontrer un homme aussi inaccessible.

Elle perçut le regard gêné de l'homme de loi à ses côtés, qui regardait de côté comme s'il était pressé de partir. Et cela ajouta encore à son embarras.

Contre toute attente, Guillaume Lavandier lui demanda alors :

— Êtes-vous venue seule à Versailles ?

Elle brûlait d'envie de lui dire qu'elle avait fait tout cela pour le revoir et leur donner une chance de pouvoir discuter. Mais tout cela lui parut vain, stupide, naïf...

Dans un sursaut de conscience, elle se souvint alors du prétexte qu'elle avait servi un peu plus tôt aux gardes du château.

— En fait, j'ai perdu quelque chose hier, et je m'efforce de le retrouver. (Elle déglutit.) Une étole...

— C'est ennuyeux... Désirez-vous de l'aide ?

Son offre paraissait sincère, même si elle était motivée par une évidente politesse plutôt que par l'urgence de la situation.

Mais ce fut suffisant pour que le cœur d'Apolline reparte de plus belle.

— Non, je vous remercie ! Ce ne sera pas nécessaire. De toute façon, je dois bientôt partir. On m'attend...

Elle se sentit rougir davantage, plus du fait d'avoir menti que de la course cette fois. Et elle ressentit un besoin pressant de fuir.

— Mais j'accapare votre temps ! Pardonnez-moi, reprit-il, après un instant suspendu. De toute manière, nous sommes attendus également.

L'homme de loi approuva de la tête, presque soulagé de la voir partir.

— Je vous souhaite de trouver ce que vous cherchez et une excellente journée, conclut le chevalier.

Il s'inclina brièvement et les deux hommes s'en furent de leur côté.

— Quelle étrange enfant ! souffla alors l'homme de loi au chevalier. Sa robe était toute crottée ! À Versailles... Si ce n'est pas honteux !

Apolline, qui avait entendu, ferma les yeux, cramoisie de honte. Elle s'était couverte de ridicule ! Elle se sentait si stupide et désemparée. Elle avait gâché toutes ses chances de faire bonne impression et cette rencontre n'avait pas été le tourbillon d'émotions espéré et rêvé. La déconvenue était brutale.

Elle allait s'en aller, tête basse, lorsqu'elle se heurta soudain à un homme. Elle leva les yeux pour découvrir que Guillaume Lavandier se tenait devant elle.

— J'espère que nous aurons l'occasion de nous revoir, lorsque vous aurez un peu de temps à m'accorder...

— Eh bien... Euh... Oui... Avec plaisir !

Le regard de braise de son interlocuteur s'alluma. Et il afficha un sourire doux.

— Et où pourrai-je vous revoir ?

Un sentiment de panique la gagna aussitôt. Elle songea en un éclair qu'elle ne pouvait lui donner rendez-vous au domaine de son père ni chez la marquise qui le détestait, alors elle balbutia :

— Eh bien, ici ! Au détour d'une allée...

— Ah, oui. Je vois... Alors, à une prochaine fois, peut-être.

Il s'inclina et disparut.

Que voulait-il dire par : « je vois » ?

Pensait-il qu'elle tentait de se dérober à l'invitation ?

Oh ! non ! Tout est à refaire... et je vais devoir convaincre la marquise de m'accompagner de nouveau. Mais elle ne le voudra pas, car elle le déteste. Ou alors, je reviendrai seule...

De nombreuses pensées se bousculaient dans sa tête.

En s'éloignant, Apolline, dont les jambes flageolaient, ne put s'empêcher de réprimer un sourire toutefois.

Il est venu vers moi ! Il souhaiterait me revoir...

Son cœur faisait des bonds dans sa poitrine, une joie indicible l'étreignait.

Finalement, ça ne s'est pas si mal passé !

En tout cas, ma persévérance a été grandement récompensée.

Le retour au domaine devait être moins glorieux, hélas.

— Ah, vous voilà, jeune fille ! tonna son père à son arrivée.

Il l'attendait, les bras croisés, dans l'entrée.

Apolline sentit la peur l'envahir et sa gorge se serrer.

Lorsqu'elle s'avança vers lui, il considéra sa robe toute salie.

— Puis-je savoir d'où vous venez ainsi dépenaillée ?

— J'étais chez la marquise, répondit Apolline en évitant son regard.

— Vous la voyez tous les jours en ce moment, si j'en juge par l'usage que vous faites de ma calèche et de mon cheval.

— Oui, en effet ! approuva Apolline. Est-ce un mal ?

— Je n'y verrais point d'inconvénient, si la marquise en question n'était passée tout à l'heure pour vous rendre visite. Elle semblait surprise d'apprendre que vous étiez chez elle. Mais peut-être avait-elle mal compris votre intention... Elle est si étourdie, parfois !

Apolline déglutit. Et le sol s'effondra sous ses pieds.

— Non. Ce n'est point sa faute, avoua Apolline désireuse de disculper son amie.

— Bon ! Faute avouée est à moitié pardonnée. Mais il nous reste encore l'autre moitié. Alors, puis-je savoir où vous étiez ?

Apolline baissa la tête, ses lèvres scellées.

— De mieux en mieux ! Dans ces conditions, vous comprendrez qu'à partir de maintenant, vous ne sortirez plus d'ici autrement que pour aller à l'église, et sous bonne garde. (Apolline hocha la tête en signe d'assentiment.) Et si la marquise veut encore vous voir, il faudra qu'elle vienne vous visiter ici même...

— Oui, père, répondit Apolline dévastée.

Quelle guigne ! Comment allait-elle faire pour retourner à Versailles à présent et revoir Guillaume Lavandier ?

Il s'éloigna, puis fit volte-face et revint vers elle.

— Au fait, et pour votre gouverne, j'ai reçu la visite d'un homme de loi. Il m'a transmis une offre de reprise du domaine. Je crois qu'il serait bon de la considérer, avant que je ne doive brader mon bien. Aujourd'hui encore, une partie de notre grenier à blé s'est effondrée ! C'est la fin des haricots...

— Oh ! père, non ! Ne cédez pas vos terres à ces vautours... Il est toujours temps de trouver une solution.

— Votre optimisme vous honore, jeune fille ! Mais je suis plus pragmatique que vous. Et d'ailleurs, l'offre de cet homme est plus que raisonnable. Alors certes, elle émane d'un petit négociant enrichi, autant dire un parvenu ! Un homme très en dessous de notre condition, en tout cas. Mais je pense qu'il serait bon de ne pas la négliger. Tenez, voyez vous-même.

Il lui tendit le document.

Apolline saisit la feuille en tremblant, davantage d'indignation, en réalité, que de crainte. Car elle ne réalisait pas encore l'urgence de la situation. Elle y vit consigné un montant conséquent, mais celui-ci ne l'impressionna guère. Elle s'apprêtait à répondre qu'il ne fallait pas céder lorsque la signature au bas de la feuille l'interpella. Elle dut relire trois fois le nom écrit pour qu'il s'imprègne dans son esprit. Elle blêmit et manqua de vaciller.

Le document était signé : Guillaume Lavandier.

7

Attaque à la découverte[1]

Guillaume Lavandier était penché sur son secrétaire, affairé à rédiger un document. Sa plume virevoltait avec aisance en crissant par endroits sur le papier. Bientôt, faute d'encre suffisante, il dut la tremper dans l'encrier en laiton, et profita de cette respiration naturelle pour réfléchir aux mots qu'il employait. Il s'abreuva alors au flot de ses pensées puis les laissa couler jusqu'à sa plume.

Enfin, satisfait, il relut son paragraphe et souffla sur l'encre pour l'aider à sécher. Puis, il posa sa lettre sur son secrétaire et se laisser aller contre le dossier de son fauteuil couvert de tissu dans le plus pur style baroque. Son gilet de satin bordeaux glissa sur le revêtement doux. Et Guillaume apprécia ce contact, tout autant que le moelleux du rembourrage. C'était un objet qu'il avait conservé de sa dernière acquisition. Sinon, il aurait dû faire appel à un artisan tapissier pour réparer son ancien fauteuil, et cela lui aurait coûté trop cher.

En général, il ne gardait rien pour lui, ou très peu de pièces prises à l'adversaire. Il les vendait toutes et réinvestissait intégralement le bénéfice obtenu dans son appropriation suivante.

1. Menace indirecte sur une pièce adverse.

Guillaume était prévoyant et perfectionniste. Il ne laissait rien au hasard, un peu comme lorsqu'il jouait aux échecs. De même, il tenait ses livres de comptes rigoureusement à jour. Le moindre écart pouvait lui faire perdre l'avantage, alors même qu'il se trouvait si près du but.

Il relut son document, fit quelques retouches, agita sa feuille et attendit. Puis, il inséra sa lettre dans une petite enveloppe sur laquelle il fit couler un peu de cire rouge, avant d'y enfoncer son sceau. Il appréciait tout particulièrement ce moment où il laissait son empreinte dans la matière.

Le temps que la cire se solidifie, il se détendit un peu. Il observa le feu, qui produisait une flambée chaleureuse et craquante dans la cheminée. Son esprit s'envola, captivé par les formes en mouvement. C'est alors qu'il la vit.

La jeune femme entrevue à Versailles hantait ses pensées depuis leur première rencontre, où elle lui était apparue si belle et fraîche.

Elle est comme un bourgeon sur le point d'éclore au printemps... Voilà que je deviens poète ! se dit-il en secouant la tête.

Quant à la seconde fois qu'il l'avait vue, ce n'était pas le fruit du hasard, il en était persuadé. Il avait vu ses joues se colorer lorsqu'elle avait invoqué le prétexte de chercher quelque chose pour justifier sa présence dans les jardins... Que cherchait-elle d'ailleurs ? Une étole ! Fait-on autant de chemin pour un simple bout de tissu ?

La question était : avait-elle volontairement voulu croiser son chemin ? Il sourit. Si c'était le cas, elle avait répondu à ses sollicitations bien au-delà de ses attentes. Il se remémora ses paroles lorsqu'il lui avait proposé de la revoir : « Avec plaisir... »

Du plaisir, il aimerait beaucoup en prendre avec elle. La jeune femme était très jolie, attirante même et pleine de vie. Elle semblait avoir du caractère également. Il en fallait en effet pour s'aventurer seule en terrain aussi miné que Versailles où rôdaient tant de dangereux libertins. Sans compter le roi lui-même !

Il aurait déjà dû agir, mais ses affaires requéraient toute sa concentration.

Il songea également que la demoiselle lui prenait beaucoup trop de son attention. Il pensait souvent à elle et mourait d'envie de la connaître davantage. Et considérant ce qu'il préparait par ailleurs dans ses affaires, il convenait d'agir sans délai !

Hélas, elle ne lui avait pas décliné son nom. Donc, officiellement, il ne pouvait agir. S'il voulait la rencontrer de nouveau, il devait solliciter l'intervention de leur connaissance commune, à savoir la marquise de la Pomponière. Mais elle se méfiait sûrement de lui, depuis qu'il avait courtisé son amie la comtesse de Bercy. Une aventure qui s'était soldée par un échec. Ce n'était point sa faute, elle n'avait pas su garder son intérêt !

Il était comme cela. Il était attiré, courtisait, butinait, puis une fois la belle tout acquise à sa cause, il allait admirer d'autres fleurs. Après tout, il n'était pas le seul à agir ainsi dans la nature. Aussi, pouvait-on le lui reprocher ?

Il s'était pourtant montré correct avec la comtesse, lui expliquant qu'il aimerait conserver avec elle une tendre amitié. Mais elle s'y était refusée, argumentant que la douleur serait bien trop vive de le revoir, sans qu'il ne la prenne dans ses bras. Il lui avait cependant bien dit qu'il ne l'épouserait pas.

Les gens n'entendent décidément que ce qu'ils veulent !

Guillaume était incapable de s'attacher, ou plutôt... il s'y refusait. Pour lui, les sentiments étaient synonymes d'asservissement. Il ne voulait pas finir comme sa mère, que son père avait anéantie par ses nombreuses infidélités. Petit garçon, il avait assez souffert de la voir tant pleurer. S'il avait pu, il aurait pris l'épée de son père pour l'embrocher...

Sa mère partie, après s'être laissée dépérir, il avait juré de ne jamais s'attacher pour ne pas souffrir. En revanche, il n'avait jamais pardonné à son père de lui avoir tout pris, son cœur, mais aussi son titre et sa fortune qu'il avait perdue au jeu. Un patrimoine qu'il tentait de récupérer par tous les moyens aujourd'hui, avec son rang.

— Séraphin ! tonna-t-il alors.

Aussitôt, un homme plutôt sec, âgé, et d'apparence soignée, portant une perruque blanche poudrée d'un autre temps, accourut à ses ordres.

— Monsieur ?

Guillaume lui tendit la lettre.

— Veuillez faire partir ceci par coursier.

— Bien, monsieur ! Rien d'autre ?

Guillaume hésita. Il passa sa main dans ses cheveux bruns, puis réfléchit, tandis que son serviteur attendait, stoïque.

— Vous prendrez des informations sur cette demoiselle.

Il écrivit un nom sur une feuille qu'il lui tendit.

— Bien, monsieur. Que voudriez-vous savoir ? Une chose en particulier ? répondit son domestique d'un ton précieux.

— Absolument tout ! Surtout les secrets les plus inavouables. En serez-vous capable ?

Ce faisant, il mettait au défi son valet de pied, qui lui servait également d'assistant et d'intendant. En vérité, il le connaissait depuis trente ans, date de son entrée dans sa famille, dont il n'était jamais sorti, alors même qu'ayant tout perdu ses parents avaient dû se défaire de leur personnel. Il était le seul à être resté, par loyauté et abnégation. Et ce n'était que récemment que Guillaume avait pu augmenter ses gages.

— J'ai longuement servi à la cour du roi Louis XIV... Je n'y vois peut-être plus goutte, mais je suis très clairvoyant ! répliqua le valet de chambre.

— Je n'en attendais pas moins de vous, Séraphin ! s'exclama-t-il en souriant. Et je vous taquine un peu...

Il savait en effet son serviteur très malin et expérimenté dans les intrigues de cour. Ce n'était pas la première fois qu'il s'acquittait d'une telle tâche. Et il le faisait toujours avec brio.

— Une future conquête, peut-être ? hasarda le laquais.

— Disons que la demoiselle m'intrigue beaucoup...

Il ne s'épancha pas davantage et, pour être certain d'abréger la conversation, demanda qu'on selle son cheval. Son domestique s'y employa alors avec diligence.

Lorsqu'il revint, peu après pour lui signifier que son étalon était prêt, Guillaume s'était changé et fermait les boutons de sa veste.

— Puis-je faire remarquer à monsieur que la nuit va tomber ? La personne chez qui vous vous rendez sera peut-être en train de souper...

— Mais j'y compte bien ! argumenta Guillaume, j'entends bien la surprendre !

Cela faisait en effet partie de sa stratégie.

C'est ainsi que la marquise de la Pomponière eut la surprise de voir débarquer Guillaume Lavandier chez elle, alors qu'elle venait d'entamer son potage. Fort heureusement, elle n'avait pas encore demandé à sa femme de chambre de la défaire. Et bien qu'elle détestât le personnage, elle fut ravie de voir quelqu'un de la noblesse franchir la porte de sa maison. Cela la changeait du tête-à-tête avec ses domestiques en l'absence (de plus en plus longue) de son mari.

Guillaume s'en aperçut au sourire, un peu moins faux que d'habitude, qu'elle afficha pour l'accueillir.

— Que me vaut votre visite à cette heure indue, chevalier ? le questionna-t-elle.

— J'ai incidemment appris que votre mari vous délaissait... Une jeune femme ne devrait pas être ainsi seule en son château un soir de semaine ! avança Guillaume, usant de flatterie pour l'attendrir.

Ce qui en règle générale fonctionnait bien.

— Allons, épargnez-moi votre beau discours..., trancha-t-elle, avec sévérité.

— Mais peut-être est-ce que je vous dérange ? poursuivit Guillaume.

— J'étais en train de souper...

Il afficha un air confus et laissa planer le silence.

— Peut-être souhaiteriez-vous vous joindre à moi puisque vous avez fait tout ce chemin ? finit-elle par proposer, de guerre lasse.

— Pourquoi pas ? Cela tombe bien, je n'ai point encore mangé !

(Ce qui était faux, car Séraphin lui avait servi un encas avant qu'il ne parte, au cas où il trouverait porte close...)

Il lui offrit son sourire le plus charmeur et la vit cligner plusieurs fois des yeux. Les femmes n'y résistaient pas en général, même les plus sévères.

Lorsqu'ils eurent échangé quelques banalités, dégusté un chapon et sa crème de morille et bu un verre de vin rouge du meilleur goût, l'atmosphère se détendit. La marquise semblait presque ravie de l'avoir à sa table. Il lui servit quelques bons compliments, quelques histoires savoureuses et ragots dont elle raffolait tant et, lorsque vint le dessert, il passa aux choses sérieuses en s'enquérant sur un ton badin :

— Et que devient votre jeune amie, que j'ai vue en votre charmante compagnie à Versailles ?

Le visage de la marquise se ferma aussitôt.

— Ah, je me doutais bien que votre visite était intéressée !

— Non, point ! Je me le demandais, voilà tout. Mais si vous ne voulez pas me le dire, je m'en accommoderai. Voulez-vous un autre verre de vin ?

La marquise ne se fit pas prier. Le liquide rubis coula dans son long cou nacré, et bientôt une étincelle s'alluma dans son regard. Guillaume l'estima alors prête et revint à la charge.

— Peut-être pourriez-vous nous mettre en relation ou organiser une entrevue avec cette jeune personne ? Ainsi, je ne vous ennuierais plus avec mes questions...

— Je vous connais, Lavandier ! Vous êtes un vil séducteur. Vous allez la posséder et la rejeter, comme toutes les autres. Cette fille est mon amie, et je ne veux pas que vous lui fassiez du mal...

— Je saisis l'allusion, marquise ! Et sur ce point, je puis me défendre : si vous évoquez la comtesse de Bercy, je l'avais bien avertie de mes intentions ! Je n'ai rien à me reprocher...

— Mais bien sûr ! Vous êtes irréprochable..., lança la marquise, passablement ivre. Mais je ne vous crois plus. Ni aucun de vos congénères. Tous les hommes sont volages ! (Elle prêchait pour sa paroisse, songea Guillaume.) Alors, ne comptez pas sur moi pour vous mettre en rapport avec elle. Et puis de toute façon, elle ne sort plus de chez elle. Son père est furieux, et la garde prisonnière ! Sa seule promenade consiste à se rendre à l'église... Elle ne vient même plus chez moi.

— La pauvre enfant ! Quelle cruauté !

Guillaume songea qu'elle payait sans doute là ses escapades à Versailles. Cela n'arrangeait pas ses affaires...

— Oui, cet homme est trop autoritaire et il la surprotège. Il finira par l'inciter à faire des bêtises !

— Mais assurément ! J'espère au moins que vous lui apportez votre soutien.

— Du mieux que je peux. Je me rends d'ailleurs au château du Chesnay demain pour la voir et...

La comtesse s'interrompit, comprenant qu'elle avait fait une gaffe.

— Sage résolution ! poursuivit Guillaume, en s'efforçant de demeurer impassible, alors qu'il jubilait intérieurement. Elle a vraiment de la chance de vous avoir comme amie. Je vous ressers ?

8

Clouage[1]

Apolline se morfondait à sa fenêtre, caressant les lourds rideaux de velours que sa femme de charge n'avait pas eu le temps ni la possibilité de changer, compte tenu de son état, tout en songeant à la cruelle ironie à laquelle elle était confrontée : le repreneur du domaine de son père n'était autre que Guillaume Lavandier ! Elle en ressentait une profonde tristesse, de la colère aussi vis-à-vis de cette injustice flagrante, et surtout beaucoup d'amertume.

Mais alors pourquoi le destin l'avait-il mis sur sa route ? Pourquoi cette rencontre l'avait-elle à ce point bouleversée qu'elle ait pris tous les risques pour aller le retrouver ? Ce qui avait eu pour conséquence qu'elle avait dû chèrement payer le prix de son audace.

C'est alors qu'elle vit surgir un carrosse dans l'allée.

Tiens ! Qui cela peut-il bien être ? se demanda-t-elle, en émergeant de sa torpeur. Elle aperçut alors la silhouette de la marquise et esquissa un pâle sourire à la vue de son amie. Elle nota en outre qu'elle marchait à vive allure, et semblait pressée.

Étrange !

1. Action d'immobiliser une pièce adverse, qui ne peut se déplacer sans mettre une autre pièce en danger.

Apolline courut à sa coiffeuse pour rosir ses joues un peu trop pâles, et se précipita dans le couloir, puis dans l'escalier menant à l'étage inférieur.

La marquise était en train d'expliquer au domestique l'objet de sa visite lorsqu'elle la rejoignit.

— Ah, vous voilà ! s'exclama-t-elle en la voyant, le souffle court. Il faut que je vous parle, toute affaire cessante ! Je ne vous importune pas trop, j'espère ?

— Bien au contraire ! Vous m'extirpez là de quelques ennuyeux travaux de broderie imposés par mon père !

— Ma pauvre amie..., compatit la marquise. Pouvons-nous discuter, au plus vite ?

— L'affaire a l'air d'importance ! Vous semblez bouleversée...

La marquise s'éventa de sa main.

— Ce n'est rien de le dire... Je m'en veux un peu, pour tout vous avouer !

Apolline, surprise, la fit entrer dans le petit salon, et commanda du thé et des biscuits, avant de donner pour instruction qu'on ne les dérangeât point.

— Avant toute chose, et que vous me blâmiez, je dois dire que ce n'était pas totalement ma faute. Il m'a fait boire !

— Boire ? Mais qui donc ?

— Mais, lui, cet infâme sacripant : Guillaume Lavandier !

Le cœur d'Apolline se serra en entendant prononcer son nom. Décidément, elle allait de déception en déception avec ce garçon, après pourtant avoir tant rêvé du beau chevalier...

— Aurait-il tenté d'abuser de vous ? hasarda la jeune femme, la peur au ventre.

— J'aurais presque préféré ! lança la marquise, tout en s'effondrant dans un fauteuil.

Apolline bouillonnait intérieurement. Son amie la torturait sans le vouloir.

— Que s'est-il donc passé ?

— Figurez-vous qu'il est passé chez moi, l'autre soir...

Apolline déglutit, peu encline à entendre que le chevalier aurait tenté de la séduire à la nuit tombée.

— Il m'a fait la conversation, charmante d'ailleurs. Ce garçon a vraiment de belles manières et sait y faire !

— Je vous en prie, venez-en au fait ! lui intima la jeune femme, n'y tenant plus.

La marquise se reprit en toussotant :

— Oui, pardonnez-moi, je m'égare ! C'est un défaut que j'ai, lorsque je parle, j'ai tendance à m'éparpiller...

Devant le regard noir de la jeune femme, elle finit par lâcher :

— En vérité, il était surtout venu me questionner à votre sujet... (Apolline éprouva une intense bouffée de joie.) Je vous jure que je ne lui ai pas révélé votre nom ! Mais d'une façon un peu maladroite, j'en conviens, j'ai laissé entendre que je venais vous visiter ici même aujourd'hui, ajouta-t-elle d'une petite voix.

Apolline accusa le coup.

Ainsi donc, il ne tardera pas à découvrir qui je suis !

— Croyez bien que j'en suis sincèrement désolée...

— Ce n'est rien, marquise ! Il aurait fini par l'apprendre, de toute façon..., convint Apolline, résignée.

— S'il ne connaît pas le lien que vous avez avec cette maison, il risque fort de venir ici dans l'espoir de vous trouver. Il semblait vraiment très empressé. Mais que lui avez-vous donc fait ?

— Oh ! rien de particulier...

Elle n'était pas prête en effet à lui avouer ses escapades en solitaire à Versailles.

— Dans ce cas, peut-être se lassera-t-il avant que d'aller au bout de son projet ? Après tout, le charme de la nouveauté est éphémère.

— Absolument ! approuva Apolline en se mordant la lèvre.

Au même moment, un domestique annonça un visiteur qui venait d'arriver à cheval :

— Monsieur Guillaume Lavandier !

Les deux femmes se regardèrent, affolées.

— Il n'a pas traîné..., commenta la marquise.

Apolline réfléchit à toute vitesse et finit par ordonner à son amie :

— Allez au-devant de lui, je vous prie. Et surtout, pas un mot ! Vous ne m'avez pas vue ! Et si d'aventure il vous demande, qui je suis, faites-moi passer pour votre dame de compagnie. Il ne doit absolument pas connaître mon nom !

Apolline songea en effet qu'elle ne tenait pas du tout à ce qu'il révélât à son père leur rencontre à Versailles, où elle traînait sans chaperon.

Elle se leva, et courut vers la cuisine du château, où elle allait pouvoir emprunter une porte dérobée pour rejoindre le jardin, laissant son amie, désemparée.

Lorsque Guillaume pénétra dans le domaine, son cœur battait d'excitation. Il avait hâte de revoir cette jeune personne à qui il pensait sans arrêt. Il en profiterait pour parler au comte, par la même occasion, afin de l'inciter à conclure leur affaire au plus vite.

L'accueil bienveillant qu'il reçut des domestiques lui donna à penser que tout était en bonne voie, car sinon le vieux du Chesnay aurait donné ses instructions pour l'éconduire.

Il vit alors la marquise sortir et la salua. Elle fit de même, mais de manière contrite.

— Eh bien, chevalier ! Vous n'avez pas traîné pour vous précipiter en ces lieux. Courez-vous toujours après cette demoiselle ?

— Détrompez-vous, ma chère. Je suis ici pour affaires et je viens m'entretenir avec le comte du Chesnay.

— Allons bon !

— Mais si je peux la voir, j'en serais comblé !

— Oui... Enfin, jusqu'à ce qu'une autre jeune femme vienne la remplacer dans votre cœur..., ironisa la marquise.

— C'est bien mal me juger et encore moins me connaître que de me penser aussi léger, riposta Guillaume, en se crispant quelque peu.

— Je juge d'après ce que je sais...

— C'est-à-dire que vous ne savez rien... Mais vous parlez

beaucoup, sauf pour les choses d'importance. Car enfin, me direz-vous enfin qui est cette mystérieuse jeune femme ? questionna Guillaume, insidieux.

La comtesse feint d'hésiter, une lueur étrange dans le regard.

— Après tout, pourquoi vous le cacher plus longtemps ?

— Absolument ! répondit-il, en serrant sa paire de gants en cuir, tout en se tenant sur ses gardes. Qui est-elle alors ?

— Tout d'abord, je tiens à vous avertir qu'elle est peut-être jolie, mais elle est… Enfin… Comment dire ? (Elle cherchait ses mots à grandpeine.) Je ne voudrais pas dire du mal d'elle, mais elle est gentille.

— Gentille ? interrogea Guillaume, surpris. C'est bien là un fort vilain défaut dont vous la chargez !

— Je veux dire que vous vous lasserez rapidement ! ajouta la marquise en rougissant, et qui mentait fort mal.

— De cela, il m'appartient d'en juger, madame !

— Enfin, puisqu'il faut vous l'avouer, soupira-t-elle, elle est de petite naissance.

Guillaume se renfrogna, pour la forme du moins, avant de déclarer :

— Je m'en accommoderai…

À court d'arguments, la marquise lâcha alors sa carte maîtresse :

— Apolline est ma demoiselle de compagnie !

Guillaume écarquilla les yeux, surpris de cette révélation.

Il allait répondre, lorsqu'au même moment un domestique vint le trouver :

— Monsieur le comte du Chesnay vous attend dans son bureau.

— Fort bien ! Je vous remercie.

Le serviteur se proposa de l'escorter. De fait, le chevalier et la marquise interrompirent leur discussion.

— Veuillez m'excuser, les affaires…

Il s'inclina. Elle le toisa un instant et s'en fut d'un pas mal assuré, tandis qu'il la regardait s'éloigner en dodelinant de la tête.

Puis, il pivota sur ses talons, inspira pour s'armer de courage et suivit le domestique qui le mena jusqu'au comte.

Quelques minutes plus tard, il se trouvait sur le perron, assez contrarié. L'entretien avait été bref. Le comte l'avait éconduit assez sèchement, arguant qu'en le voyant débarquer aussi empressé dans sa maison cela l'avait fait douter de leur accord. De fait, il tergiversait à présent et n'était plus aussi sûr de vouloir vendre. En fait, il n'avait pas encore arrêté sa décision.

Bien que déçu, et s'en voulant de son attitude, motivée surtout par l'impatience de revoir une certaine personne, Guillaume avait tenté d'argumenter en sa faveur. En fin négociateur, il avait fait valoir les avantages d'une telle transaction, avant que le domaine ne perde de la valeur...

Redoutable en affaires, il se fit aussi menaçant avec le vieil homme. L'intimidation était en effet une manière de faire douter son interlocuteur et de prendre l'avantage. Mais le comte, dont l'œil vif brillait sous la carapace, demeura intraitable. Et finalement, ils convinrent d'un délai de trois mois, pour décider de parachever ou non leur affaire.

Mais qu'importait, car au train où allaient les choses, et si ses sources étaient bonnes, le vieil homme serait bientôt ruiné. Il lui suffisait de patienter, le fruit serait bientôt mûr et il n'aurait qu'à le cueillir.

Le comte ne se leva pas de son fauteuil pour le raccompagner. Guillaume sortit, remit ses gants et se dirigea d'un bon pas vers les écuries.

C'est alors qu'il la vit.

La lumineuse jeune femme croisée à Versailles était en train d'étendre du linge, en compagnie d'une domestique au ventre fort gonflé, qui avait tout l'air d'attendre un heureux événement.

Aussitôt les paroles de la marquise lui revirent en tête : « C'est ma demoiselle de compagnie. »

Mais que faisait-elle donc là à étendre la lessive du comte ?

Guillaume hésita à aller la voir, mais le désir de tirer cette affaire au clair l'emporta sur ses hésitations.

Il s'approcha subrepticement, et parvenu à quelques pas, l'observa davantage. La jeune femme était plus belle encore que dans son souvenir. Vêtue d'une robe rose légère, elle se penchait avec entrain pour saisir le linge et l'accrocher sur une corde, tandis que la personne à côté d'elle se confondait en excuses et en remerciements.

Guillaume sourit, car il aimait les femmes généreuses et attentionnées. Et il fallait avouer que cette jeune fille était dynamique et volontaire. Elle ne rechignait pas non plus aux tâches ménagères. Un bon point pour l'homme qui l'épouserait...

Il se laissa ainsi attendrir, fasciné par la grâce de ses gestes, et la précision de ses doigts. Il appréciait les femmes qui ne faisaient pas de manières, ce qui le changeait de toutes ces filles pincées de la noblesse dont le seul effort consistait à brandir leur éventail et à faire marcher leur langue.

C'est alors qu'elle leva les yeux dans sa direction et le vit. Leurs regards s'accrochèrent. Brillants, intenses et doux cependant. Il la vit aussitôt rougir, se troubler. Lui-même sentit les battements dans ses tempes s'accélérer. Elle produisait décidément un effet étonnant sur lui !

Elle mit la main devant sa bouche, visiblement gênée qu'il la voie ainsi entre un caleçon et une chemise de nuit suspendus à une corde à linge.

Une bouffée de tendresse envahit Guillaume et un sourire s'épanouit sur ses lèvres. Il allait s'avancer vers elle pour lui parler, lorsqu'il entendit une voix grave derrière lui :

— Les écuries sont de ce côté, chevalier !

Il se retourna. Le comte était derrière lui, qui lui indiquait la direction opposée. Il s'inclina alors et s'éloigna sans demander son reste.

Puis, il entendit le vieil homme maugréer à l'intention de la lingère :

— Non, mais regardez-moi ça ! Quand je vous disais qu'elle allait bientôt faire la lessive celle-ci !

9

Stratégie

Suite à l'embarras éprouvé ce jour-là, Apolline se terra dans sa chambre. Si elle avait pu se cacher dans un trou de souris, elle l'aurait fait ! Elle se sentait dévastée et honteuse. Un sentiment renforcé par le sourire du chevalier lorsqu'il l'avait vue suspendre le linge. Une expression sarcastique à n'en point douter !

Il avait dû bien se moquer de cette jeune lavandière qui avait osé l'aborder dans les jardins de Versailles...

Elle voyait désormais chacun de ses gestes et attitudes à son égard comme condescendant. Son port altier était assurément du dédain. L'homme devait être pétri d'orgueil. Sans compter que, s'il avait su que la jeune femme était la fille du propriétaire des lieux dont il convoitait le bien, il en aurait déduit que leur situation était plus que précaire.

Pensez donc, la fille de la maison affairée à laver le linge elle-même !

Autant dire qu'après cela, et sachant le maître des lieux aux abois, il aurait acquis la certitude que la transaction ne nécessitait pas qu'il en offre un prix convenable. Ils avaient finalement échappé de peu à la catastrophe. Et leurs interactions étaient devenues vraiment dangereuses.

Décidément, tous les éléments se liguaient contre un

développement heureux de leur relation. Un projet désormais bien compromis, et par sa faute !

Je dois l'oublier, conclut-elle, tandis qu'une énorme vague de tristesse l'envahit.

Que n'avait-elle besoin d'aider les domestiques dans leur tâche ? Après tout, c'était leur travail ! se reprocha-t-elle.

Mais l'instant d'après elle songea que la pauvre femme qui s'était retrouvée grosse, sans le vouloir peut-être, n'avait pas d'autre choix que de travailler. Elle convint finalement qu'elle avait bien fait d'agir comme elle l'avait fait et ne se le reprocha plus.

Ce jour-là, elle entreprit de quitter sa retraite dorée et de retourner dans la nature, qui lui manquait beaucoup. Elle se vêtit d'une robe d'un vert profond, un peu sombre, mais qui s'accordait bien à son humeur chagrine.

Elle n'avait pas fait quelques pas dans l'allée de terre, bordée de verdure et de roses, qu'elle se sentit mieux. La nature lui faisait du bien. Elle huma le parfum des roses d'un jaune d'or, encore un peu fermées, mais dont l'odeur suave et sucrée promettait beaucoup. Elle s'attarda dans l'observation d'un arbuste dont les feuilles étaient déjà bien vaillantes, un laurier-rose que son père avait fait venir de Méditerranée et auquel leur jardinier avait procuré les meilleurs soins pour lui éviter le gel. Ce qui aurait pu lui être fatal. De timides pétales d'un rose chatoyant au cœur presque fuchsia commençaient à poindre. Apolline se délecta à sa vue, cette beauté lui élevant l'âme. Hélas, elle se dit que, faute de moyens suffisants pour l'entretenir, il pourrait ne pas résister au prochain hiver. Elle espéra que le futur propriétaire prendrait soin de lui. Elle tenta de se figurer Guillaume Lavandier en jardinier, songea à son air hautain, l'imagina traversant l'allée au pas de charge sans même lui accorder un regard, et une angoisse la saisit.

Pour éviter de ressasser de sombres pensées, elle se concentra sur les affaires de son père.

C'est ainsi que ses pas la menèrent jusqu'à la grange qui s'était en partie effondrée. Elle voulait essayer de comprendre…

Elle observa la charpente et les poutres cassées.

Comment un tel assemblage avait-il ainsi pu s'écrouler ?

La construction était pourtant récente et fabriquée dans un bois solide, comme le chêne ou le hêtre. Elle toucha la poutre devant elle, qui était très abîmée. Le matériau était sec et non humide.

Comment était-ce possible dans ce cas ?

C'est alors qu'elle se rendit compte que le bois était parcouru de galeries et paraissait comme dévoré de l'intérieur. Elle s'était assez intéressée à la matière composant les pièces d'échecs, ayant maintes fois interrogé son père à ce sujet, pour savoir que les coupables n'étaient autres que les termites !

Comment avaient-elles pu arriver là ? À sa connaissance, c'était la première fois que ce type d'attaque se produisait au domaine.

Songeuse, elle allait retrouver le comte pour lui en parler, lorsqu'elle aperçut l'intendant en grande conversation avec un homme étrange. Il portait des habits élimés, un tricorne poussiéreux et un foulard noir autour du cou, qui lui donnait une allure de bandit de grand chemin. Apolline se dit que son imagination lui jouait des tours. Mais elle était intriguée, et demeura en retrait pour saisir des bribes de leur discussion.

— Vous avez bien travaillé ! Voici la somme convenue, murmura l'intendant.

Il lui remit une bourse et son interlocuteur lui répondit de ne pas hésiter à faire appel à ses services.

— J'aimerais autant éviter, rétorqua Léopold, mais parfois, qui veut la fin, veut les moyens...

Que voulait-il dire par là ?

Tous les sens en alerte, elle attendit que le visiteur soit parti, pour rejoindre l'intendant.

— Léopold ! le héla-t-elle, avec fermeté.

Il sursauta et pivota dans sa direction.

— Mademoiselle ! Que faites-vous donc ici, ce n'est pas un endroit pour une jeune fille...

— Qui était cet homme ? Il avait l'air si... étrange, rétorqua

Apolline, appréciant peu que l'intendant se substitue à l'autorité paternelle.

— Oh ! Un artisan, bredouilla Ferrand.

Il ment, c'est sûr ! Cette fois, Apolline était bien décidée à tirer les choses au clair. Quel secret dissimulait-il ?

— Étiez-vous là depuis longtemps ? interrogea l'intendant, soucieux de savoir si elle avait entendu leur conversation.

— Suffisamment pour vous voir lui remettre une bourse...

Apolline le défia du regard. Elle détestait le mensonge, et parce qu'elle avait envie d'en découdre, elle traquait la vérité.

— Très bien, je vais tout vous dire. Mais ne répétez pas à votre père ce que je vais vous confier...

— Vous avez ma parole ! convint Apolline, surprise.

L'intendant prit une profonde inspiration, avant de s'exprimer avec lassitude.

— J'ai contracté une grosse dette de jeu aux échecs. Je suis un misérable, je sais. Mais j'ai été faible... Et je ne faisais que rembourser son dû à cet homme.

La jeune femme écarquilla les yeux.

Une dette de jeu aux échecs ?

Soudain, un plan jaillit dans son esprit, comme lorsqu'elle entrevoyait la stratégie qu'elle allait déployer sur l'échiquier.

— Vous m'intéressez, Léopold.

— Moi, mademoiselle ? interrogea-t-il, surpris.

— Absolument ! Que diriez-vous d'une petite partie ?

L'intendant accepta, contraint et forcé en réalité, étant donné qu'elle détenait un secret compromettant le concernant.

Lors de cette partie, elle n'eut aucun mal à prendre l'avantage. Elle eut recours à sa fameuse technique *du miroir magique* pour lire dans le jeu de son adversaire. Elle connaissait de plus tellement Léopold Ferrand et ses mimiques que c'en était devenu d'une facilité déconcertante.

— J'ai donné une partie de mes gages à cet homme. Je ne peux donc me permettre de miser gros, l'avertit l'intendant, gêné, d'une voix un peu étranglée.

Apolline sourit. Il ne lui était pas venu à l'idée de miser face à son interlocuteur, même si l'idée était bonne. Non, ce qu'elle voulait c'était gagner vite et gros ! Et avec les événements de ces derniers jours, elle avait compris qu'elle devait se dépêcher si elle désirait aider son père, et sauver le domaine.

— J'aimerais que vous me fassiez entrer dans les cercles de jeu que vous fréquentez, déclara Apolline tout en poussant sa reine vers le centre de l'échiquier, d'où elle pouvait contrôler la plupart des pièces de son adversaire, sans être inquiétée.

L'intendant étouffa un cri, du fait de son action, ou de sa parole, elle n'aurait su dire.

— Vous me demandez là une chose impossible, mademoiselle ! s'exclama-t-il, avant de baisser d'un ton pour ne pas alerter la femme de chambre qui dormait dans la pièce voisine.

— Et pourquoi donc ? interrogea Apolline, bien décidée à aller au bout de son idée, et ce d'autant plus qu'elle gagnait du terrain sur l'échiquier.

— Mais enfin, que dirait votre père, s'il l'apprenait ?

— *Si* ... Mais je ferai en sorte que cela n'arrive point.

Elle avait tiré des leçons de ses erreurs passées et prendrait désormais davantage de précautions pour couvrir ses sorties.

— De plus, ce genre d'endroit n'est point la place d'une demoiselle, de bonne famille qui plus est ! Qu'adviendra-t-il si cela se sait ? L'opprobre rejaillira sur le nom que vous portez !

— Pas si je gagne ! rétorqua Apolline, décidée. Et puis de toute façon, je n'ai pas l'intention de dire mon nom. Je jouerai masquée...

— Masquée ?

— Vous m'avez entendue. (Elle désigna la partie.) Mais jouez donc, c'est à vous...

Léopold réfléchit et remarqua que son fou était menacé par la reine noire. Il chercha à parer l'attaque et à le protéger, et le bougea de quelques cases. Non sans avoir auparavant vérifié que son roi n'était pas lui-même menacé par la dame. Mais il parut rassuré en voyant qu'il était abrité derrière le cavalier de son adversaire.

Apolline avait suivi tout son raisonnement à partir de son

regard, du pincement de ses lèvres, et de l'hésitation de ses doigts.

— Je persiste à dire que c'est trop dangereux pour vous ! reprit l'intendant.

— Très bien, alors je vous mets au défi. Si je gagne cette partie, vous m'y introduisez. Si, je perds en revanche, j'oublie ce que j'ai vu et n'en parlerai pas à mon père.

Apolline détestait jouer les mouchardes, mais elle devait bien justifier l'enjeu de la partie.

Ferrand essuya la goutte qui perlait sur son front et hésita avant de répondre. Puis, il observa son jeu avec optimisme, persuadé de tenir le moyen de la battre et finit par accepter.

— Très bien, c'est entendu !

Au même moment, Apolline avança sa tour restée tranquillement sur sa case, jusqu'à la rangée du fond, venant ainsi directement mettre la pression sur le roi.

Léopold s'empressa d'intercaler sa reine entre les deux, il n'avait pas le choix.

Mais, plus vive encore, Apolline qui avait anticipé le mouvement, captura sa pièce avec son cavalier, dont le déplacement en L n'avait pas présagé de menace immédiate.

Dégoûté, Léopold rapprocha son fou pour faire écran entre son roi et le cavalier.

Mais Apolline, implacable, ôta alors le cavalier qui cachait sa reine, qui vint alors mettre le roi en double échec. Le cavalier menaçant son roi, tout autant que la reine.

— Échec à la découverte[1] ! constata Léopold, défait.

— Voyez-vous l'intérêt de jouer masqué à présent ? ironisa Apolline.

L'intendant tenta bien de sauver son roi, mais la jeune fille avait miné le terrain autour de lui. Il était pris dans les mailles du filet et se trouva mat quelques coups plus tard.

— Fort bien ! Vous avez gagné. Mais vous risquez de payer

1. Une attaque à la découverte est une menace indirecte, qui a lieu lorsqu'un joueur déplace une pièce, tandis que celle cachée derrière crée une menace sur la pièce adverse.

cette victoire au prix fort, mademoiselle ! s'exclama l'intendant, revanchard.

— Je prends le risque ! répondit Apolline, en remettant tranquillement les pièces en place pour une future partie future, tandis que son cœur se mettait furieusement à battre avec la hauteur de l'enjeu.

10

Promotion[1]

Paris, 1750.
Deux mois et une semaine avant la date limite de vente du domaine du Chesnay

La rumeur s'était répandue comme une traînée de poudre dans le Tout-Paris. Une femme tenait en échec les plus grands joueurs dans les cabarets parisiens où elle apparaissait certains soirs masquée. On disait qu'elle possédait un talent hors norme, et qu'elle semblait lire dans le jeu de son adversaire…

Il n'en fallut guère plus pour intriguer Guillaume et l'inciter à découvrir cet oiseau rare.

Il se rendit ainsi au Cabaret Ramponneau sur les bords de Seine, où soldats, bourgeois, femmes de mauvaise vie et petits marquis se donnaient rendez-vous pour boire un vin de piètre qualité certes, mais qui présentait l'avantage d'être un sou moins cher que dans les autres guinguettes.

L'affaire faisait grand bruit, et une foule dense et curieuse s'était déplacée pour voir le phénomène. Son cocher eut même

1. Transformation d'un pion arrivé sur la dernière case de sa colonne en une figure plus puissante. (En dame par exemple.)

du mal à se faufiler au milieu des gens, manquant de les faire verser sous les roues du carrosse. Lorsqu'ils parvinrent à quelques pas du cabaret, Guillaume frappa deux coups sur le toit, et son cocher s'arrêta. Il en descendit comme il put, écartant sans ménagement une poissarde accrochée à sa portière, qui lui réclamait de l'argent. Elle l'insulta copieusement quand il l'ignora. En revanche, un peu plus loin, il donna une pièce à une jeune femme assise sur une borne, arborant des lèvres d'un rouge vif et un décolleté qui ne dissimulait rien de son anatomie.

Personnellement, il ne fréquentait pas les prostituées. Il faut dire qu'il n'avait jamais eu de mal à obtenir les faveurs des femmes qu'il convoitait. Du moins, jusqu'ici ! Et il en avait eu assez peu en définitive, contrairement à la réputation de séducteur qui le précédait.

Il avança péniblement, en évitant les porteurs d'eau, marchands à la sauvette, ânes, hommes de loi tout de noir vêtus et autres barbiers perruquiers qui rentraient de leur labeur, le fer et la perruque de leur client à la main. Paris était on ne peut plus bruyant, et terriblement sale aussi, car les gens de maison déversaient à même les rues les eaux souillées et détritus, qui venaient s'ajouter aux déjections des animaux, invendus des marchands de poissons, légumes et autres déchets de laitiers. Le tout conférait aux rues une puanteur sans nom, en particulier l'été.

Guillaume porta son mouchoir blanc sous son nez et entra dans le cabaret. Une population bigarrée, dense et joyeuse y choquait la chopine, quand ils ne mangeaient pas la friture grasse et néanmoins odorante que l'on servait sous la flambante cheminée à l'effigie de son propriétaire : Jean Ramponneau. Un garçon, qui avait commencé comme marchand de vin, avant de s'établir à son compte et d'ouvrir un cabaret, après avoir épousé la fille d'un vigneron. Vêtu d'un tablier blanc, il ne manquait pas d'imagination pour divertir ses clients.

Peut-être la joueuse d'échecs est-elle son idée ?

Les tables et bancs en bois clair étaient tous pris par la

joyeuse compagnie, déjà passablement ivre. Certains partageaient un verre de vin sur un tonneau, et mêlaient leurs vapeurs d'alcool en riant.

Il distingua également quelques grandes dames, aisément reconnaissables à leurs habits satinés et à leurs manières élégantes, bien qu'elles soient le plus souvent déguisées, en compagnie de quelques marquis. Désireuses qu'elles étaient de s'encanailler ou d'admirer le spectacle considéré comme exotique qu'on leur avait tant vanté dans les salons.

Sans doute, la joueuse d'échecs faisait-elle partie de celles-ci ? Quoi qu'il en soit, il avait hâte de la rencontrer !

Soudain, une bagarre éclata entre deux bougres tellement imbibés d'alcool qu'ils ne tenaient plus debout.

Bientôt, leur rixe tourna à l'attraction et tous firent cercle autour d'eux tandis que certains lançaient des paris.

Une voix plus aiguë s'éleva soudain au-dessus de la foule :

— Est-ce là votre distraction ? Si vous avez de l'argent à parier, alors je vous engage vivement à le faire contre moi. Qui serait prêt à m'affronter aux échecs ?

Une jeune femme blonde, vêtue d'une robe d'un rouge profond et portant un masque de satin noir, s'était insinuée au centre du cercle, interrompant la bagarre.

Le silence se fit, uniquement ponctué par quelques gloussements étonnés.

— Point de candidat ? Auriez-vous peur ?

C'était elle !

Le cœur de Guillaume se mit à tambouriner dans sa poitrine d'excitation.

Saisissant l'occasion au milieu de la stupeur générale, il s'avança d'un pas.

— Je relève le défi !

Une clameur s'éleva dans la foule, et tous l'applaudirent.

— Je prends le vainqueur ! s'exclama ensuite un homme bedonnant, la chope à la main. Enfin, si je puis dire ! rectifia-t-il, grivois, non sans susciter quelques rires tout aussi gras.

On leur fit de la place. Une table fut rapidement débarrassée et ses anciens locataires priés de déguerpir, avec ou sans leurs verres, aussitôt ramassés par les garçons aux bonnets de sucre du cabaret. (Encore une idée du propriétaire...)

Lorsque Guillaume s'assit en face de la joueuse d'échecs, il éprouva un étrange sentiment de familiarité. Mais elle ne lui laissa pas le temps de s'attarder, lui proposant de jouer les blancs à pile ou face. Il choisit de miser sur le face. Elle lança alors la pièce avec une dextérité étonnante, et la plaqua ensuite sur le dos de sa jolie main :

— C'est face.

Guillaume sourit et s'empara du côté de l'échiquier tant convoité, à savoir les blancs. Jouant en premier, il avait l'avantage. Ce qui était toujours bon à prendre...

Il aurait pu par galanterie lui offrir de commencer, mais il voulait vraiment la mettre au défi. De plus, il la voyait comme un adversaire redoutable, ce qu'on lui avait par ailleurs vanté, et non comme une représentante du sexe dit faible, ce qu'il n'avait jamais considéré.

D'ailleurs, son front admirablement froncé lui montrait bien que la demoiselle était déterminée.

Guillaume réfléchit à l'ouverture qu'il allait adopter, et finalement opta pour l'espagnole.

La joueuse répondit immédiatement par un autre coup. Elle semblait connaître par cœur la stratégie à adopter dans ce cas. Ils eurent quelques échanges assez rapides, durant lesquels ils développèrent leur jeu en déployant leurs pièces sur l'échiquier.

L'ouverture était en quelque sorte une entrée en matière, mais il convenait de demeurer vigilant, car le moindre faux pas pouvait se payer plus tard ! Le but était d'occuper le milieu de l'échiquier, ainsi que les cases stratégiques. Pour cette raison, Guillaume finit par ralentir la cadence, il ne voulait pas commettre d'erreur. Il observa aussi avec plus d'attention les gestes gracieux et aériens de son adversaire, tout comme sa personne.

Comme la jeune femme était au trait et prenait un peu de

temps pour réagir, il posa son menton sur ses mains croisées et la scruta discrètement.

Son masque cachait une bonne partie de son visage, mais la carnation de sa peau était fraîche, ses traits agréables, ses lèvres finement ourlées et maquillées de manière coordonnée avec sa robe. Quant à son nez, il était fort charmant et s'intégrait harmonieusement dans sa figure. Il avisa ses dents raffinées et blanches comme de la porcelaine que caressait parfois une langue rose et sensuelle. Il manqua in extremis de se laisser déconcentrer, puis retourna à l'échiquier.

Bien lui en fit, car elle était en train de mettre en place un piège, dans lequel il aurait pu tomber, tandis qu'elle l'endormait par ailleurs avec d'autres mouvements de pions. Il comprit alors que la demoiselle privilégiait la stratégie, c'est-à-dire une planification à long terme avant la grande bataille finale, à l'opposé de la tactique à court terme qu'il privilégiait pour sa part.

Il avait en effet un jeu offensif, agressif même, visant à affaiblir rapidement l'adversaire. Il aimait les échanges rapprochés, les captures, les sacrifices, le frisson de la lutte en somme, et en particulier face à une aussi jolie femme.

Sa silhouette était menue, ses seins délicatement enserrés dans son décolleté. Mais il s'égarait !

Il secoua la tête, et s'efforça de revenir à son analyse du jeu.

Elle optait donc pour un jeu de position, espérant occuper l'échiquier et prendre l'avantage par de petits coups réfléchis, en contrôlant les cases stratégiques. Pour ce faire, elle devait étudier les faiblesses de son jeu pour mieux les exploiter. Mais il escomptait bien ne pas lui donner ce plaisir !

Guillaume pinça les lèvres et ses yeux remontèrent jusqu'à sa bouche où ils firent un arrêt involontaire, avant de se planter dans les siens.

La jeune femme eut un imperceptible sursaut, mais elle maintint son regard intense et soutenu plongé dans le sien.

Guillaume sentait y affleurer nombre d'émotions, et décela une sensibilité à fleur de peau.

Le regard est le miroir de l'âme..., songea-t-il.

Il ne la quitta pas des yeux. Elle-même ne se détourna pas. Ses sourcils oscillaient toutefois, trahissant une lutte intérieure, entre une curiosité naturelle, un besoin de s'affirmer face à cet inconnu et de rester sur ses gardes, tout en désirant le connaître.

De son côté, si l'aura de mystère entourant cette femme l'intriguait, percer cette énigme l'enchantait.

Bientôt, son regard à elle se fit moins dur, velouté, voire ensorcelant. Il remarqua que la couleur noisette et chaude se mélangeait à de l'ambre, plus lumineux. Il ignorait si c'était le masque noir, mais ses yeux lui apparurent alors comme les plus beaux qu'il n'ait jamais vus.

Au même moment, elle avança une pièce, d'un geste rond, délicat, précis. Et il vit passer un sourire dans son regard. Lequel sourire s'épanouit bientôt sur ses propres lèvres. Il tombait sous son charme, progressivement. Tandis que d'agréables odeurs, comme celles de son parfum mêlé à sa peau, lui parvenaient : des fruits rouges et une fleur plus suave bien qu'un peu froide et distinguée cependant.

Véritablement conquis, il baissa alors les yeux sur l'échiquier et constata à ce moment-là qu'elle s'était jouée de lui.

11

Attraction[1]

Le charisme de l'homme qu'elle avait face à elle la déstabilisait complètement, d'autant plus qu'il émanait de lui une fragrance musquée qui l'envoûtait et lui fouettait les sens. Son cœur palpitait à vive allure.

En venant dans ce cabaret, jamais Apolline n'aurait cru tomber sur le seul homme qu'elle disait ne pas vouloir voir : Guillaume Lavandier.

Mais il avait accepté de relever le défi qu'elle avait lancé à la cantonade et elle ne pouvait se défiler. Pour le moment, il ne semblait pas l'avoir reconnue, ce qui tenait du miracle ! Elle s'efforçait de modifier sa voix, en la faisant paraître plus grave. Elle évitait également de sourire et de se montrer aussi spontanée qu'à l'ordinaire, se concentrant sur la partie. Et elle espéra que son masque protégerait son identité aussi longtemps que possible.

Jusqu'ici, lors de ses parties publiques, elle n'avait pas été démasquée, et elle avait réussi à amasser un joli pactole. Son objectif d'aider son père était en bonne voie. Alors, bien sûr, elle ne pourrait jamais racheter le domaine à elle seule, mais si

1. Action d'attirer l'adversaire sur une case pour ensuite pouvoir l'attaquer.

elle pouvait empêcher la faillite et surtout de devoir le vendre, ce serait déjà bien !

Elle avait aussi bénéficié d'un heureux concours de circonstances, puisque son père passait de moins en moins de temps au château le soir. Il visitait en effet nombre de ses amis, hommes de loi, banquiers, négociants, susceptibles de pouvoir l'aider financièrement. Jusqu'ici, cela n'avait pas donné grand-chose, mais au moins avait-il retrouvé la force de se battre !

Apolline avait convenu avec sa femme de chambre d'aller chez elle à son retour de Paris. Celle-ci lui mettrait à disposition un endroit pour se reposer dans sa modeste demeure. Elles reviendraient ensuite ensemble le matin à l'aube, dans la voiture qui venait chercher la domestique.

Le cocher aussi était dans la confidence. Et Apolline pouvait se fier à lui dans la mesure où il était l'époux de sa servante enceinte. D'autant qu'il lui était grandement reconnaissant de lui permettre de travailler dans son état.

Tout se combinait donc pour le mieux. Hormis un seul obstacle, et de taille : Guillaume Lavandier.

Dans la partie qui les opposait, il la troublait trop et elle n'arrivait pas à lire dans son jeu ! Sans son don, elle serait nettement moins performante et aurait aussi moins de chances de l'emporter...

Alors, faisant fi de l'intensité des regards échangés, de son charisme, de sa jubilation de l'avoir pour elle seule à cet instant, ou de la nécessité de gagner pour le bien de son père, elle entreprit simplement d'observer pour tenter de reprendre l'avantage.

Elle nota tout d'abord qu'il possédait un jeu offensif, viril et agressif. (Ce qui la fit frémir...)

Concentre-toi ! se morigéna-t-elle et elle poursuivit son étude.

Il était clair qu'il était dans la tactique. Il multipliait d'ailleurs les figures de style : enfilade, clouage, pièce en prise, etc., qu'elle réussissait chaque fois à esquiver, mais qui l'empêchaient de développer sa stratégie plus globale d'occupation du terrain, et d'encerclement du roi avant sa capture. Dans ces conditions, il lui semblait difficile d'arriver à atteindre celui-ci, tant il le protégeait et faisait diversion par ailleurs.

Le constat était simple : le jeu de Guillaume était son exact opposé. Si elle était une artiste de la cambriole, pour reprendre les termes de Léopold, lui était un tueur.

Et cependant, elle discernait en lui une forme de génie et le même appétit pour le jeu que le sien. Tous deux se révélaient d'ailleurs de redoutables compétiteurs, qui possédaient un talent hors norme.

Hormis que chez Guillaume le goût du jeu se mêlait à celui du sang. Avec lui la « bataille » des échecs prenait tout son sens ! Il avait soif de conquête.

Pour avoir emprunté un jour dans la bibliothèque de son père un ouvrage intitulé l'*Art de la guerre* de Sun Tzu, Apolline voyait bien la manière dont son adversaire mettait en application cette sagesse ancienne dans son jeu. Pour lui, jouer aux échecs s'apparentait à mener une guerre.

Une idée l'effleura alors :

Agit-il de même en amour ?

Pour sa part, elle considérait que les échecs étaient avant tout une source de bienfaits ; ils amélioraient la concentration (même si son adversaire avait un peu trop tendance à la perturber), la mémoire, la patience, la confiance en soi, mais il ne s'agissait pas d'une guerre.

Au même moment, il lui ravit son fou, une des pièces maîtresses du filet qu'elle était en train de tisser. Elle se mordit la lèvre et cita :

— « Si son armée est unie, divisez-la. »

Guillaume leva les yeux sur elle, abasourdi :

— Vous connaissez Sun Tzu ?

— Oui, mais j'en suis moins une adepte que vous qui appliquez à la lettre ses principes :« Il est là où l'ennemi a du mal à se défendre et lance des attaques éclair à l'improviste. »

— Vous êtes parfaite, décidément ! s'exclama celui qui aurait été conquis s'il ne disputait une partie d'échecs contre elle.

Mais Apolline devait réagir. Elle contre-attaqua en appliquant deux autres principes du général chinois : « Ayez l'air d'être faible pour qu'il devienne arrogant. » Et « Faites semblant de vous laisser duper par les plans de l'ennemi tout en visant son flanc opposé. »

Elle lui ravit ainsi l'une de ses tours.

Guillaume se crispa, comme en témoigna sa mâchoire serrée. La jeune femme jubila intérieurement.

Il n'appréciait pas de perdre visiblement, même si cela faisait partie du jeu !

Si elle se sentait seule au monde face à lui, les spectateurs autour d'eux étaient nombreux à suivre leur joute. Le cabaret était silencieux, comparé au vacarme habituel, mais bruissait de commentaires, de paris, d'exclamations de surprise quand l'un ou l'autre prenait une pièce à l'adversaire ou menaçait le roi. Tous deux leur offraient un divertissement de qualité, et ce n'est pas Ramponneau qui croulait sous les commandes pour étancher tous ces gosiers desséchés par l'enjeu de la bataille qui aurait dit le contraire !

Concentre-toi, Apolline ! Mais qu'est-ce qui cloche chez moi, pourquoi ne puis-je voir son jeu ?

Elle réalisait qu'elle allait rapidement devoir remédier à ce problème.

Elle se dit alors que finalement cette partie avait du bon, car elle prenait conscience de ses limites : elle était trop émotive face à un homme qui lui plaisait certes, mais d'une manière bien innocente. Elle avait beau être experte aux échecs, si elle était inexpérimentée avec les hommes, ce problème continuerait à se poser. Aussi devait-elle travailler là-dessus, si elle voulait pouvoir gagner !

Comme quoi, notre pire ennemi peut devenir notre meilleur professeur ! songea-t-elle, non sans ironie en contemplant Guillaume.

Au même moment, elle perçut un mouvement singulier derrière lui qui attira son attention. Un homme était en train de fendre la foule. Il se dirigeait vers Guillaume, armé d'un long et fin coutelas. Personne ne semblait l'avoir remarqué, à part elle. Elle devait réagir.

L'homme hurla soudain :

— Toi et ta passion du jeu, soyez maudits, Lavandier !

Il leva sa dague et, au moment où il allait frapper Guillaume, elle attrapa l'échiquier et releva le tout, pour le lancer sur l'assaillant.

Guillaume se jeta de côté pour se protéger de la gerbe de pièces.

— Attention, il est armé ! cria Apolline.

Aussitôt, tout le monde s'écarta autour de l'agresseur, et deux hommes le combattirent en évitant sa lame, avant de parvenir à le maîtriser.

Hagard, Guillaume la dévisageait sans comprendre. Il regarda le jeu d'échecs à terre et enfin celui qui venait de tenter de l'assassiner :

— Monsieur de la Gondelière ?

— Vous le connaissez ? s'enquit Apolline, interloquée.

Ce fut le marquis, solidement maintenu par les deux hommes, qui répondit :

— Oh ! que oui ! Nous nous connaissons ! Ce sacripant vient de me plumer ! Mais méfiez-vous, mademoiselle, car vous pourriez bien être sa prochaine victime...

12

Le fou[1]

Dans les jours qui suivirent, Guillaume ne cessa de penser à celle qui lui avait sauvé la vie.

S'il n'avait pas compris tout de suite pourquoi elle lui avait jeté le jeu d'échecs à la figure, la menace du marquis de la Gondelière et l'arme qu'il tenait à la main n'avaient laissé aucun doute sur la nature de ses intentions. Il voulait l'assassiner ! Un objectif confirmé par plusieurs témoins.

Qu'il éprouve du ressentiment, c'était fort dommageable. Mais Guillaume n'en concevait aucune culpabilité. Le marquis s'était mis lui-même dans une situation difficile en raison de ses dettes de jeu.

En revanche, que ses actes aient pu mettre en péril son entourage, et notamment la ravissante joueuse d'échecs, et qu'il agisse ainsi en public était très fâcheux ! En dehors du préjudice subi, cela pouvait nuire à sa réputation.

Fort heureusement, pour le moment, les commérages n'allaient pas bon train, faute de matière pour les alimenter. La loi du silence faisait également partie de son métier.

Assis sur la banquette arrière de sa voiture à cheval, Guillaume

1. Aux échecs la pièce du *bishop* (« évêque » en anglais) a été traduite par le mot « fou ».

repensa à celle qui lui avait sauvé la vie. Cette jeune femme avait fait preuve d'un sang-froid remarquable, et grâce à son réflexe elle lui avait épargné un coup qui aurait pu lui être fatal.

Il n'avait pas eu, hélas, le temps de la remercier après l'incident, car elle avait disparu dans la foule. Peut-être avait-elle craint pour sa vie ? À moins que sa plus grande peur ait été d'être interrogée par la police. Elle aurait dû alors décliner son identité. Ce qu'elle ne souhaitait peut-être pas.

Mais il savait qui elle était.

Et il n'avait de cesse de la revoir. Mais il devait respecter son anonymat. Et pour cela, il devait faire en sorte que leur rencontre soit le plus naturelle possible.

Ce fut avec cette ferme résolution qu'il avait grimpé dans son carrosse ce jour-là pour aller la retrouver.

Comment l'avait-il reconnue ?

Lorsque la jeune femme avait crié : « Attention, il est armé ! » Ses intonations de voix, plus aiguës, lui avaient aussitôt rappelé une jeune personne qu'il avait croisée il y a quelque temps dans les jardins de Versailles. Et si la joueuse d'échecs possédait un timbre plus grave et paraissait plus mûre, elle arborait les mêmes cheveux blonds, un visage tout aussi angélique et ce regard ambré si doux et envoûtant. Sans compter qu'elle avait rougi quand il avait soutenu son regard.

Il n'avait donc pas tardé à faire le rapprochement entre les deux femmes, qui en réalité n'en étaient qu'une !

Et ce, d'autant plus qu'en son for intérieur il avait ressenti un trouble comparable en les voyant toutes deux. Si ce n'est que la joueuse d'échecs possédait plus de charisme que la charmante jeune fille.

Son jeu lui avait permis de constater, en outre, qu'elle avait de l'esprit et une intelligence hors norme. L'audace dont elle avait fait preuve en jouant masquée dans un tripot ne la rendait que plus séduisante.

Était-elle accompagnée d'un chaperon ce soir-là ? Il l'ignorait, mais tout ce mystère autour d'une seule femme le fascinait. Et quand il la tiendrait dans ses bras, il serait le plus heureux des hommes. Encore faudrait-il qu'elle se laisse attraper !

Quant à la raison qui l'avait poussée à gagner de l'argent aux échecs, c'était autre chose !

Pour parvenir à la retrouver, il s'était alors souvenu des paroles de la marquise : « Sa seule sortie consiste à se rendre à l'église. »

Restait toutefois à savoir laquelle !

Mais il avait sa petite idée sur la question. Il penchait en effet pour celle à proximité de Versailles où il l'avait croisée à deux reprises, plutôt qu'à Paris, où elle était clairement venue disputer une partie et engager des paris.

Guillaume n'aimait pas seulement les échecs, il était passionné par les énigmes. Et celles concernant cette mystérieuse jeune femme le ravissaient au plus haut point. Il n'avait plus simplement envie de la retrouver, il avait besoin de le faire dès maintenant. Ne serait-ce que pour la remercier de lui avoir sauvé la vie...

Au même moment, la voiture s'immobilisa sur le pavé.

La messe devait débuter dans une heure, cela lui laissait du temps pour agir.

Il entra dans l'édifice, non sans angoisse. Il faut dire qu'il n'avait plus mis les pieds à l'église depuis la préparation de sa communion, soit le jour où sa mère était partie. Il s'était longtemps reproché son absence par la suite, car s'il avait été à ses côtés plutôt qu'à l'église, peut-être serait-elle encore de ce monde.

Depuis, il entretenait des rapports lointains avec les lieux de culte, et fuyait toutes sortes de cérémonies, mariages compris, même si la foi demeurait dans son cœur.

Il huma les odeurs de cire chaude et d'encens. Ce qui lui apporta une forme de réconfort en faisant resurgir ses souvenirs d'enfance, mais il ressentit aussitôt un malaise du fait de son histoire.

L'église était vide, mais constatant que les bougies avaient été fraîchement allumées il déduisit que l'abbé devait être dans les parages. Il se dirigea d'un bon pas vers la sacristie. Mais au même moment une silhouette surgit en portant une coupe en or et du vin, en vue de la préparation de la messe. L'individu en soutane fut tellement surpris en le voyant qu'il renversa une partie du contenant.

Il faut dire que les deux hommes s'étaient déjà croisés. C'était en sortant de chez le marquis de la Gondolière que Guillaume avait rencontré ce chérubin qui semblait échappé d'un tableau de la Renaissance italienne.

Guillaume se porta aussitôt à son secours pour l'aider à éponger le liquide rubis, n'hésitant pas à mettre son mouchoir blanc à contribution. Le jeune curé parut surpris et le remercia.

— Quelle surprise de vous voir dans cette maison ! Avez-vous changé d'avis concernant la confession ?

Sa réplique ne laissait aucun doute sur le fait qu'il l'avait reconnu. Guillaume savait qu'il partait avec un désavantage et que la partie serait difficile à jouer.

— Non, mon père ! (Ce qui lui sembla étrange, car cet angelot sortait à peine de l'enfance.) En vérité, j'aurais un petit service à vous demander...

— Quel est-il ? Je serais ravi de vous aider ! s'exclama le jeune homme, dont le sourire rayonnant était empli de bonté.

Guillaume ôta une lettre de l'intérieur de sa veste et la lui tendit.

— Pourriez-vous remettre ce message à l'une de vos paroissiennes ? Il s'agit d'une femme blonde, d'une vingtaine d'années, très amie avec Mme de la Pomponière...

Hélas, le curé repoussa sa lettre en fronçant les sourcils.

— Désolé, mais je refuse de servir d'intermédiaire dans les affaires de cœur. C'est une question de principe. De plus, je dois préparer mon sermon. Pardonnez-moi.

Il allait partir, lorsque Guillaume le retint par le bras :

— Allons, avec le joli minois que vous avez, vous devez bien savoir ce que sont les emportements du cœur. Toutes les dames doivent se presser au premier rang lors de votre office. N'est-il pas ?

Mais le jeune homme aussi droit qu'un cierge et pur comme de l'eau de source rougit.

— Il suffit, monsieur. Ne proférez pas des blasphèmes à l'encontre d'un homme d'Église ! Et si vous ne me respectez pas, révérez au moins les lieux où vous vous trouvez !

Guillaume comprit que ni l'humour ni la corruption ne pouvaient l'atteindre. Il tenta cependant de l'amadouer autrement, car selon lui tout homme avait ses faiblesses.

— Excusez-moi, mon fils, je ne voulais pas vous offenser.

— Mon père, rétorqua son interlocuteur, un peu sèchement.

— Oui, voilà. Peut-être serez-vous davantage sensible aux arguments que représentent de généreuses donations allouées à votre paroisse.

Ce disant, il sortit sa bourse de sa poche.

Le jeune abbé arqua un sourcil.

— Tous les dons sont les bienvenus ! Mais n'escomptez pas en revanche que je m'occupe de vos histoires privées en contrepartie...

— Vous êtes dur en affaires ! s'exclama Guillaume, en remettant sa bourse dans sa poche.

— Si seulement vous étiez l'un de mes paroissiens, je pourrais peut-être faire une exception..., ajouta alors l'ecclésiastique, qui voyait sans doute s'échapper l'obole.

L'espoir revint chez Guillaume.

— Donc, si j'accepte de venir en confession, vous accéderez à ma demande ?

— À titre exceptionnel, mon fils. Uniquement !

— Je vous avertis que ce que vous allez entendre risque de vous... surprendre.

— Oh ! ne vous inquiétez pas ! J'ai recueilli dans le secret du confessionnal bien des choses..., répondit le jeune chérubin en rougissant.

Ce qui fit sourire Guillaume.

— Très bien ! Je vous aurai prévenu !

13

La tour

Apolline se pressa dans la foule des fidèles devant l'église. C'était l'une des rares sorties pour lesquelles elle disposait de l'autorisation officielle de son père de s'échapper du domaine, et elle ne désirait pas la manquer. Moins du fait qu'elle ait besoin de se confesser ou de cultiver son âme, que parce que cette sortie lui fournissait un prétexte pour revoir la marquise. Elle avait hâte en effet de lui confier ses tourments devenus trop lourds à porter.

Elle assista à une partie du sermon, assise dans le fond de l'église sur la chaise la plus proche de la porte, tandis que son amie se tenait deux rangs devant. Elle était arrivée trop tard et n'avait pu choisir sa place.

Apolline regretta cependant de ne pas être plus proche de l'autel en découvrant la physionomie avenante du jeune curé et son discours enthousiaste. L'ancien prêtre avait en effet tendance à se perdre dans des sermons moralisateurs, destinés à influer sur la vie de ses ouailles.

Apolline se félicita de cette fraîcheur bienvenue, espérant qu'il ne soit pas trop vite corrompu par de riches paroissiens et autres grenouilles de bénitier hautes en couleur.

La moitié de la messe passée, elle vit son amie tourner la tête et lui faire le signe convenu.

Aussitôt, Apolline profita de ce que tout le monde se levait afin de chanter un psaume pour filer discrètement par la porte. Elle fut bientôt rejointe par la marquise.

— J'espère que je n'irai pas en enfer pour cela ! s'exclama-t-elle en sortant.

— Votre naïveté vous confond, ma chère ! Pour ma part, je goûterais bien au paradis en la personne de notre nouvel homme d'Église. Je sens que je ne manquerai aucun de ses sermons à l'avenir...

— Je suis désolée de vous y avoir arrachée dans ce cas.

— Vous pouvez l'être ! répondit la marquise, avant de sourire d'un air coquin et déçu à la fois. Mais j'avoue que j'avais hâte d'écouter ce que vous aviez à me dire, votre lettre était bien mystérieuse... Et je vous confie que mon quotidien est d'une tristesse absolue, je passe trop de temps assise devant ma fenêtre à guetter le retour de mon époux...

Apolline compatit, désolée pour elle. Et les deux amies partirent en promenade.

La jeune femme lui raconta alors ses rencontres avec Guillaume durant ses escapades à Versailles (la marquise en fut assez mécontente), puis ses parties d'échecs masquées sur les berges de la Seine (ses yeux s'écarquillèrent) jusqu'à son dernier affrontement avec Guillaume et la tentative d'assassinat avortée dont il avait été victime (son amie maintint la bouche ouverte).

Lorsqu'elle eut terminé, son interlocutrice souffla :

— Cela confirme bien à quel point ma vie est morne sans vous !

Puis, elle garda le silence, incapable de dire un mot. Elle remua son éventail, se recoiffa les cheveux, alla pour parler, puis finalement se tut. Apolline l'observait à la dérobée.

— Vous m'avez dissimulé bien des choses..., finit-elle par articuler, la gorge nouée. Et vous avez pris des risques inconsidérés !

Elle semblait surtout blessée que son amie soit passée outre ses avertissements.

Mais la jeune fille trouva aussitôt la parade :

— Ne m'aviez-vous pas encouragée à laisser parler mon cœur ?

— Dois-je comprendre que vous nourrissez de l'inclination pour ce Guillaume Lavandier ?

La marquise eut du mal à prononcer son nom, tant elle éprouvait du ressentiment à son égard.

Apolline rougit. Elle s'employa alors à le décrire dans les termes les plus ardents, avant d'évoquer ce qu'elle ressentait :

— Oh ! Bénédicte ! J'ignore ce que c'est. C'est si nouveau pour moi ! Je sais juste qu'en sa présence je suis toute troublée ! J'aime plonger dans son regard, c'est si intense... C'est difficile de l'expliquer avec des mots, mais il me semble voir son âme...

— Qui doit être bien noire en vérité ! commenta la marquise avec aigreur.

— Non, point ! J'y vois une réelle profondeur, de la douceur, une forme de curiosité aussi à mon égard. Il me trouve jolie et cela me flatte et me transporte. C'est si nouveau pour moi...

— Les séducteurs ont l'art et la manière de vous charmer pour mieux vous posséder !

— Et comment expliquez-vous cette force d'attraction que je ressens en sa présence ? C'est comme si c'était magnétique entre nous ! Je me sens irrésistiblement attirée par lui...

— Vous m'avez l'air bien atteinte ! observa, incrédule, son amie.

— Sans compter qu'il affole ma raison ! Il m'est impossible de développer mon don aux échecs face à lui. Et si la partie n'avait pas été interrompue, il aurait pu gagner !

— C'est fort dommageable ! commenta sa comparse, d'un air pincé. Et qu'éprouvez-vous d'autre en sa présence ?

— Eh bien... mon cœur palpite, tous mes sens sont en ébullition et à vrai dire, je me sens vivante !

La marquise leva les yeux au ciel.

— Alors, qu'en pensez-vous ?

Son amie pinça ses lèvres fines et prit le temps de répondre.

— Je crois que tous ces signes ne trompent pas. Vous avez de l'inclination pour lui, ou tout au moins une forte attirance. Quant aux sentiments, ils méritent d'être approfondis et questionnés avec clairvoyance pour les évaluer. C'est encore un peu tôt !

— Mais tout cela est si bouleversant..., s'exclama Apolline.

— Je pense que vous avez eu ce qu'on appelle un coup de foudre. Ce qui vous a fait commettre quelques actes insensés.

— Mais que puis-je faire alors ? J'ai tellement envie de le revoir ! En même temps, je ne puis.

— Votre père vous interdit de sortir, c'est cela ? Encore que vous ayez bien su contourner sa loi ces derniers temps pour vos parties d'échecs et autres virées à Versailles..., répliqua-t-elle sur un ton piquant.

— Mon père en est la cause, certes. Mais il y a l'histoire de la vente du domaine aussi. (Cette fois la marquise mordit ses lèvres, ennuyée.) Oh ! Bénédicte, je souffre de ne pas le revoir. C'est comme si une partie de mon être le réclamait à cor et à cri. J'ai envie de plus, vous comprenez !

Son amie prit une profonde inspiration.

— Oui, oh ! Je sais. Même si cela fait longtemps que je n'ai pas ressenti les frémissements de l'amour.

Apolline la regarda alors d'une manière différente. La carapace toute de moralité et de raison finissait par se fissurer. Elle voyait soudain une femme blessée et qui avait mis ses émotions de côté au profit de la froide logique.

— Finalement, je me demande s'il ne vaut pas mieux être vivante entre les mains d'un séducteur, que laissée pour morte dans un château poussiéreux par un époux âgé et volage, capitula-t-elle.

— Oh ! Bénédicte ! Je suis en proie au pire des tourments. Que puis-je faire ?

— Oubliez-le ! Avec le temps, tout s'efface, même les sentiments que l'on croyait les plus brûlants..., convint la marquise, blasée.

Mais Apolline ne voulait pas s'y résoudre.

— N'y a-t-il pas d'autre solution ?

— Ou alors… Rendez-le fou de vous et menez le jeu ! s'exclama son interlocutrice. Ainsi, vous serez certaine de ne pas souffrir.

— J'ai bien peur de ne pas être assez expérimentée pour cela, dut bien admettre Apolline, penaude.

— N'oubliez pas non plus les paroles de son agresseur. Ne vous enjoignait-il pas de vous méfier ? Ne disait-il pas que vous seriez sa *prochaine victime* ?

— J'ignore ce que Guillaume lui a fait, mais de toute évidence il n'était pas question d'attirance entre eux ! Alors je pense que dans l'immédiat je peux faire fi de cette menace.

— Mais il est en passe de racheter le domaine de votre père, n'est-il pas ?

— Au fond, c'est mon père qui veut le vendre. Lui se propose de l'acquérir au meilleur prix. Puis-je l'en blâmer ? J'avoue que j'en viens à me faire à cette idée…, admit-elle, songeuse.

— Vous êtes sérieusement atteinte !

Apolline lui lança un regard triste.

— Je suis perdue…

La marquise réfléchit un long moment, puis s'arrêta et posa une main amicale sur le bras de sa jeune compagne.

— La chose est délicate, j'en conviens, mais il y a possibilité d'agir, avec précaution, du moins.

— Et de quelle manière ? s'enquit Apolline, qui reprenait espoir.

La marquise se remit alors à cheminer, Apolline sur ses talons.

— Il faudrait tâter le terrain – enfin si je puis dire – avant de vous engager davantage, et ainsi éliminer tout risque de déception.

— Vous m'engagez donc à le fréquenter ? interrogea Apolline dont le cœur se mit à battre plus fort tandis qu'un arc-en-ciel s'y répandait, illuminant par là même son visage.

— L'étude de son caractère vous éclairera sur sa nature et, alors seulement, vous pourrez vous rapprocher de lui et voir quelles sont ses intentions véritables…

— Ainsi, je pourrais côtoyer le roi en étant protégée... Comme aux échecs !

— Euh, oui ! approuva la marquise, qui n'y entendait goutte.

— Je pourrais dès lors tenter de l'amadouer et faire infléchir sa position concernant le domaine, retarder l'affaire... Ou alors obtenir qu'il nous donne beaucoup plus d'argent !

— Par exemple ! s'exclama son interlocutrice, en éclatant de rire.

Ce qui montrait qu'elle n'y croyait guère.

— Oh ! mon amie, vous êtes merveilleuse ! (Elle la prit dans ses bras, ce dont l'autre peu habituée à de tels élans d'affection fut toute décontenancée.) Merci de vos bons conseils.

— Reste juste à savoir comment vous pourrez l'approcher. Il faut faire en sorte que cela paraisse naturel et non prémédité...

Au même moment, les deux femmes entendirent crier derrière elles.

En se retournant, elles avisèrent le jeune curé qui courait dans leur direction.

— Bonté divine ! Il nous a vues quitter la messe, croyez-vous ? interrogea la marquise, prise de panique.

— J'en doute fort ! Cela doit faire un petit moment qu'elle est terminée. Avec un peu de chance, et vu le nombre de fidèles, il n'a rien remarqué ! lui souffla Apolline.

L'abbé les rejoignit, un courrier à la main.

— Mes hommages, mademoiselle, madame de la Pomponière. Nous nous voyons demain, n'est-ce pas ?

Il s'inclina et la marquise rougit, gênée par ce discours ambigu devant Apolline.

— Oui, enfin pour la confession...

— Tout à fait ! (Il reprit son souffle et déclara :) J'ai une lettre à remettre à votre amie, de la part d'un chevalier que j'ai entendu tout à l'heure en confession justement. Ce qui n'était pas piqué des hannetons d'ailleurs..., ajouta-t-il comme pour lui-même.

Il se racla la gorge et poursuivit :

— Enfin, bref ! Il m'a chargé de vous donner ceci.

Il tendit l'enveloppe à Apolline, toute surprise.

Elle échangea aussitôt un regard avec son amie.

— Un chevalier, dites-vous ?

— Oui, monsieur de Lavandier, si ma mémoire est bonne.

Le cœur d'Apolline fit un bond dans sa poitrine.

— Eh bien, voilà qui tombe à point nommé ! Du ciel, devrais-je dire, s'exclama la marquise en observant avec gourmandise l'angelot messager tout interdit.

14

Capture

Domaine du Chesnay, 1750.
Deux mois avant la date limite fixée pour sa vente

Au beau milieu de la nuit, en proie à une grande agitation, Apolline rabattit le drap de coton sur ses jambes. Elle ne pouvait réussir à dormir à la perspective de revoir le chevalier. Tout son esprit bouillonnait, de même que ses émotions, ce qui produisait un mélange détonant !

Après avoir un temps frotté ses pieds l'un contre l'autre, pour se rassurer, elle finit par allumer sa bougie. Puis elle enfila ses chaussons et se rendit jusqu'à son petit secrétaire. Elle devait à tout prix tenter de calmer ses pensées et recouvrer ses esprits, sous peine d'être emportée par le flot de ses sentiments.

Une fois assise, elle relut le billet de Guillaume Lavandier que lui avait confié l'abbé.

Mademoiselle,

Permettez la liberté que je prends en m'adressant à vous de la sorte.

Depuis notre rencontre dans les jardins de Versailles, je n'ai de cesse de penser à vous.

Apolline frémit à ces mots. Puis, elle songea avec soulagement qu'il n'évoquait point leur partie d'échecs. C'était donc qu'il ne l'avait pas reconnue ! Il était resté sur sa première impression, lors de leur entrevue à Versailles.

Un moment, l'idée que la joueuse d'échecs ait pu représenter une rivale la fit sourire...

Je suis bien conscient de ce que ma démarche peut sembler audacieuse, mais je suis persuadé aussi que le destin ne place pas les gens sur notre chemin par hasard...

Notre discussion, quoique fort brève, a éveillé en moi l'envie de vous connaître davantage.

Et j'ose espérer qu'il puisse en être de même de votre côté...

Apolline sourit, tant il s'agissait là d'une évidence pour elle. Et elle se réjouissait au plus haut point que cet intérêt puisse être réciproque.

Si tel est le cas, je serais ravi de vous rencontrer de nouveau.

Peu importe notre différence de conditions, tant que nous sommes entre gens bien élevés.

Cette rencontre pourrait avoir lieu dans une maison de thé en ville, ou chez votre amie Mme de la Pomponière, si elle daigne nous accueillir. Ou encore dans les jardins de Versailles que vous fréquentez à l'occasion, et qui m'ont permis de vous rencontrer. Ce dont je bénis le ciel chaque jour.

Apolline s'étonna que Guillaume Lavandier soit un homme si pieux. Était-ce là un artifice de langage ou voulait-il la rassurer, compte tenu de la redoutable réputation de séducteur qui le précédait ?

Quant aux différentes options qu'il proposait, elle préférait éviter Versailles et ses nombreux courtisans. Certains pouvant la reconnaître et en parler à son père. Même si cette éventualité ne l'avait guère effleurée jusqu'alors.

La maison de thé était un choix délicat, pour les mêmes raisons.

Restait donc la demeure de la marquise...

À présent qu'Apolline lui avait ouvert son cœur, peut-être accepterait-elle d'abriter cette rencontre ? C'était finalement la solution la plus simple, et aussi la plus sécurisante pour elle. Ainsi, elle pourrait toujours aller la voir si elle n'avait plus le sentiment de maîtriser la situation. Oui, définitivement, c'était l'option à privilégier.

Elle termina la lecture de la lettre pour la forme et pour le plaisir, mais elle préparait déjà de l'encre et du papier pour écrire à son amie.

En vous remerciant de me laisser connaître votre décision, et ce, quelle qu'elle soit.

Sachez que je ne voudrais en aucun cas vous brusquer et que je serais vraiment heureux de vous revoir.

Vous trouverez mon adresse au bas de cette lettre.

Avec toute ma considération et mon amitié,

Chevalier Guillaume Lavandier

La notion « d'amitié » avait certainement pour but de la rassurer, mais elle éprouvait presque une pointe de déception de ne pas lire de propos plus enflammés.

Elle posa sa lettre et écrivit à la marquise pour solliciter une entrevue avec le chevalier au plus vite. Le temps était en effet compté ... Elle se doutait notamment qu'une fois la transaction avec le comte effectuée le chevalier connaîtrait sa véritable identité et ne lui adresserait plus la parole.

Et quand bien même ce serait encore le cas, son père à coup sûr lui interdirait de le revoir.

D'une manière ou d'une autre, elle songea que leurs jours de bonheur étaient menacés. Mais qu'importait !

Sa lettre scellée, elle se dirigea vers sa table d'échecs.

Elle écarta toutes les pièces du jeu et ne laissa que la dame blanche face au roi noir.

La chose amusante était que sa pièce maîtresse pouvait mettre perpétuellement le roi noir en échec, mais ce dernier en faisant un simple pas de côté pouvait s'esquiver. Et à l'inverse, le roi noir pouvait mettre la reine blanche en échec, mais celle-ci avait alors toute la latitude de l'échiquier pour s'enfuir. C'était assez proche des relations humaines finalement.

La jeune femme s'en amusa beaucoup, avant de repenser à sa discussion avec la marquise, dont certaines phrases lui revenaient avec plus de force encore dans le calme de la nuit.

« Vous avez de l'inclination pour lui, ou tout au moins une forte attirance... »

C'était une certitude ! Mais à la manière dont son cœur se serrait dans sa poitrine, elle soupçonnait qu'il puisse en être bien plus...

« Il faudrait sonder son caractère avant de vous engager davantage, et ainsi éliminer tout risque de déception. »

« Cette étude vous éclairera sur sa nature et, alors seulement, vous pourrez vous rapprocher de lui et voir quelles sont ses intentions véritables... »

« Ainsi, je pourrais côtoyer le roi en étant protégée... Comme aux échecs ! »

Oui, c'est ce qu'elle devait faire : se protéger et, si elle ne pouvait avancer masquée, elle devait le faire dans son attitude et en maîtrisant ses mots.

« Je pourrais dès lors tenter de l'amadouer et faire infléchir sa position concernant le domaine, retarder l'affaire... Ou alors obtenir qu'il nous donne beaucoup plus d'argent ! »

C'était préférable en effet ! Mais comment y parvenir ?

Les paroles de la marquise résonnèrent dans son esprit : « Rendez-le fou de vous et menez le jeu ! Ainsi, vous serez certaine de ne pas souffrir. »

Si l'idée la tentait, Apolline s'inquiétait beaucoup de son manque d'expérience pour affronter un séducteur patenté tel que Guillaume. Serait-elle capable de mener le jeu face à lui ? Et ce, alors même que son charme affolait tous ses sens ?

Serait-elle en mesure de l'adoucir, de sorte qu'il leur laisse un peu de répit à son père et elle, le temps de lui permettre de gagner assez d'argent grâce aux échecs ?

Tout cela se mélangeait dans sa tête. Ses besoins, ses désirs, les finances...

Elle prit le roi et la reine du bout des doigts, les mit l'un en face de l'autre, le souverain noir et la dame blanche, ces opposés complémentaires. Et tandis qu'elle tenait ces deux pièces, elle décida qu'elle devait saisir son destin en main.

C'est bien simple, je dois prendre avant d'être prise !

Les paroles d'une autre personne lui revinrent alors en mémoire, celles de Ferrand, son intendant :

« Vous êtes une artiste de la cambriole, mademoiselle. »

L'occasion était désormais toute trouvée de le démontrer !

De vivacité d'esprit et d'humour, Apolline n'en manquait pas. Plus que jamais, le moment était venu de les mettre à contribution.

Sa marge de manœuvre était étroite, mais c'était jouable...

Elle reprit alors les différents éléments à sa disposition, et conçut un plan qui devait la mener à la victoire. Elle savait que ce qu'elle convoitait au fond était ni plus ni moins que de capturer le cœur de Guillaume. Ainsi, elle posséderait l'avantage et tout serait possible !

La réalisation d'une cambriole[1] était très satisfaisante. Cela faisait appel à des compétences très pointues et procurait un véritable frisson lorsqu'on s'en tirait. C'était aussi quelque chose d'audacieux, en dehors des règles...

Alors bien sûr, c'était difficile, mais quel plaisir si elle y parvenait ! Elle était consciente qu'il lui faudrait d'abord et avant tout maîtriser ses émotions.

Elle allait jouer une partie dangereuse contre Guillaume. Et elle aurait fort à faire, car le coffre-fort était quasiment imprenable, puisqu'elle avait affaire à un séducteur rompu aux manœuvres amoureuses.

1. Un braquage en langage moderne.

Elle s'efforça donc de prévoir avec minutie sa stratégie, anticipant avec plusieurs coups d'avance ce qui allait se dérouler.

Apolline savait qu'elle disposait de peu de temps pour déployer ses pièces avant que Lavandier ne prenne possession du domaine de son père. Le but était de le neutraliser avant qu'il ne s'en empare, et renonce ainsi à son projet.

Elle bénéficiait pour ce faire de différentes pièces : la marquise, un coursier, un jeune prêtre, divers domestiques, un cavalier, une reine, des couloirs, un terrain miné, etc.

La jeune femme anticipa les divers obstacles qu'elle rencontrerait pour parvenir à son objectif, et projeta de les faire tomber les uns après les autres. Esquissant sur son échiquier, une fourchette[1], puis une attaque à la découverte… Des coups simples, subtils, efficaces.

Au-delà de la beauté du geste, elle voulait capturer le cavalier pour sauver le domaine, mais aussi et avant tout pour elle-même. Elle réalisa que cela lui ferait très plaisir. Et les paroles échangées avec la marquise firent soudain sens : « Ne vous mentez-vous pas à vous-même ? »

Car si réussir aux échecs était ce qu'elle avait toujours désiré au fond, ce n'était finalement pas ce dont elle avait le plus besoin. C'était l'amour qu'elle voulait trouver avant tout. Mais, ironie du sort, c'était par les échecs qu'elle pouvait l'obtenir !

À l'aube, son plan était fin prêt.

Et au moment où le soleil se levait, la lettre qu'elle avait écrite à destination de la marquise partait par coursier.

Le sort en était jeté !

1. Coup tactique dans lequel le joueur attaque deux pièces en même temps. L'une des deux sera perdue par l'adversaire, qui ne peut en protéger qu'une seule à la fois.

15

Échange[1]

Château de la Pomponière, 1750.
Deux mois avant la date limite de vente
du domaine du Chesnay

La lettre parfumée d'Apolline sur son cœur, Guillaume descendit de son carrosse tiré par quatre chevaux.

Il n'aperçut personne sur le perron de la propriété de la marquise, et se demanda, avec une pointe d'anxiété, s'il était le premier arrivé à leur rendez-vous. Il avait, cela dit, beaucoup d'avance, comme à son habitude.

Après qu'il eut heurté à la porte, un domestique le fit entrer. Puis, il le débarrassa de son manteau et le conduisit dans le salon, où la marquise discutait avec animation avec une autre personne. Les deux s'interrompirent à son apparition.

Son cœur fit un bond dans sa poitrine lorsqu'il reconnut la silhouette gracieuse de celle qui occupait toutes ses pensées.

La jeune femme blonde avait opté pour une robe turquoise, du meilleur goût, et ses cheveux étaient remontés en un chignon qui dégageait admirablement sa nuque délicate.

1. Capture mutuelle de deux pièces de même valeur.

— Je vois que je ne suis pas le premier arrivé ! Veuillez excuser mon retard dans ce cas.

— Non point, chevalier ! s'exclama la marquise en allant à sa rencontre, tandis que l'autre demoiselle se levait également. C'est ma dame de compagnie qui était fort en avance.

— Dans ces conditions !

Il sourit et s'inclina en une profonde révérence à l'intention de la personne en question. Puis il fit le baisemain à la marquise qui attendait depuis un moment déjà.

Il y eut un silence embarrassé, tandis que Guillaume cherchait à capter le regard de la jeune femme. Celle-ci s'évertuait à baisser la tête, par timidité sans doute.

— Avez-vous fait bon voyage ? lui demanda la marquise, plus par politesse que considération en vérité.

— Excellent ! Et vous-même ? s'enquit-il auprès de la jeune femme.

Celle-ci releva les yeux, des prunelles noisette au cœur de miel, qui le fascinèrent aussitôt.

— Très bon, je vous remercie ! répondit-elle avec courtoisie, d'une voix plus aiguë et plus douce que celle de la joueuse d'échecs.

Qui des deux était la véritable Apolline ?

La demoiselle jouait-elle un rôle derrière un masque invisible cette fois ? Il scruta avec ravissement ce charmant visage dont une certaine rondeur évoquait une enfance pas si lointaine, et au milieu duquel brûlaient deux yeux vifs et espiègles.

C'était cette audace qui de tout son être l'avait le plus séduit. Il n'avait pas l'habitude qu'une femme l'entreprenne comme elle l'avait fait à Versailles, ni ne l'affronte aux échecs, et enfin et surtout lui sauve la vie ! Il avait hâte de retrouver ce trait de sa personnalité chez elle.

Mais pour le moment elle se comportait en jeune fille timide, un peu en retrait. Il faut dire qu'elle se conformait en cela aux convenances en vigueur. Et ce, d'autant plus qu'elle n'était pas dans sa demeure, mais chez la marquise.

Il avança dans sa direction, puis se planta face à elle. Il prit une profonde inspiration, luttant contre le fort trouble qui l'envahissait et s'exclama :

— Je ne saurais assez vous remercier de m'accorder cet entretien, mademoiselle. Vous mettez ainsi fin à mes tourments. Ne plus vous revoir m'était devenu insupportable.

La jeune femme pâlit, échangeant un imperceptible regard avec sa compagne, comme pour l'interroger sur la réponse à donner à une telle déclaration. La dernière chose qu'il désirait cependant était qu'elle soit embarrassée. C'est pourquoi il se tourna vers la marquise.

— Et comment va votre époux, chère madame ? Est-il revenu de son voyage ?

Leur hôtesse perdit aussitôt son sourire :

— Pas encore ! Mais nous l'attendons sous peu.

— Ah, fort bien !

Une fois de plus, le silence envahit l'espace. La tension était palpable et tous trois paraissaient mal à l'aise. Le fait est que parler de sentiments en présence d'un tiers n'était pas des plus facile.

La marquise remplit alors son office de maîtresse de maison.

— Du thé et des petits gâteaux pour tout le monde ?

— Volontiers ! répondit Guillaume d'un ton qu'il jugea glacial après coup.

Il sentait que la colère montait en lui. En venant dans ces lieux, il s'attendait à retrouver la jeune femme spontanée qu'il avait croisée à Versailles. Ou celle forte et affirmée qu'il avait affrontée chez Ramponneau. Mais cette dernière demeurait muette, présente de corps, mais absente par l'esprit.

Peut-être était-elle aussi troublée que lui ? Cette pensée l'éclaira sous un jour nouveau. Il s'aperçut en effet qu'elle jouait beaucoup avec ses mains, signe de sa nervosité.

Il hésita, puis vint se placer dans le fauteuil situé près de la banquette où elle était assise, à l'opposé de celui de la marquise. La proximité physique renforcerait-elle un peu leur complicité ?

Mais là encore, elle fuit son regard.

Guillaume se sentait sur des charbons ardents.

— Et comment allez-vous depuis la dernière fois où nous nous sommes croisés ? questionna-t-il, la gorge sèche.

— Vous voulez dire à Versailles ?

— Oui, ou au Chesnay...

Elle rougit à cette évocation. Guillaume se souvint qu'ils s'étaient vus lorsqu'elle étendait du linge, ce qui n'était guère à son avantage. Il se le reprocha aussitôt. Il aurait dû rester sur leur rencontre versaillaise. Il se trouva épouvantablement maladroit. Lui d'habitude si habile pour séduire perdait tous ses moyens devant cette frêle jeune fille. Mais que lui arrivait-il ? Moins elle en disait, plus il avait le sentiment de se méprendre.

— Au fait, nous n'avons pas été présentés. J'ignore même votre nom.

— Apolline, répondit la demoiselle.

Apolline, répéta Guillaume, goûtant chaque syllabe de ce prénom merveilleux. Il semblait qu'elle ne déclinerait pas son nom complet. Qu'à cela ne tienne ! Un prénom était plus intime finalement.

— Eh bien, Apolline, je suis enchanté de vous connaître ! Guillaume, pour vous servir.

— Oui, vous l'avez écrit au bas de votre lettre, fit remarquer Apolline, assez froidement.

Il songea que, de son côté, elle s'était débrouillée pour ne pas mentionner son nom, et il n'y avait pas accordé d'importance, tant sa réponse lui importait.

— Alors, chevalier, comment vont les affaires ? interrogea la marquise d'un ton badin en revenant s'asseoir.

Guillaume vit qu'Apolline relevait la tête à ce moment-là pour échanger un regard perçant avec son amie. Mais peut-être se faisait-il des idées.

— Bien, je vous remercie ! répondit-il, avec fermeté. Je serai bientôt un homme possédant tout ce qu'une femme est en droit de désirer. À savoir la fortune et un titre !

S'il escomptait fièrement que cette annonce produirait un certain effet sur son auditoire et le valoriserait à leurs yeux, il n'en fut rien. Apolline blêmit et baissa la tête, tandis que la marquise pinçait les lèvres au point de les faire disparaître.

Une fois de plus, il s'était montré terriblement maladroit ou indélicat. Il ne saurait le dire...

— Votre félicité, chevalier, n'est-elle pas imputable à l'infortune de quelques malheureux ? questionna Mme de la Pomponière, d'un ton pointu.

Il serra le poing, car cette remarque était particulièrement malvenue dans ce contexte.

— Mes clients se sont mis eux-mêmes dans une situation délicate. Je ne fais que leur offrir une solution discrète et efficace pour se sortir d'affaire.

Soudain, Apolline se leva.

— Pardonnez-moi, je ne me sens pas très bien ! articula péniblement la jeune femme. Je crois que je vais rentrer...

— Oh ! quel dommage ! Mais vous étiez toute pâle en arrivant, j'ai bien vu que vous n'alliez pas bien, lui dit la marquise, compréhensive.

Guillaume avait pourtant noté que leur conversation était pleine d'allant lorsqu'il était entré. Mais peut-être se l'était-il figuré, tout heureux qu'il était de la revoir.

— Me pardonnerez-vous, chevalier, de vous abandonner ? Je ne me sens pas suffisamment en forme pour bavarder.

— Pauvre enfant ! Elle est rongée par des soucis personnels. Son père est presque ruiné, glissa la marquise, et elle risque de tout perdre.

Aussitôt, Guillaume se leva. En galant gentilhomme, il lui offrit de la raccompagner.

— Oh ! je ne voudrais pas abuser de votre générosité ! répliqua Apolline, gênée.

Mais Guillaume insista, trop heureux de prolonger leur entretien, sans leur hôtesse, qui plus est.

L'instant d'après, ils se trouvaient côte à côte sur la banquette de son carrosse, leurs jambes se frôlant pour son plus grand plaisir. Cette proximité physique lui permit de sentir la chaleur d'Apolline tout contre lui, ce qui lui procura un vif bonheur, tout autant qu'un terrible tourment.

Il pouvait dès lors humer son parfum de fruits rouges, aussi sucré que suave, avec des notes un peu plus froides et élégantes, mais pas moins sensuelles, qu'il avait perçues lors de leur partie d'échecs. Et il n'avait qu'une envie, l'embrasser. Mais ils avaient déjà largement outrepassé la distance sociale ordinairement permise entre un homme et une femme non mariés.

Si elle n'ôta point sa jambe, trop préoccupée par son malaise sans doute, il ne la retira pas non plus. Cela faisait des jours qu'il rêvait d'un rapprochement avec elle. Il savoura son contact durant tout le trajet et en particulier lorsque le carrosse heurta quelques pierres, ce qui les rapprocha encore davantage. L'excitation confinait parfois à la torture.

— Comment vous sentez-vous ? lui demanda-t-il, prévenant.

Comme elle tergiversait sur la réponse à donner il ouvrit un peu la fenêtre et de l'air frais pénétra dans l'habitacle.

— C'est mieux, je vous remercie !

— Vous m'en voyez ravi !

Il hésita :

— Je ne saurais vous dire à quel point je vous suis reconnaissant pour… (Mais l'heure n'était pas à la remercier de lui avoir sauvé la vie. Il se reprit.)… notre entrevue. Enfin, j'espère que nous pourrons nous revoir, dans d'autres circonstances…

— Cela m'agréerait également. Mais ne vous lasserez-vous pas assez vite de ma compagnie ? hasarda-t-elle d'un ton détaché.

Guillaume sentit un élan de colère lui étreindre la gorge.

— C'est la marquise, n'est-ce pas, qui a colporté quelques ragots sur mon compte ? lâcha-t-il entre ses dents serrées. J'imagine qu'elle vous a dépeint mon portrait comme celui d'un redoutable séducteur ?

— N'est-ce pas le cas ? interrogea Apolline d'une voix naïve aux accents sincères.

— Elle ne peut juger ce qu'elle ne connaît pas !

Le carrosse roulait toujours, il arrivait à présent dans les bas quartiers.

Guillaume perçut avec un certain désagrément la vue qui s'offrait alors à eux, entre maisons délabrées et indigents en guenilles. La route aussi devint cahoteuse.

— Ah, je suis bientôt arrivée..., lança Apolline, en se penchant à la fenêtre.

— Puis-je vous demander, chevalier, de me laisser descendre ici ? Je ne souhaite point que l'on me voie en votre compagnie. Les gens risquent de jaser, vous comprenez.

Guillaume la scruta un moment, décontenancé. Puis il lui accorda ce qu'elle désirait.

— Promettez-moi seulement que nous nous reverrons.

— Oh ! cela vous pouvez y compter ! lui répondit-elle en plantant son regard dans le sien.

Ce qui le fit frémir, car cela sonnait comme une mise en garde, sans le satisfaire pleinement.

Elle ouvrit la portière et disparut rapidement, laissant Guillaume à la fois charmé et frustré de leur rencontre. Et de fait, encore plus épris qu'avant.

16

Fourchette

Château de la Pomponière, 1750.
Un mois et trois semaines avant la vente
du domaine du Chesnay

Apolline saisit la délicate tasse blanche peinte à la main d'un joli motif mauve de lavande. La marquise y versa du thé chaud ambré qui exhalait un chaleureux parfum de camomille. La jeune femme y ajouta un peu de sucre et le mélangea à l'aide d'une petite cuillère en argent qui cliqueta sur la porcelaine. Mais lorsqu'elle tenta d'y plonger les lèvres, le liquide était brûlant.

— Prenez votre temps, nul n'est besoin de vous hâter ! D'autant que votre père ne devrait pas rentrer avant la nuit, m'avez-vous dit ?

— En effet !

— La précipitation n'est jamais bonne. Et cela s'applique à toutes sortes de choses. Dont l'affaire qui nous préoccupe, ajouta la marquise, en esquissant un sourire entendu.

Mais Apolline n'était pas d'humeur à rire, le temps était

compté avant la vente du domaine. Elle avait hâte d'en finir, car cela la torturait en permanence.

Si jusqu'ici dans sa vie elle avait eu le sentiment de naviguer sur un lac à la surface lisse et un peu monotone, elle se retrouvait à présent prise dans une tempête d'émotions contradictoires. Elle dormait peu, n'avait pas d'appétit et éprouvait une sorte de nausée, liée à la culpabilité. Il lui était difficile de devoir mentir à l'homme envers lequel elle ressentait une inclination sincère.

— Pour en revenir à notre rendez-vous avec le chevalier, comment avez-vous vécu votre rencontre ? s'enquit la marquise, curieuse.

— C'était très dur ! Je devais lutter contre mon attirance, et garder ce masque impassible.

Elle songea en outre aux sentiments naissants qu'elle taisait à son amie pour le moment et qui l'oppressaient.

— Et puis, cela me faisait mal au cœur de le voir aussi enthousiaste, alors que je lui opposais mon mutisme. J'ai même dû prétexter un malaise pour m'éclipser... Ce qui en fait n'était pas éloigné de la réalité, dans la mesure où la conversation portait sur ses affaires à ce moment-là.

— Mais cela faisait partie de votre plan, n'est-il pas ? Nous devions évoquer son commerce et l'amener à parler du domaine de votre père...

— Oui, bien sûr ! approuva Apolline, qui n'était plus très sûre du bien-fondé de sa stratégie.

— Le but était aussi d'étudier le fond de sa nature et ses intentions envers vous.

Apolline acquiesça.

— Alors, cela a-t-il confirmé vos précédentes impressions ?

— Tout à fait, et même au-delà..., avoua-t-elle du bout des lèvres. J'ai pu remarquer que le trouble que j'éprouve en sa présence est demeuré identique, il a même pris de l'ampleur.

La marquise hocha la tête, l'encourageant à poursuivre.

— Son ardeur me donne à penser qu'il semble lui aussi sincèrement épris.

Son interlocutrice haussa les sourcils, sceptique.

— Et que s'est-il passé après que vous êtes partis ? interrogea-t-elle, le regard luisant.

— Il m'a raccompagnée dans les bas quartiers, conformément à mes instructions, avoua-t-elle en rosissant légèrement.

— Dans les bas quartiers ?

La marquise éclata de rire.

— Il me fallait être cohérente avec vos paroles. Ne suis-je pas censée être votre dame de compagnie ? Je me suis d'ailleurs efforcée de parler peu, pour ne pas trahir mon éducation.

— Voilà qui ne manque pas de piquant ! Et cela ne l'a-t-il pas dissuadé de vous courtiser ?

— Il paraissait quelque peu gêné par la vue des maisons délabrées, mais... non. Il semble que notre différence de condition n'influe pas sur ses sentiments à mon égard.

Elle songea, sans toutefois en parler, à leur proximité dans la voiture et au délicieux supplice de se trouver aussi proche de lui. Son cœur tambourinait tellement qu'elle avait peur qu'il ne l'entende !

— Eh bien ! Je suis très surprise. Car au-delà du côté cocasse de cette aventure, il apparaît très épris de vous. (La marquise ajouta comme pour elle-même :) J'ai même du mal à reconnaître le Guillaume Lavandier que je connais. Se pourrait-il qu'il ait changé ?

Apolline saisit l'occasion pour dire ce qu'elle avait sur le cœur :

— Oh ! Bénédicte ! Ne devrais-je pas couper court à cette mascarade, plutôt que de le faire souffrir autant ?

Elle hésitait en effet à poursuivre son jeu, s'attendrissant toujours davantage sur le sort de la partie adverse. Ce qui était une nouveauté pour elle.

Elle n'était pas certaine non plus de pouvoir tenir son rôle très longtemps, sans flancher.

La marquise posa sa tasse et réfléchit.

Apolline avait l'esprit trop embrouillé pour y voir clair. Elle avait besoin de l'aide de son amie pour qu'elle la sorte de cette situation inédite. Elle cherchait sa protection, un peu comme elle aurait cherché la présence bienveillante d'une mère, ce dont elle manquait cruellement.

— Je vous assure que vous avez tout intérêt à tester la solidité et la sincérité de l'affection qu'il vous porte, finit par dire la marquise. Et croyez-moi, je vous parle d'expérience. J'aurais d'ailleurs bien aimé bénéficier de ces conseils. (Elle ajouta après un silence :) Vous pourriez toujours l'ignorer pour un temps... Et voir ce qu'il se passe.

— L'ignorer ? Comment cela ?

— Eh bien, en ne répondant plus à ses lettres ou sollicitations... Il est possible qu'il se lasse en fin de compte.

— Et si c'est l'inverse qui se produit ?

— Eh bien, nous aviserons !

Les deux femmes burent en silence le reste de leur tasse.

17

Pseudo-sacrifice

Château de la Pomponière, 1750.
Un mois et deux semaines avant la vente du domaine du Chesnay

En proie à une forte agitation, Guillaume enjamba prestement les marches du perron devant le domicile de la marquise.

Celle-ci se trouva toute surprise en le voyant arriver de si bonne heure.

— Eh bien, mon ami ! Que me vaut cette visite matinale ?

Guillaume s'inclina prestement et lui confia sans prendre le temps d'y mettre les formes le vif tourment qui l'agitait :

— Oh ! madame ! Je n'ai pas pu fermer l'œil de la nuit. Je ne vis plus depuis notre dernière rencontre !

— Allons bon, que vous arrive-t-il ? le questionna-t-elle d'un ton léger.

La perfide devait bien se douter pourtant de ce qui le préoccupait. Mais comme elle feignait d'être surprise, il dut vaincre sa pudeur naturelle pour exposer l'objet de ses souffrances.

— Comment donc, vous l'ignorez ? Mais j'éprouve les sentiments les plus doux pour votre jeune amie, Apolline.

— Jeune, jeune... Nous n'avons jamais que trois ans d'écart ! tempéra la marquise, un peu froissée.

Ce qui était un mauvais point pour Guillaume. Il s'empressa donc d'ajouter :

— Oui, enfin c'est une expression ! Vous êtes vous-même une jeune personne pleine de charme et qui ne mérite pas de rester seule en sa demeure.

Son interlocutrice rougit, sensible au compliment.

— Certes ! Alors, vous me parliez de sentiments... N'est-ce pas un peu prématuré ? Car enfin, vous ne l'avez vue que deux ou trois fois à peine.

Guillaume ne pouvait bien entendu lui révéler qu'il l'avait eue comme adversaire aux échecs et qu'elle lui avait même sauvé la vie ce jour-là. Il devait jouer serré.

— Il m'a suffi d'un seul regard pour chavirer...

— Allons bon ! Et qu'avait-il de si spécial ce regard pour vaincre un homme rompu aux artifices de l'amour tel que vous ?

Guillaume tiqua à ses paroles, mais ne s'en offusqua pas.

— Je dirais un mélange d'audace et de pureté.

La marquise haussa les sourcils, dubitative.

— À vrai dire, j'ai souvent parlé d'amour, sans l'avoir réellement éprouvé en réalité... Ce qui était quelque part bien commode.

— Eh bien, certaines seront ravies de l'apprendre...

— Oh ! madame ! Si vous savez comme je m'en repends... À vous, je peux bien confier la souffrance d'un cœur qui n'a jamais connu l'amour véritable et le découvre aujourd'hui. Cela brûle, fait mal et me torture. Je me suis longtemps dissimulé derrière une carapace d'insensibilité, et j'en paie le prix fort à présent !

— Alléluia ! Tout vient à point à qui sait attendre !

— Pardon ? questionna Guillaume, surpris.

La marquise reprit son ton sérieux, froid et implacable, alors qu'il se présentait à elle, éperdu et l'âme mise à nu.

— Mais pourquoi vous adressez-vous à moi ? Ne pouvez-vous simplement revoir la demoiselle et l'instruire de tout ceci ?

— En vérité, je ne le puis ! Elle ne daigne plus répondre à mes lettres, et d'ailleurs ce jeune prêtre refuse désormais de les lui transmettre. J'ai bien écumé les bas quartiers dans l'espoir de la retrouver, mais en vain ! On m'a rétorqué qu'Apolline n'était pas un prénom connu dans ces contrées.

La marquise ne put se retenir de pouffer.

— C'est pourquoi, madame, j'implore votre pitié et je fais appel à votre compassion. Je vous prie de m'aider à la revoir...

— La chose est délicate ! Et je me refuse à servir d'entremetteuse dans cette affaire...

Guillaume ne put s'empêcher de penser qu'elle prenait ainsi sa revanche sur l'époque où il courtisait son amie, la comtesse de Bercy.

— Et pour quelle raison refusez-vous de secourir une âme tourmentée ? Vous, que l'on dit pourtant si dévote et qui fréquentez assidûment les hommes d'Église...

La marquise rougit, songeant sans doute à ce petit angelot qu'elle poursuivait de ses assiduités, allant même jusqu'à se confesser deux fois par semaine pour partager une intimité dans le secret du confessionnal avec lui. Peut-être était-ce pour lui confier qu'elle n'avait pas récité assez de prières ou mangé plus de viande que de potage...

Elle ne pouvait le nier, le curé avait avoué à Guillaume la recevoir souvent en confession, non sans une pointe d'exaspération.

— Ne vous est-il point venu à l'idée, chevalier, que la jeune femme puisse vouloir ne pas vous fréquenter ?

Guillaume blêmit.

— À trop la pourchasser, il est probable que vous la fassiez fuir, plutôt que de l'attirer dans vos filets.

Guillaume opina de la tête. C'était fort possible, en effet.

— Vous avez peut-être changé, au point de ressentir des émotions à présent et j'en suis fort aise pour vous. Mais hélas, ce changement arrive trop tard...

La marquise se leva pour le raccompagner à la porte.

— Je me rends compte aujourd'hui à quel point mon

orgueil a pu me jouer des tours, reprit Guillaume. Et aussi, à quel point l'on peut se sentir vulnérable lorsque l'on éprouve les sentiments les plus doux. Quand je pense aux femmes que j'ai pu blesser, bien involontairement, je m'en veux au plus haut point. Si seulement je pouvais me racheter...

Ce dernier argument parut faire vaciller la comtesse, elle cilla plusieurs fois.

— Bon, que souhaiteriez-vous que je lui dise si d'aventure elle me parle de vous ?

Guillaume ressentit aussitôt un immense soulagement, retrouvant l'espoir qu'elle intercède en sa faveur.

— Vous feriez cela pour moi ?

— Si et seulement si elle me parle de vous...

C'était trop beau aussi !

— Dites-lui...

Ses pensées se précipitèrent dans sa tête au point de lui embrouiller encore davantage l'esprit.

Il ferma les yeux pour se concentrer et finit par les rouvrir en lançant :

— Dites-lui que je le déplore, si j'ai pu lui causer du tort ou lui déplaire. Que je le regrette profondément et la supplie de me laisser une autre chance, afin de lui prouver ma sincérité.

— Ne vous abaissez pas trop, chevalier. Les femmes détestent cela !

— Alors que je désire juste passer un moment avec elle, rien de plus.

— C'est entendu, elle en sera informée...

Guillaume saisit les mains molles et fuyantes de son hôtesse et les baisa avec ferveur, en dépit de son dégoût.

— À présent, monsieur, je dois vous laisser, mon époux est sur le point d'arriver. Et je ne voudrais point qu'il vous trouve en ces lieux au petit matin...

Guillaume allait ajouter qu'elle y aurait au contraire tout

intérêt. Ainsi, son mari la délaisserait sans doute moins. Mais il s'en abstint.

Il s'inclina, d'une manière un peu raide, et sortit en espérant que son intervention produirait son effet.

18

Qualité[1]

La marquise rejoignit aussitôt Apolline censée siroter son thé dans la pièce voisine. La porte étant restée entrouverte, elle n'avait rien manqué de leur conversation.

La jeune femme faisait les cent pas et semblait très perturbée.

— Je lui ai bien tenu tête, avez-vous vu ? se vanta Mme de la Pomponière en arrivant.

— Je suis mortifiée ! s'exclama Apolline, rongée par le remords.

— Pardon ? s'étonna la marquise, abasourdie, la main toujours en l'air.

— Mais enfin, avez-vous entendu son discours ?

— J'avoue ne pas avoir tout écouté, les paroles d'un tel homme rentrent chez moi par une oreille et sortent aussitôt de l'autre côté. Voudriez-vous me rafraîchir la mémoire ?

— Il a confessé éprouver pour moi les sentiments les plus doux…, relata Apolline, la voix tremblante.

En disant cela, sa gorge se serra et son cœur se mit à frémir dans sa poitrine.

1. Différence de valeur entre deux pièces d'échecs.

— Ah, ça ? Oui... C'était mignon. Il a l'art des compliments bien tournés.

— Il a ajouté qu'il les ressentait pour la première fois, et qu'il était au supplice...

— Oui, oh ! Cela lui passera, comme toujours..., répliqua sa compagne, ironique.

Apolline se prit alors la tête entre ses mains :

— Quand je pense qu'il a erré à ma recherche dans les quartiers mal famés...

— C'est très drôle, avouez ! s'esclaffa la marquise. Non, mais vous imaginez la scène... Lavandier avec son beau costume se mêlant à la plèbe et aux croquants pour vous trouver !

— Et vous l'avez entendu ? Il se repent ! (Son amie secoua la tête.) Il s'est même abaissé à vous supplier..., enchaîna Apolline, dont tous les détails de la conversation étaient restés gravés dans la mémoire.

— En même temps, c'est un peu normal qu'il se rabaisse, je suis marquise et lui un simple chevalier. Je l'aurais plutôt mal pris s'il m'avait prise de haut !

— Tout ce qu'il désire, c'est passer un moment en ma compagnie, rien de plus ! poursuivit Apolline. Cela ne prête guère à conséquence au fond...

La jeune femme était toute prête à accéder à sa demande et à le satisfaire, afin qu'il recouvre la paix de l'esprit.

— En somme, son grand numéro d'amant transi et éconduit vous a attendrie ? questionna la marquise, bras croisés.

— J'ai été très touchée, oui ! Je ne pensais pas le faire souffrir à ce point... J'ignorais que de simples paroles pouvaient avoir un tel impact sur un cœur épris.

— Oui, oh... ! Reste encore à prouver que ses sentiments soient véritables !

— Mais enfin, vous l'avez entendu ? Tous ses mots venaient du plus profond de son être, et le ton de son discours était parfaitement sincère !

— En même temps, il a aussi dit que c'était votre audace et votre pureté qui l'avaient séduit, argumenta la comtesse.

— Oui ! Eh bien, quoi ? Je trouve touchant qu'il ait apprécié un trait de ma personnalité et de mon tempérament. Une audace, dont je suis assez fière en vérité. Quant à la pureté, il ne s'est point trompé, je n'ai aucune expérience avec les hommes !

La marquise se rapprocha d'elle pour lui chuchoter :

— J'y vois moi plutôt un intérêt suscité du fait que vous le fassiez courir et que vous ne succombiez guère à ses charmes. Les séducteurs de son espèce adorent qu'on leur résiste. Ils détestent la facilité...

Apolline secoua la tête en observant sa compagne, comme si elle était désolée pour elle. Elle ne la pensait pas désabusée au point de ne pouvoir reconnaître les sentiments véritables. Car Apolline sentait au fond de son cœur que Guillaume était sincère.

S'il n'y avait eu son plan, elle aurait sans doute cédé et l'aurait rejoint. Mais elle hésitait, car elle aimait aller au bout des choses et voir ses stratégies se réaliser. D'autant que quelque chose la retenait encore, comme une intuition...

— Quoi qu'il en soit, je vous encourage vivement à persévérer dans votre entreprise, l'exhorta la marquise au même moment. Dans peu de temps, vous l'aurez rendu fou de vous, et alors vous serez définitivement en position de reine ! Ce serait dommage de tout gâcher, si près du but.

Le fait qu'elle parle dans son langage échiquéen acheva de convaincre Apolline, en dépit de ses résistances et du trouble profond qu'elle ressentait. Le jeu d'échecs était vraiment son rempart pour ne pas perdre pied. Elle s'y accrocha de toutes ses forces.

— Très bien ! Mais il va falloir que vous m'aidiez, car je ne sais pas du tout où je vais...

La marquise sourit, ravie de pouvoir continuer à distiller ses conseils, ce qui l'occupait. Des recommandations qu'elle aurait pourtant bien fait de s'appliquer à elle-même en priorité.

Mais on voit toujours les défauts des autres avant les siens !

19

Percée[1]

Versailles, 1750.
Trois jours plus tard...

Assise sur une chaise en bois et en osier, Apolline rêvassait tandis qu'une foule de fidèles se pressait dans l'église pour assister à la messe. Elle serra son précieux missel entre ses gants de dentelle blancs, tout en balayant du regard les magnifiques peintures murales colorées et empreintes de dévotion. L'une d'elles attira tout particulièrement son attention, celle d'une représentation de la Vierge Marie. Il émanait d'elle une telle lumière et une telle bonté dans son visage. C'était bien simple, elle rayonnait ! Elle avait pourtant offert le plus grand des sacrifices à l'humanité. Mais elle n'était que bienveillance et don de soi. Apolline l'admirait profondément. Elle songea à ce moment-là à sa mère, qu'elle aurait tant aimé connaître... Mais cette dernière avait dû l'abandonner pour fuir son père et retrouver sa liberté. Un sacrifice qui l'avait vraisemblablement poursuivie toute sa vie.

1. Avance de pion ou échange de pièces permettant l'ouverture d'une situation bloquée.

C'est alors qu'elle entendit un brouhaha dans sa rangée, et elle vit plusieurs personnes se lever pour permettre à un individu pressé de passer. Lequel vint s'installer sur la chaise laissée vide pour la marquise à côté d'elle. Son premier réflexe fut de manifester sa désapprobation, mais lorsqu'elle découvrit qui était cet inconnu, une immense surprise, mêlée de joie, la saisit.

— M'autoriserez-vous à m'asseoir à vos côtés ? demanda doucement Guillaume Lavandier avec une politesse appuyée.

— Oh ! Euh... Oui, bien sûr !

Elle rougit fortement, tandis que son cœur accélérait dans sa poitrine. Son esprit se brouilla et elle ne put refuser sa proposition. Elle regarda toutefois en direction de la porte pour voir si la marquise n'arrivait pas, mais comme il n'en était rien, elle présuma qu'elle devait être en retard comme à son habitude. À moins qu'elle ne soit encore en grande conversation avec l'abbé au sujet des bonnes œuvres de la paroisse. Dans ce cas, peut-être préférerait-elle trouver une place vide au bord d'une rangée que de déranger tout le monde ?

La proximité physique de Guillaume la perturba. Il dégageait un mélange de force virile et d'élégance qui, sans doute du fait de sa haute stature, lui inspirait une forme de protection. À aucun moment elle ne perçut sa présence comme intrusive. Et en vérité, elle était heureuse de le revoir. Son discours l'avait tellement émue chez la marquise.

— J'ignorais que vous veniez à la messe..., lui murmura-t-elle.

— Je vous avoue que moi aussi je ne m'en pensais plus capable. (Il prit un temps et poursuivit plus bas :) Que ne ferais-je pour vous revoir !

Apolline baissa les yeux et rougit davantage.

Elle ressentit cette fois une forme d'embarras.

Guillaume, qui gardait la tête droite pour ne pas l'indisposer en public et l'observait de biais, s'en rendit compte. Il s'empressa d'ajouter :

— Mais je ne voudrais pas vous mettre mal à l'aise. Un seul mot de vous, et je m'en vais.

— Non, restez ! répondit Apolline, avant d'argumenter comme pour se justifier : de toute façon, l'office va commencer !

Le prêtre se dirigeait en effet vers l'autel d'un pas décidé. Au même moment Apolline aperçut son amie la marquise qui surgissait derrière lui de la sacristie. (Elle avait vu juste à son sujet !)

Cette dernière la chercha du regard, et, agitant la main, lui fit signe qu'elle allait rechercher une place plus accessible. Puis, ses yeux se portèrent sur Guillaume Lavandier à ses côtés et elle les écarquilla, manifestant ainsi sa surprise. Apolline lui répondit en haussant les sourcils, témoignant ainsi de son étonnement.

La marquise détailla l'homme près d'elle, secoua la tête et finit par s'asseoir et les laisser tranquilles. Apolline se sentit soulagée. Bien que les conseils de son amie partent d'une bonne intention, elle éprouvait une certaine frustration à les suivre.

Ce jour-là, la jeune femme apprécia tout particulièrement la messe. Elle échangea pourtant peu de mots avec son voisin, se contentant de quelques regards discrets à l'occasion. Elle positionna son missel entre eux, en s'apercevant que ce dernier n'en possédait pas, afin qu'il puisse suivre les prières et les lectures, et surtout partager les cantiques. Tout ceci par pure charité chrétienne bien entendu…

Apolline frémit en entendant la voix de baryton grave et chaude de son voisin au moment des chants. Elle sentit vibrer tout son être. Elle fut surprise également de constater qu'il connaissait quelques psaumes, vestiges de son éducation religieuse. L'idée qu'il pourrait se marier un jour à l'église l'effleura alors, en même temps qu'une forme de soulagement étrange.

Tout au long de l'office, elle l'observa discrètement, persuadé qu'il s'ennuierait. Mais pas du tout ! Il demeura concentré et écouta même avec attention le sermon du jeune curé sur la compassion. Ce qui ne manqua pas de confondre Apolline et de la conforter dans le sentiment que cet homme n'était pas le dangereux personnage que la marquise lui avait dépeint.

Son amie la comtesse avait peut-être connu une aventure

malheureuse avec lui. Mais peut-être n'éprouvait-il tout simplement pas des sentiments identiques aux siens ? Et cela avait créé un malentendu, et généré beaucoup d'amertume chez cette femme. Quoi qu'il en soit, l'individu près d'elle semblait patient, doux et agréable.

Durant toute la messe Apolline eut du mal à se concentrer et fut perturbée par la présence de Guillaume à ses côtés.

En particulier quand leurs bras se frôlaient bien innocemment. Ou encore lorsque leurs doigts s'effleuraient sur le missel. Apolline, aux anges, avait alors toutes les peines du monde à ne pas entretenir de pensées coupables, d'autant plus interdites qu'ils se trouvaient dans une église. Cela relevait du supplice !

Ces gestes la faisaient chaque fois vaciller davantage. Elle ne cessait de repenser à ses paroles, lorsqu'il avait avoué à la marquise qu'il nourrissait pour Apolline les sentiments les plus doux.

Doux, comme son regard, ardent, brillant et velouté lorsqu'il l'observait. Celui d'un homme transformé, transcendé, transfiguré par ce courant chaud et mystérieux que l'on nommait amour…

Lorsque la fin de la messe arriva, Apolline ressentit une forme de soulagement, car la tension entre eux était devenue trop forte, et en même temps elle éprouvait une grande tristesse à l'idée de le quitter. Elle aurait aimé que l'office religieux durât plus longtemps. Un comble !

Il resta discrètement à ses côtés jusqu'à la sortie, présent, mais sans s'imposer.

Le charme faillit toutefois être rompu, lorsqu'un ami de son père vint lui demander de ses nouvelles. Apolline craignit qu'il décline son nom. Mais fort heureusement il n'en fit rien et Apolline répondit simplement :

— Il va bien, je vous remercie ! Je lui transmettrai vos compliments.

Ce que l'homme sembla apprécier, avant de rejoindre d'autres personnes au grand soulagement d'Apolline.

Guillaume s'était éloigné à point nommé pour guetter sa

voiture à cheval. Ainsi, son interlocuteur n'avait pu se faire d'idées à leur sujet.

Il revint cependant, dès qu'elle fut de nouveau seule. Ils effectuèrent alors tout naturellement quelques pas ensemble.

— Je n'ai même pas eu le temps de m'enquérir de votre santé. Comment vous portez-vous ? interrogea-t-il, prévenant.

La dernière fois qu'il l'avait vue, elle avait en effet invoqué un malaise pour rentrer chez elle, dans les bas quartiers. Et elle en éprouva d'autant plus de honte qu'ils se tenaient devant une église, où le mensonge était un péché.

— Je vais mieux, je vous remercie ! lui répondit-elle, le gratifiant d'un large sourire.

Il perçut sa réponse comme une forme d'encouragement, car il poursuivit alors :

— Dans ce cas, puis-je vous proposer d'aller nous promener et reprendre ainsi notre entrevue écourtée l'autre jour ?

Bien que surprise par sa demande, Apolline n'en fut pas pour autant déstabilisée, car elle avait très envie elle aussi de le revoir.

Toutefois, avant de lui répondre, elle chercha la marquise des yeux. Et lorsqu'elle la vit, en grande conversation avec le jeune prêtre, le félicitant avec chaleur pour son sermon, elle lui déclara :

— Laissez-moi dire quelques mots à mon amie, et je suis à vous.

Le regard de Guillaume Lavandier s'éclaira, et un sourire s'épanouit sur ses lèvres. Le cœur d'Apolline tambourina aussitôt dans sa poitrine. Tout en s'éloignant, elle se morigéna quelque peu, car son « je suis à vous » était plus qu'ambigu ! Mais qu'importe, elle ne pouvait résister à l'attraction qu'elle ressentait. La confiance entre eux était établie à présent et elle n'avait qu'une envie : le connaître davantage !

La marquise, sur son nuage, après sa conversation avec le prêtre, l'accueillit avec une forme de légèreté qui la ravit.

— Je me sens d'humeur printanière, aujourd'hui ! s'exclama-t-elle, la jeunesse me fait du bien, je crois...

— Eh bien, dans ce cas, je pense que vous ne verrez aucun inconvénient à ce que je vous laisse à votre cure de jouvence !

— Pas le moins du monde ! J'imagine que le sieur Lavandier vous a conviée à une petite promenade avec lui ? questionna-t-elle, fine mouche.

— En effet ! approuva Apolline, qui craignit aussitôt qu'elle ne tente de l'en dissuader.

— Eh bien, profitez bien de la balade ! Et ne commettez pas d'erreurs...

— Je vous le promets !

— N'oubliez pas tout ce que l'on s'est dit..., ajouta-t-elle encore en lui adressant un clin d'œil. Et je me chargerai d'informer votre chaperon que je vous raccompagnerai au domaine.

— Oh ! Bénédicte ! Je ne sais comment vous remercier...

Celle-ci leva les yeux au ciel.

— J'espère juste ne pas avoir à le regretter !

Apolline lui serra les mains avec chaleur, et son amie les lui reprit en apercevant le jeune prêtre.

— Pardonnez-moi, il faut que je vous laisse !

Elle attrapa ses jupons et s'en fut à la vitesse que lui autorisaient ses jambes lestes vers l'homme d'Église, dont le visage se crispa en la voyant accourir vers lui.

— Au fait, je ne vous ai pas parlé de la vente de charité...

Apolline sourit et se tourna vers Guillaume, qui attendait anxieusement son retour. Elle lui adressa un discret signe de tête et vit son visage s'éclairer d'une joie indicible.

20

Pions liés[1]

Le carrosse de Guillaume les conduisit jusqu'à un lieu dont il fit mystère avant leur arrivée. Si Apolline jetait régulièrement des œillades inquiètes par la fenêtre, elle semblait aussi apprécier de se laisser porter.

— Je serais bien curieuse de savoir où vous m'emmenez ! s'exclama-t-elle à plusieurs reprises.

Elle paraissait plus détendue que lors de leur dernier trajet dans ce même carrosse.

— Encore un peu de patience, nous y sommes presque ! la rassura Guillaume, qui ressentait d'intenses trépidations dans sa poitrine, tandis que leurs cuisses s'effleuraient sur le cuir de la banquette.

Il percevait aussi son souffle court, et voyait sa charmante gorge se gonfler à intervalles rapprochés dans son corset. Était-ce parce qu'elle éprouvait également de l'excitation de par leur proximité dans l'habitacle ?

Son parfum le troublait toujours autant. Mais il savait que ce bonheur était fragile, car à tout moment elle pouvait décider de s'en aller.

1. Pions amis se protégeant mutuellement dans leur avancée.

Alors qu'ils pénétraient dans la forêt, Apolline se pencha à la fenêtre et s'enthousiasma en apercevant une biche. Un animal libre, sauvage et gracieux, comme elle finalement.

Par deux coups frappés sur le toit, Guillaume intima au cocher de s'arrêter, et la jeune femme put dès lors observer tout à loisir le magnifique animal. Lequel finit par détaler, se sentant épié, ce qui les fit rire tous deux.

Le sourire d'Apolline dévoilait une rangée de dents parfaites, et Guillaume vit deux fossettes se creuser dans ses joues. Il se sentit fondre. Il émanait de sa figure une douce candeur qui le ravissait. Comme il s'attardait un peu trop sur son visage, elle leva les yeux vers lui. Des yeux vifs et curieux qui l'interrogeaient. Il reprit alors ses esprits et demanda au cocher de poursuivre sa course.

Ils arrivèrent peu après dans une clairière.

La vue était splendide. Un lac émeraude était entouré d'arbres dont le feuillage formait une coupole surmontée d'un ciel bleu lavande, aux couleurs de l'été.

Des rais de lumière perçaient ce dôme et venaient frapper la surface de l'eau, l'estampillant d'une multitude de paillettes dorées.

Apolline poussa un soupir de ravissement en découvrant ce spectacle enchanteur.

Guillaume la précéda alors, pour l'aider à descendre.

— Si mademoiselle veut bien se donner la peine...

Il lui tendit la main et elle avança la sienne, avec confiance. Lorsqu'il effleura ses doigts fins et chauds, il ressentit un frémissement de plaisir. Il aimait la douceur de sa peau, la grâce et la légèreté de ses gestes.

Elle mit pied à terre avec tout autant d'élégance.

Puis, elle saisit sa robe et ses jupons pour progresser sur un chemin jonché de feuilles, à la suite de Guillaume.

Bientôt, ils parvinrent devant le lac et s'arrêtèrent, proches l'un de l'autre. Ils le contemplèrent en silence.

Apolline semblait fascinée par cet écrin de verdure autour du lac émeraude. Elle était émerveillée par le doux chant du clapotis de l'eau, celui des oiseaux, le souffle et le bruissement du vent dans les arbres. Elle se tourna vers Guillaume, follement enthousiaste et éperdue de reconnaissance :

— Quel endroit merveilleux ! Merci, chevalier, de me l'avoir fait découvrir.

— Vous pouvez m'appeler Guillaume, vous savez...

Ses lèvres esquissèrent les premières lettres de son prénom, mais aucun son ne sortit de sa bouche.

C'était encore trop tôt. Elle n'osait pas... Et cette timidité ne contribuait qu'à le charmer davantage.

Elle baissa les yeux et retourna à la contemplation du lac.

— Aimez-vous la nature ? questionna-t-il, doucement.

— Oh ! oui, je l'adore !

— Cela nous fait un point commun alors...

Mains croisées derrière le dos, il lui expliqua :

— J'ai découvert ce lieu lorsque j'étais enfant. C'était mon endroit secret, où je venais jouer, rêver... parfois aussi me cacher, ajouta-t-il, en repensant à la disparition de sa mère et aux larmes qu'il avait alors abondamment versées.

Apolline le scruta, avec empathie.

— Vous parlez comme si... vous aviez perdu un être cher.

— Oui, ma mère.

— Oh ! je suis désolée...

Elle mordit ses lèvres et le considéra avec compassion. Ce qui faisait sens avec le discours du curé à l'église.

— J'ai dû apprendre à grandir seul et sans affection. Mon père n'était pas démonstratif... Et je me suis protégé contre les émotions, croyant ainsi ne pas souffrir ! Quelle idiotie !

Il sentit soudain une main tendre et réconfortante se poser sur son épaule. Il sursauta, surpris et heureux.

— Votre mère vous a manqué ? s'enquit-elle avec douceur.

— Oh ! que oui ! J'ai eu du mal à me remettre de son absence. C'est aussi pourquoi je m'efforce de récupérer tout ce qu'elle a perdu... Oh ! cela ne la ramènera pas ! Mais c'est ma façon de lui rendre hommage, d'obtenir réparation pour les torts qu'elle a subis et qui l'ont menée à une issue si cruelle, et de rétablir notre rang, ajouta-t-il en regardant au loin, l'esprit ailleurs.

Apolline fut soudain prise d'une quinte de toux.

— Oh ! pardon ! Je vous néglige. Avez-vous froid ? Souhaitez-vous partir ?

— Non, je... Je vais bien, répondit-elle en le gratifiant d'un pâle sourire.

— Vous me rassurez !

Il avait l'impression en la fréquentant de devenir meilleur. Et cependant, son discours était ambigu et il le savait. Mais il y avait des choses qu'il voulait qu'elle sache.

— Ah, au fait, j'ai un cadeau pour vous ! lança-t-il, désireux d'alléger l'atmosphère et d'aller au bout de son projet.

Elle écarquilla les yeux, à la fois étonnée et ravie.

Il avait compris que pour lui plaire il fallait aussi la surprendre. Il s'en fut donc jusqu'à sa voiture, d'où il revint avec un paquet enveloppé dans du papier de soie.

Apolline parut goûter sa charmante attention. Elle déballa le présent avec entrain et délicatesse et découvrit plusieurs objets : quelques livres qu'elle détailla avec enthousiasme, du matériel à broder (elle sembla un peu moins exaltée) et...

— Un tablier ?

Elle se retint de pouffer.

— Oui, j'ai pensé que... enfin... dans le cadre de vos activités.

— Il est vrai qu'une dame de compagnie peut apprécier ce genre d'accessoire, convint-elle en se mordant les lèvres pour s'abstenir de rire.

Guillaume l'observa. Elle était trop spontanée pour mentir. C'était ce qu'il aimait chez elle.

— Je vous remercie beaucoup pour ces présents. J'en ferai bon usage !

— Ou vous les donnerez à qui vous voulez..., conclut-il.

Ils échangèrent un sourire complice, comme après avoir partagé une bonne blague.

— Je n'ai rien à vous offrir pour ma part...

— Oh ! que si ! Votre présence à elle seule est le plus

inestimable des bienfaits. Quant à votre temps, c'est votre bien le plus précieux que vous m'offrez !

— Comme c'est bien dit ! Êtes-vous poète ou philosophe ?

— Cela m'arrive de l'être, à mes heures perdues... Mais assez parlé de moi ! Parlons plutôt de vous !

Apolline rosit, embarrassée.

— Et si nous discutions plutôt de la nature ! lança-t-elle.

— Celle-ci ne s'apprécie-t-elle pas sans un mot ?

— Sur ce point, je dois convenir que vous avez raison !

Ils se turent alors, et, debout l'un à côté de l'autre, ils laissèrent un silence chargé de possibilités s'installer entre eux.

Ils demeurèrent ainsi un bon moment à contempler le lac.

Jusqu'à ce qu'un vent frais se mette à souffler et vienne rider la surface de l'eau. Apolline frissonna et rassembla son châle sur ses épaules.

Alors, et de la manière la plus naturelle qui soit, Guillaume lui frotta le dos pour la réchauffer. Il sentit la chaleur de sa peau et s'aventura jusqu'à ses épaules, dont il apprécia la rondeur, avant de les malaxer entre ses mains chaudes et puissantes. Le désir montait en lui, et il devait lutter à présent pour y résister.

Elle ferma les yeux, et oublia les convenances en goûtant ce bien-être. Mais soudain elle se reprit et rouvrit les yeux :

— L'heure tourne, je dois rentrer..., fit-elle, pantelante.

Bien que Guillaume mourût d'envie de l'embrasser, il comprit qu'il ne devait pas la brusquer, s'il désirait la revoir.

— Je vais de ce pas héler mon cocher, et nous vous ramènerons chez vous !

Le visage d'Apolline se crispa.

— Je préférerais que vous me déposiez chez la marquise...

— À votre guise !

Là encore, il ne voulait pas la contrarier.

Et ce n'est qu'une fois dans le carrosse, et après qu'ils eurent roulé un moment, qu'il demanda :

— Me feriez-vous la faveur d'accepter de me revoir ?

Pour achever de la décider, il argumenta encore d'une voix calme, même si son cœur battait la chamade :

— J'aimerais beaucoup vous faire visiter mon domaine. Oh ! bien sûr, c'est moins grand que chez la marquise, mais…

— J'en serais ravie ! approuva Apolline, le regard fuyant tourné vers la fenêtre.

Guillaume sentit la joie et l'excitation l'envahir. Il prit une profonde inspiration et dut éviter les yeux d'Apolline dans le reflet de la vitre pour ne pas qu'elle voie le fort trouble dans lequel elle l'avait plongé.

Quelque chose le chiffonnait cependant au fond de lui. C'était presque trop facile. Avait-il réussi à déverrouiller la porte de son cœur, ou lui cachait-elle quelque chose ?

21

Pièce piégée[1]

Domaine de Lavandier, 1750.
Un mois et une semaine avant la vente
de la propriété du Chesnay

Ce fut la tête drapée dans une étole qu'Apolline arriva chez Guillaume. Non pas qu'il fasse particulièrement froid, mais elle désirait se protéger des regards indiscrets dans la voiture. Elle avait réussi à s'enfuir de chez son père en prétextant auprès de leur intendant participer aux bonnes œuvres de l'église avec la marquise. Ce dernier ne semblait guère dupe de son jeu toutefois, l'imaginant sans doute aller disputer quelques parties d'échecs. Mais il s'abstint de poser des questions, disant juste qu'il en informerait le comte à son retour, si du moins il revenait avant elle.

Balayant le parc qui entourait la propriété du regard, Apolline le trouva à la fois sobre et raffiné avec ses allées aux lignes claires bordées de verdure. Elle s'étonna cependant qu'il ne

1. Tactique qui profite d'une faiblesse positionnelle de l'adversaire dont la pièce est immobilisée et qui ne dispose d'aucune case de fuite en cas de menace.

comportât point de massifs de fleurs colorées. En revanche, une magnifique fontaine trônait en son centre.

La bâtisse en elle-même était élégante, quoique bien moins imposante que celle du domaine de son père. Elle dénotait toutefois une certaine noblesse, vestige de la situation aristocratique révolue de ses propriétaires. Les lignes étaient épurées, mais la forme carrée plutôt austère.

Lorsqu'elle y pénétra, le cœur battant, elle fut surprise de constater que la maison était meublée avec goût, même si là encore la sobriété prévalait. Du parquet au sol recouvert de tapis lui conférait une impression de chaleur.

Son regard s'attarda sur quelques toiles accrochées au mur, dont le portrait d'un homme de haute stature sur fond de scène de chasse en forêt. Il ressemblait beaucoup à Guillaume, mais en plus orgueilleux. Peut-être était-ce son père ? Et une femme, brune, très belle. Qui pouvait-elle bien être ?

Apolline était perdue dans ses pensées, lorsqu'elle perçut la voix grave et chaude du propriétaire des lieux. Elle sursauta.

— C'est le portrait de ma mère, Amandine Lavandier.

— Elle était très belle..., répliqua Apolline, absorbée dans la contemplation de son visage.

Guillaume avait hérité d'elle ses yeux, sombres, mystérieux, et doux à la fois.

— Mon père ne la méritait pas..., conclut-il froidement.

Apolline, gênée, se détourna du tableau pour observer son interlocuteur. Elle retira prestement son châle, dévoilant ainsi sa chevelure blonde.

Le jeune homme la regarda faire et parut comme fasciné. Puis, il se reprit :

— Mais je vous en prie, entrez donc !

Il fit un signe au domestique pour qu'il la débarrasse et la convia à pénétrer dans le salon.

Elle remarqua aussitôt le petit secrétaire où il devait traiter ses affaires. Plusieurs lettres s'y trouvaient, mais leur pile organisée ne permettait guère de connaître leur provenance ni leur contenu. Et Apolline n'aurait osé s'y aventurer, peu encline à espionner son hôte. Elle songea cependant avec angoisse que l'offre de son père y figurait sans doute.

Une cheminée où brûlait un bon feu trônait au centre de la pièce, ce qui réchauffait l'atmosphère de la bâtisse aux murs épais et aux pièces hautes de plafond et froides. Elle nota là encore une certaine sobriété dans l'ameublement, et elle se dit que pour un homme d'affaires enrichi, tel qu'on le lui avait présenté, il ne vivait guère dans le luxe.

Guillaume l'invita à prendre place dans un des fauteuils de tissu et lui offrit du thé, qu'elle accepta avec plaisir.

Une fois qu'il fut lui-même assis, le silence plana dans la pièce, troublé uniquement par le crépitement du feu dans la cheminée. Son hôte croisa et décroisa plusieurs fois les jambes, et se frotta le menton, un peu crispé.

Le domestique apporta alors le service à thé en porcelaine et quelques gâteaux qu'il déposa sur la table près d'Apolline. Il lui lança quelques œillades et demanda :

— Mademoiselle désire-t-elle du sucre avec son thé ?

— Bien volontiers !

Le laquais la servit et, de nouveau, il l'observa avec un regard d'aigle qui la mit mal à l'aise.

— Je devine à la voir que mademoiselle connaît l'usage, émit-il encore en avançant le pot de lait devant elle.

— Eh bien, à vrai dire, je...

Apolline rougit. Par cette simple remarque, elle comprit que ce valet, sans doute habitué aux courtisans, lui signifiait qu'il n'était pas dupe de ses origines aristocratiques. Il l'avait peut-être percée à jour, de par ses intonations, sa gestuelle, son langage, sa manière de se déplacer...

— Ce sera tout, Séraphin, merci ! s'exclama Guillaume Lavandier, désireux de le voir s'en aller, car il avait senti qu'il indisposait Apolline.

Le vieil homme échangea un regard avec lui et sortit de la pièce. Il feignit cependant l'indifférence devant son maître.

Quel étrange personnage ! songea-t-elle, en frissonnant.

Guillaume la remercia alors de l'honorer de sa visite. Il

s'enquit de sa santé, de celle de la marquise, puis l'entretint d'un ton badin du temps qu'il faisait et de leur promenade au lac de l'autre jour.

Durant tout ce temps, il paraissait plus détendu qu'à l'accoutumée même s'il était un peu guindé, comme retenu par une certaine émotion. Il avait l'air de se donner beaucoup de mal pour lui être agréable. Mais il n'en avait pas besoin en réalité, tant son regard brûlait d'intensité et tant toute sa personne, le ton de sa voix et le moindre de ses gestes produisaient de l'effet sur elle et le rendaient terriblement séduisant à ses yeux.

Apolline ne regrettait pas le moins du monde les efforts qu'elle avait dû faire pour venir, même si la présence d'une jeune femme sans chaperon dans la maison d'un homme était pour le moins inconvenante. Mais qu'importait, elle s'y sentait bien.

Elle songea alors à la première fois où elle l'avait vu à Versailles et mesura le chemin parcouru, non sans un certain contentement. Elle appréciait chaque jour davantage de le voir. Cela semblait si naturel, et elle souhaitait toujours le fréquenter davantage.

Quelle ineptie que ces conventions !

De façon plus pernicieuse, elle désirait aussi fortement se rapprocher de lui, au sens physique du terme, et pouvoir le toucher. Elle regrettait d'être assise à bonne distance de lui. D'autant plus que le feu de cheminée lui donnait chaud, et qu'elle bouillonnait déjà suffisamment !

Attentif à son bien-être, Guillaume s'en aperçut.

— Vous serait-il agréable de faire une promenade dans le parc après votre thé ?

— Il est brûlant en vérité. J'aimerais autant m'y rendre dès à présent..., répondit Apolline, qui se surprit elle-même à exprimer ainsi ses désirs.

Il sourit, car sa réaction n'était pas pour lui déplaire.

— Eh bien, allons-y !

Ils sortirent du salon. Au moment où ils rejoignaient l'entrée, ils croisèrent le valet de chambre, qui parut choqué de les voir délaisser leur thé.

Guillaume l'ignora et tint la porte pour qu'elle sorte.

L'instant d'après, Apolline respirait l'air tiède du parc avec délectation, sentant une brise légère effleurer sa peau. Elle frissonna d'autant plus qu'elle était déjà émoustillée par la proximité de Guillaume à ses côtés.

Ils ne parlaient plus. Nul n'en était besoin. Ils marchaient côte à côte, chacun savourant la présence de l'autre.

Ils se dirigèrent vers la fontaine. La jeune femme put alors contempler les sculptures des nymphes dénudées et autres éphèbes qui y batifolaient, non sans un certain embarras. Finalement, elle se focalisa sur l'eau qui s'écoulait de la bouche d'un poisson pour retomber en cascade dans le bassin.

— Cette fontaine vous plaît-elle ?

— Il faudrait être difficile pour ne pas l'aimer ! Elle est digne des raffinements de Versailles ! s'extasia Apolline. Mais mon jugement importe peu.

— Au contraire, il compte beaucoup pour moi !

Elle baissa les yeux, troublée par ses paroles.

— C'est l'une des plus belles réalisations de mon père, poursuivit-il. C'était un homme de goût. Cela au moins, on ne pouvait le lui enlever. Même s'il vivait très au-dessus de ses moyens...

— Comme nombre de courtisans. Enfin, c'est ce que je me suis laissé dire..., reprit-elle soucieuse de dissimuler ses connaissances.

Guillaume sourit. Il plongea alors dans ses yeux, sur le point de lui poser une question qu'il ne formula pas en définitive. À la place, il lui prit le bras et l'entraîna un peu plus loin.

Le cœur d'Apolline s'emballa à son contact. Mais, là encore, elle s'efforça de n'en rien laisser paraître. Elle était plus que troublée en sa présence, et ressentait désormais un puissant désir pour lui, une formidable force d'attraction qui rendait ses lèvres les plus désirables au monde.

Dans son cœur, l'inclination des débuts se muait en quelque

chose de plus profond et de plus persistant. Quelque chose qui brûlait et lui faisait mal, et que seul un geste significatif comme un baiser aurait peut-être pu apaiser. Elle rougit en y pensant, et tenta bien de porter son attention ailleurs, mais le bras chaud et solide de Guillaume lui donnait encore plus envie qu'il l'enlace.

— Puis-je vous demander, si ce n'est pas trop indiscret, pourquoi une jeune personne aussi charmante que vous n'est pas encore mariée ? s'enquit Guillaume, au détour d'une allée.

Elle s'empourpra, songeant à sa passion pour les échecs, à sa répulsion pour cet engagement auprès d'un inconnu que l'on aurait désigné pour elle, et finalement botta en touche.

— J'ai bien envie de vous retourner la question, chevalier.

Il éclata de rire.

— Vous êtes décidément très futée !

Comme elle lui portait un regard insistant, désireuse de connaître sa réponse, il réfléchit et dit :

— Eh bien, je suppose que mes affaires me prennent trop de temps... Et... ou que je n'ai pas encore rencontré la bonne personne.

Apolline ressentit un pincement au cœur. Lequel s'évanouit dès qu'il rectifia :

— Enfin, que je ne l'avais pas rencontrée jusqu'ici...

Le cœur d'Apolline manqua un battement. Sa main sursauta sur le bras de Guillaume.

Une mésange bleue au ventre jaune traversa le ciel azur devant eux.

Guillaume s'immobilisa alors et se défit de son bras pour attraper ses doigts qu'il pressa délicatement entre les siens. Une sensation délicieuse et un supplice pour la jeune femme.

— Écoutez, je n'ai pas l'intention de vous dissimuler les choses plus longtemps. (Elle s'arrêta de respirer.) Vous me plaisez, lui avoua-t-il, sans détour.

22

Pion passé

Il lui avait avoué son inclination, la gorge serrée, et s'était alors senti dangereusement exposé, comme il ne l'avait jamais été auparavant. Il comptait pourtant quelques conquêtes à son actif, mais aucune d'entre elles ne lui inspirait un trouble comparable à celui qu'il éprouvait en présence d'Apolline.

Le soir venu, debout devant sa cheminée, il contemplait le feu en train de se consumer. Une bûche incandescente brûlait sous une écorce couverte de cendre grise, à l'image de son cœur.

Il se remémora la façon dont elle avait réagi à son aveu. Elle avait semblé surprise, avait cillé plusieurs fois, rougi de manière charmante, mais n'avait pas répondu. Elle avait fixé le sol un bon moment, mordu sa voluptueuse lèvre supérieure qu'il rêvait d'embrasser et, finalement, dit qu'elle devait s'en aller, qu'il était déjà tard.

Cette fuite montrait bien tout l'embarras qu'elle avait à répliquer à ce genre de sollicitation. Elle, la joueuse d'échecs implacable, demeurait insaisissable sur le plan sentimental… Le contraste entre les deux était étonnant d'ailleurs. Et cela le rendait d'autant plus fou.

Fou d'attendre… d'espérer… Et fou d'elle en définitive.

Mais toutes ces simagrées lui prenaient beaucoup de temps

et le détournaient de ses affaires. Il devait agir, et vite, s'il voulait voir un développement heureux de sa relation avec Apolline, car sinon il devrait y mettre fin avant même qu'elle ait commencé !

Il se dirigea vers son secrétaire et rédigea une courte missive comportant une nouvelle invitation. Il la confia à Séraphin, pour qu'il la remette à la jeune femme à l'office du lendemain. Il ne désirait pas l'indisposer en effet en apparaissant une seconde fois à ses côtés en public.

Si elle refusait son offre, il saurait dès lors qu'il n'avait rien à attendre d'elle.

C'est ainsi qu'elle revint deux jours plus tard, les yeux pétillants, toujours aussi fraîche et charmante. Il avait prétexté vouloir lui remettre quelques ouvrages de sa bibliothèque, et Apolline avait accepté sa proposition.

Parmi les livres, il avait en effet glissé un manuel qui présentait différents jeux de société et leurs règles. Elle s'en était saisie avec avidité, ainsi qu'il l'avait escompté, d'autant plus que plusieurs chapitres étaient consacrés au jeu d'échecs.

— Je n'aurais jamais cru qu'une jeune femme puisse se passionner pour ces jeux de table, lança-t-il, d'un ton détaché.

— Oh ! À vrai dire, mon père en est très friand et je lui tiens volontiers compagnie.

Ce qui était une demi-vérité.

— Même s'il n'est pas très à la mode qu'une femme s'intéresse à ce type de jeux, pour ma part, je trouve les joueuses fascinantes ! répliqua-t-il, l'air de rien.

Elle leva des yeux curieux sur lui, et pencha légèrement la tête de côté.

— Vraiment ?

— Et je serais ravi de disputer une partie contre vous à l'occasion. Pourquoi pas aux dames, ou... aux échecs ?

Il s'aventurait là en terrain glissant. Elle pouvait en effet comprendre qu'il l'avait reconnue. C'était pourquoi Guillaume avait posé cette question de manière naturelle, cherchant avant tout à amadouer Apolline.

Elle reprit son livre pour le feuilleter, se donnant quelques secondes pour réfléchir.

— Pourquoi pas ? À l'occasion, répondit-elle en écho à ses paroles, d'une façon qu'elle voulait détachée, mais qui laissait transparaître une certaine nervosité.

Il s'avança alors vers elle, et lui ôta doucement son ouvrage des mains.

— Mais tandis que vous lisez, je n'ai pas le loisir de contempler vos yeux.

Elle les leva vers lui, et il vit son regard vaciller et sa bouche frémir.

L'attraction entre eux avait eu le temps de grandir, et de se nourrir des flammes du désir.

— Avez-vous repensé à ce que je vous ai dit l'autre jour ?

Elle lui adressa un regard vaguement interrogateur, mais il sentit qu'elle savait pertinemment à quoi il faisait allusion.

— Vous me plaisez, Apolline. Terriblement. Et vous revoir chaque jour est une immense joie, autant qu'un effroyable supplice…

— Qui suis-je donc pour vous tourmenter de la sorte ? lança-t-elle en essayant d'alléger ce ton sérieux par l'humour.

Il saisit ses mains qui étaient glacées et les réchauffa entre les siennes. Bien loin de se dérober, elle s'abandonna à lui, comme irrésistiblement attirée elle aussi et incapable de fuir. Il vit ses yeux veloutés s'embuer, ses lèvres pulpeuses s'entrouvrir.

— Vous me tentez terriblement, et j'ignore si ce que j'éprouve pour vous est réciproque. Ce qui est une véritable torture !

— Je comprends. Mais j'ignore quoi répondre en vérité… Je suis trop peu expérimentée dans ces sortes d'affaires, avoua-t-elle du bout de ses lèvres, qui ne cessaient de l'appeler de leurs vœux.

— En vérité, il n'y a rien à dire ! Juste à ressentir.

Il porta ses doigts à sa bouche et les baisa avec délicatesse et une infinie douceur, mâtinée de dévotion.

Il entendit son souffle s'accélérer. Mais elle ne bougea pas.

Son cœur tambourinait contre sa poitrine.

Le moment était venu. S'il ne se décidait pas, l'écureuil allait encore grimper aux branches et s'échapper.

Alors il se pencha lentement vers elle. Elle ferma les yeux et il contempla l'espace d'un instant son magnifique visage avant de plonger sur ses lèvres sensuelles et soyeuses.

Le contact fut doux, chaud et infiniment agréable. Il avait l'impression de cueillir une fleur fraîche et sa rosée du matin. Elle sentait si bon. Elle se laissa aller contre lui, subjuguée et pantoise. Alors, il s'enhardit. Il l'attira fermement contre lui. Il sentit ses mains s'aventurer sur son torse et ses lèvres s'entrouvrir légèrement. Il en profita pour approfondir son baiser, tout en l'attirant encore plus près de lui.

Il perçut alors les battements de son cœur qui s'emballait. Dès lors, il voulut la calmer et l'apaiser. Il quitta ses lèvres pour se perdre dans son cou tendre et parfumé. Et il se sentit le plus heureux des hommes.

Puis il s'éloigna doucement pour contempler son visage où les yeux pétillaient. Ses joues rouges ressemblaient à deux pommes bien lustrées.

— Allez-vous bien ? demanda-t-il, prévenant.

Elle sembla apprécier qu'il se montrât aussi attentionné.

— On ne peut mieux !

Pour toute réponse, elle lui attrapa alors le visage entre ses doigts et pressa ses lèvres contre les siennes. Surpris, il se laissa faire, sentant la force de son désir. Ses mains descendirent le long de son dos, jusqu'à ses reins. Il la serra contre lui.

Le désir le taraudait terriblement. Il lui serait facile de la prendre dans ses bras et de l'emporter jusqu'à la causeuse pour la butiner plus à loisir. Mais il ne voulait pas l'intimider. Il devait calmer le jeu.

Alors, il s'arracha à son étreinte, tous deux demeurant comme ivres.

— C'est folie, Apolline ! Nous ne devons pas, lui chuchota-t-il.

Pour toute réponse, elle appuya le front contre son menton.

Il s'inclina pour y déposer un baiser, tandis que le rythme de son cœur décélérait.

— Ce serait mal...

Mais ces paroles, bien loin de la calmer, semblèrent attiser encore davantage le feu qui couvait en elle et qu'elle ne parvenait plus à maîtriser. Des larmes lui montèrent aux yeux.

— Aurais-je fait quelque chose que je n'aurais pas dû ? demanda-t-elle d'une petite voix.

Il l'étreignit alors, l'enserrant fort entre ses bras.

— Oh ! non ! Ce sont des choses qui arrivent naturellement entre des personnes qui éprouvent des... (il hésita à formuler le mot) sentiments l'un pour l'autre.

Elle s'écarta de lui pour le dévisager :

— Parce que vous ressentez des choses pour moi ?

— Je vous l'ai dit, vous me plaisez ! répondit-il, tentant d'esquiver ce qu'il se refusait à avouer.

Elle arqua un sourcil, en demande de plus, et elle le fixa avec intensité.

— Je crois que..., commença-t-il, vaincu.

Au même moment, on frappa à la porte. Ils s'écartèrent tous deux pour revenir à une distance respectable l'un de l'autre.

Apolline replaça une mèche de cheveux échappée de son chignon, mais tout dans son apparence trahissait sa confusion et son embarras d'avoir été surprise dans une posture compromettante.

C'était Séraphin qui entrait avec le service à thé.

Il le déposa, sans regarder la jeune femme, habitué qu'il était à respecter l'intimité de son maître. Et s'adressant à lui, il demanda :

— Monsieur désire-t-il autre chose ?

— À vrai dire, oui ! Pourriez-vous faire seller mes chevaux ?

— Mais certainement, monsieur ! répondit le valet de chambre, sans sourciller.

Guillaume se tourna alors vers Apolline :

— Vous plairait-il de faire une promenade ? Savez-vous monter à cheval ?

Apolline acquiesça :

— En effet ! Mais je crains de devoir rentrer sous peu... Peut-être un autre jour ?

Une angoisse saisit Guillaume. Était-elle en train de regretter leur baiser et de le fuir ?

Peut-être aurait-il dû demander son avis à Apolline, avant, de donner l'ordre à son domestique de seller les chevaux. Son enthousiasme lui avait joué un tour pendable. Il s'en voulait et allait ordonner à son valet d'oublier sa directive, lorsqu'il entendit Apolline ajouter :

— En revanche, demain serait parfait pour moi !

Ce qui laissait augurer un développement de leur relation plus que prometteur... Il savait toutefois qu'il ne fallait jamais présager des choses, tant qu'elles n'étaient pas survenues.

L'avenir seul lui dirait s'il avait eu raison d'espérer.

23

Enfilade[1]

Domaine de Lavandier, 1750.
Le lendemain

Le ciel était gris et menaçait de tonner lorsqu'elle le rejoignit. Ce n'était certes pas le temps idéal pour une promenade à cheval, mais elle ne voulait pas différer son invitation. Le fait d'attirer l'attention d'un homme aussi séduisant, et qui considérait les joueuses d'échecs comme fascinantes, était une chance unique ! Elle ne devait surtout pas la laisser s'envoler.

Depuis leur baiser, Apolline souriait, béatement. Son père disait qu'elle était devenue un véritable soleil et se demandait bien quelle pouvait être la cause d'un tel changement.

S'il savait ! songea la jeune femme avec un peu de culpabilité, bien vite chassée par l'immense bonheur qu'elle ressentait à l'idée de le revoir. Elle était d'ailleurs ravie de ne pas avoir à attendre plus longtemps, car elle ne l'aurait pas supporté.

Plus rien n'existait que ses yeux de braise, ses mains chaudes, sa voix grave qui la faisait vibrer, sa haute stature… Elle avait adoré se réfugier dans ses bras protecteurs et sentir sa force

1. Lorsqu'une pièce menace deux pièces adverses sur la même ligne.

contre elle. Une force qu'il maîtrisait. N'avait-il pas eu la volonté d'interrompre leur étreinte, malgré leur attirance irrésistible ?

Que se serait-il produit s'il ne l'avait pas fait ?

Certes Séraphin serait arrivé, elle ne pouvait penser au fait qu'il ait pu les surprendre sans éprouver un terrible embarras.

Mais aurait-elle pu aller jusqu'au bout ?

Au bout de quoi ? se demanda Apolline, tandis que sa calèche s'arrêtait devant la bâtisse des Lavandier.

Elle ignorait tellement tout de l'amour physique ! Dans les livres qu'elle avait lus, les amants s'embrassaient, puis au chapitre suivant la femme attendait un heureux événement. Elle n'en savait guère plus ! Et son entourage prenait bien soin de l'isoler de ces sortes d'informations.

Les roues de la voiture s'immobilisèrent en crissant. Séraphin accourut aussitôt vers elle en portant une ombrelle, car il tombait quelques gouttes.

Apolline en fut très déçue. Elle qui s'était imaginée galoper les cheveux au vent aux côtés de son preux chevalier !

— Monsieur Lavandier vous attend aux écuries, lui annonça Séraphin d'une voix précieuse.

— Ah, très bien ! La promenade est maintenue ?

— Vous verrez cela avec le chevalier, répondit le serviteur, obséquieux. Il est possible qu'il ait conçu d'autres projets.

Apolline, qui avait prévu une robe lui permettant d'être à l'aise à cheval et de disposer d'un certain maintien, parcourut à grands pas l'allée qui la séparait des écuries, tout en s'accrochant au parapluie que lui avait confié le valet de chambre.

Lorsqu'elle entra dans l'étable, elle aperçut Guillaume de dos en train de brosser son cheval, un magnifique étalon noir à la robe brillante. Son geste était à la fois précis, doux et attentionné. Elle s'arrêta un instant pour l'observer, fascinée. D'autant qu'il ne portait pas de redingote sombre, mais une chemise blanche à jabot couverte d'un gilet de satin noir, sur un pantalon et de hautes bottes de cuir. Il lui apparut plus séduisant que jamais. Il flattait son cheval à l'encolure, lui murmurant à l'oreille quelques paroles bienveillantes. Peu à peu le cheval se laissa amadouer et mangea une carotte dans la main de son maître.

Sentant sa présence, il se tourna et l'aperçut.

Son visage, dont les sourcils étaient souvent froncés, ce qui lui donnait un côté ténébreux, s'éclaircit alors et il esquissa un sourire qui creusa une charmante fossette au coin de sa bouche.

— Ah, vous voilà déjà ! Pardonnez-moi, je ne suis guère présentable. Comment allez-vous ? s'enquit-il aussitôt avec prévenance.

— Fort bien, je vous remercie ! Mais je suis un peu en avance.

Il sourit encore, comme transfiguré.

— J'aime l'être aussi !

Apolline nota que le fait de le voir si naturel et attentionné avec les animaux le rendait plus désirable encore. Il ne lui faisait plus du tout peur à présent, si tant est qu'il l'ait effrayée un jour !

Il s'empressa d'attraper sa veste et de la reboutonner. Ce qui, certes, lui donnait fière allure, mais le guindait également quelque peu. Apolline l'appréciait finalement davantage au naturel.

Il s'approcha d'elle et lui saisit les doigts sur lesquels il déposa un baiser.

Le contact sur sa peau lui procura un frémissement dans tout le corps, et vint lui rappeler le souvenir de ses lèvres douces, ferventes et chaudes sur les siennes. Elle se sentit aussitôt vaciller et ses joues s'empourprèrent.

Il s'enquit alors poliment de savoir si elle avait fait bon voyage. Puis, il lui demanda, l'œil pétillant, si elle avait commencé à lire les ouvrages qu'il lui avait prêtés.

— J'ai entamé celui sur les jeux, il est tout à fait passionnant ! lui répondit-elle avec enthousiasme, sans toutefois lui avouer qu'elle avait passé la nuit à refaire toutes les parties d'échecs expliquées par son auteur, apprenant au passage quelques coups fort judicieux.

— Ah, j'en suis ravi ! Oui, c'est un bon manuel. Les auteurs abordent toutes sortes de jeux, leur histoire… Mais je vous en prie, gardez-le autant que nécessaire !

— Je vous remercie ! (Puis, elle ajouta, avec émerveillement :) Il est fou de penser que l'ancêtre du jeu d'échecs viendrait d'Inde.

— Absolument ! Du *chaturanga* au VIe siècle. Lequel se jouait alors avec des éléphants, des cavaliers, des chars et des fantassins. Soit la constitution de l'armée indienne...

Ils évoquèrent les pièces et les comparèrent aux échecs qu'ils connaissaient. Et elle fut ravie d'échanger de manière complice avec lui sur un jeu qui la captivait tant. C'était si plaisant, si merveilleux, si inespéré !

Il revint alors à des considérations plus pratiques.

— Hélas, je crains que le temps ne soit guère de la partie pour notre promenade. J'ai sellé les chevaux, mais je ne sais s'il est très judicieux de sortir, vous pourriez être trempée. Sans compter que l'orage peut effrayer nos montures. L'étalon noir en particulier est assez ombrageux !

— Il est magnifique, en tout cas ! Sa robe est absolument sublime. Vous l'avez bien soigné..., le complimenta-t-elle.

— À vrai dire, il s'agit d'une acquisition récente, admit-il en serrant les mâchoires.

Apolline acquiesça et ressentit une angoisse au creux du ventre. Elle s'empressa de changer de sujet.

— Je pense que nous pouvons tenter une sortie. Et si le temps se gâte, il sera toujours le moment de revenir au galop !

Guillaume sourit, sa fossette se creusant davantage, ce qui la fit fondre.

— Vous êtes une aventurière, et j'aime ça ! admit-il, tandis que son regard brûlant trahissait toute l'admiration qu'il lui portait.

Apolline sentit aussitôt son cœur s'emballer et prit une profonde inspiration. Elle s'approcha alors du cheval le moins haut des deux, et également le moins ombrageux, et se positionna près de la selle.

— Comment désirez-vous monter ? lui demanda Guillaume, prévenant.

— De côté. À vrai dire je ne sais pas faire autrement, même si j'adorerais monter à califourchon, comme les hommes !

— Cela ne m'étonne pas de vous ! Vous êtes une rebelle...

Elle sourit, se sentant flattée et appréciée telle qu'elle était, ce qui était inestimable.

Il s'approcha alors et, la saisissant à la taille, il la souleva avec légèreté pour la mener sur la selle qu'il avait spécialement préparée à son intention.

Elle frémit lorsqu'elle se retrouva emportée entre ses bras puissants. Elle savoura tout particulièrement la chaleur de ses deux mains qui enserraient sa taille. Entre ses bras, elle semblait aussi légère qu'une plume.

Mais elle n'était pas sitôt installée qu'un éclair creva le ciel et un énorme bruit de tonnerre retentit tout proche. Surpris, le cheval hennit et se cabra.

Apolline n'eut pas le temps d'attraper les rênes et se retrouva projetée de côté. Fort heureusement, Guillaume était là. Il tendit les bras et amortit sa chute, mais tomba en arrière, déséquilibré. Elle s'effondra sur lui.

Ils se retrouvèrent allongés, elle au-dessus de lui, dans la paille, comme un fait exprès ! Elle réalisa qu'il venait de lui sauver la vie et lui sourit, pleine de gratitude. Il fit de même, bien qu'il s'en voulût d'être tombé.

Il allait se relever, lorsque soudain leurs regards s'aimantèrent. Mue par le désir, elle visa ses lèvres et se coucha complètement sur lui pour aller les chercher. Surpris, Guillaume se laissa faire. Ses mains ne tardèrent pas à attraper sa taille, puis à remonter le long de sa colonne jusqu'à sa nuque, où il fourragea dans ses cheveux à demi attachés, achevant de les libérer tout à fait.

Il l'étreignit alors avec une ferveur plus brûlante encore qu'auparavant. Il la dévora de baisers. Son souffle chaud témoignait de son excitation. Il lui embrassa les lèvres, le cou, puis il descendit plus bas sur le haut de sa gorge et y plongea avec délice.

Apolline ressentit dans tout son corps des tressautements et des sensations inédites, comme des pulsions, irrésistibles, incontrôlables. En sa présence, elle perdait la plus élémentaire prudence. Elle avait perdu tout empire sur elle-même. S'il ne s'arrêtait pas maintenant, elle allait se donner à lui.

Dehors, la pluie tombait dru, les éclairs serpentaient dans le ciel, aussitôt secondés par le fracas du tonnerre qui couvrait leurs ébats.

L'idée que leur intimité puisse être dissimulée par la foudre la ravit. De plus, personne ne viendrait les chercher ici avec la pluie, même pas Séraphin ! Ils étaient seuls, l'un avec l'autre. Alors, bien sûr, la paille n'était pas des plus confortable, mais c'était naturel, sauvage et plutôt grisant.

— Arrêtez-moi, ou je ne réponds plus de rien, murmura Guillaume d'une voix rauque, le souffle court, tandis qu'elle pouvait sentir à travers son vêtement le désir qui l'animait.

Mais Apolline, elle aussi totalement sous l'empire de ses sens, et de ses sentiments, n'était plus en mesure de réfléchir. Elle désirait Guillaume, et elle le voulait pour elle seule. Alors, elle répliqua sur un souffle :

— Aimez-moi...

Il ne se fit pas prier plus longtemps. Il l'attrapa par la taille, la fit rouler de côté pour les séparer du box des chevaux. Puis, tandis qu'il s'affairait à délacer son corset, les paroles de la marquise lui revinrent étrangement en mémoire : mieux valait un cavalier bien réel que sur l'échiquier.

Apolline suivit son cœur et s'abandonna à celui en qui elle avait désormais toute confiance.

24

Surcharge[1]

Domaine du Chesnay, 1750.
Un mois avant sa vente

Assise devant son échiquier dans sa chambre, Apolline ressassait de bien sombres pensées.

En effet, et même si elle avait passé un excellent moment entre les bras de Guillaume, elle ne pouvait s'empêcher d'en ressentir une certaine culpabilité. Non pas qu'elle s'en voulût de lui avoir cédé. Bien au contraire ! Il lui avait fait découvrir des sensations nouvelles, totalement inédites, et des paysages de toute beauté. Et elle assumait complètement d'avoir succombé au désir qui la consumait et même d'avoir éprouvé du plaisir, bien qu'elle se reprochât un peu aussi d'avoir perdu pied à ce moment-là, ne se maîtrisant plus vraiment.

Non, si elle s'en voulait, c'était pour autre chose. Un événement malencontreux avait quelque peu gâché la fête.

En effet, alors qu'ils se rhabillaient. Guillaume avait laissé tomber un carnet de sa veste. Comme il avait le dos tourné,

1. Lorsqu'une pièce doit assumer seule un trop grand nombre de tâches défensives.

elle l'avait ramassé pour le lui rendre et avait aperçu sans le vouloir ce qu'il contenait, à savoir la liste de ses « clients ».

Et parmi eux figurait le nom de son père, avec le montant exact de sa dette et le détail chiffré de leurs possessions, avec également la description de choses très personnelles. Ce qui était tout à fait choquant, indélicat et malséant !

Guillaume avait blêmi en voyant le carnet entre ses mains.

— Mais pourquoi faites-vous cela ? lui avait-elle demandé, abasourdie, une douleur sourde au creux du ventre.

— C'est mon métier, avait-il rétorqué, simplement.

Il avait essayé de reprendre son carnet, mais elle le tenait fermement.

— Vous avez *tout* noté ! lui avait-elle répondu, dévastée. C'est... indécent !

— Que voulez-vous ? Je suis un mauvais garçon, mais cela vous plaisait il y a un instant encore ! avait-il ironisé, en tentant de lui rappeler l'aspect excitant de leurs ébats.

Elle lui avait alors rétorqué avec un calme froid :

— Je pensais vous connaître, mais vous êtes un odieux personnage en vérité !

Guillaume s'était décomposé. Elle avait ramassé son châle et était sortie de l'écurie, son corset encore défait.

— Attendez, ce n'est pas ce que vous croyez ! (Il avait couru derrière elle en criant :) Ce ne sont que des affaires... Enfin... Laissez-moi au moins vous expliquer !

— Ce ne sera pas nécessaire, je ne veux plus jamais avoir *affaire* à vous !

Elle était partie sous une pluie battante, furieuse. Et aujourd'hui encore, ces terribles paroles résonnaient en elle.

Elle venait de voir ce qu'il y avait de pire en lui, ses petits secrets et sa redoutable manière de procéder.

À présent, cela faisait deux jours qu'elle ne sortait plus de sa chambre, prétextant une indisposition passagère. Son père lui faisait monter ses repas, tout en lui disant qu'il regrettait sa présence à table, lorsqu'il était au domaine du moins.

Apolline ne savait pas comment se comporter. Elle se

sentait dévastée. Et elle éprouvait aussi de la honte à revoir son amie. La marquise ne manquerait pas en effet de lui en vouloir pour avoir enfreint ses recommandations et de lui reprocher d'avoir fauté avec Guillaume Lavandier. Ce que l'église qualifiait de péché. En conséquence, elle hésitait à remettre les pieds à la messe.

Ce fut finalement un événement inattendu qui la sortit de sa réserve.

Ce matin-là, elle entendit des cris et des clameurs au-dehors, puis des cavalcades dans les couloirs du château et d'autres hurlements encore, dont certains, terribles et déchirants, émis par son père. Elle s'en alerta et se précipita aussitôt à sa fenêtre pour tenter d'apercevoir quelque chose.

Des gens du domaine accouraient en tous sens.

Il se passe quelque chose de grave ! se dit-elle.

Elle chercha sa femme de chambre, laquelle était allongée dans la pièce voisine, fatiguée par sa grossesse, pour qu'elle l'aide à se vêtir. Quand ce fut fait, après avoir relevé ses cheveux elle-même, elle descendit l'escalier.

— Où est mon père ? demanda-t-elle à l'intendant, seul individu demeurant stoïque et raide au milieu de la tempête.

— Dans son bureau, mademoiselle. Mais je crains fort qu'il ne soit pas en état de...

Apolline passe outre sa recommandation et se précipita vers le bureau.

Elle trouva son père affalé devant son secrétaire, face à son livre de comptes, la tête entre les mains. Elle remarqua aussi que ses bottes étaient toutes pleines de boue.

Elle s'approcha doucement, le cœur battant et, voyant son désarroi, posa la main sur son épaule.

Il ne réagit pas.

— Nous sommes perdus..., lâcha-t-il alors, dévasté.

— Que s'est-il passé ? Pourquoi cette panique soudaine ? Tout le monde court partout...

Le comte du Chesnay se reprit pour lui dire :

— Nous avons été victimes d'un nouveau coup du sort. Nos terres cultivables sont... ravagées !

— Mais comment est-ce possible ? Hier encore, tout poussait à merveille !

— Il semble qu'on ait versé un produit nauséabond sur ces récoltes. Elles sont perdues. Et il faudra des années de jachère pour récupérer une terre exploitable. Nous sommes ruinés !

Apolline déglutit. Elle tenta alors de rassembler ses esprits.

— Il s'agit d'un acte de sabotage, si je comprends bien !

— Il n'y a aucun doute là-dessus.

— Mais qui aurait intérêt à faire cela ?

Le comte secoua la tête.

— Je n'en ai aucune idée... Je ne me connaissais pas d'ennemi aussi vil, jusqu'à présent du moins.

Apolline croisa les bras et réfléchit à voix haute.

— Cela fait suite à une série de catastrophes... Le toit de la grange qui s'écroule rongé par les termites, l'enclos des chevaux qui a été ouvert pendant la nuit...

— Tous nos pur-sang se sont enfuis, ajouta le comte, d'un ton las.

— Sans compter les rongeurs et les insectes trouvés dans les réserves de céréales.

— Et l'eau de la cascade du parc souillée, la rendant impropre pour y faire boire nos bêtes et arroser nos plantes.

— Oh ! père ! Toutes ces catastrophes seraient-elles l'œuvre d'un seul et même sinistre personnage ?

— Cela fait un moment que j'y songe en vérité. Mais je pensais que ces actes de malveillance cesseraient d'eux-mêmes si on ne leur donnait pas d'importance.

— Oh ! papa ! répondit Apolline, désarmée devant sa confondante bienveillance.

Le comte consulta son livre de comptes et le referma.

— Je crois qu'il n'y a plus désormais d'autre solution, je vais contacter ce Lavandier et lui vendre le domaine au plus tôt, avant qu'il ne tombe en miettes.

Apolline éprouva aussitôt une vive angoisse, à l'évocation du nom de son amant.

— Je ne suis pas certaine que cet homme soit très bien intentionné, père..., articula-t-elle péniblement.

Le comte éclata d'un rire las.

— Allons bon ! Aucun de ce genre d'individus ne l'est, ma fille. Surtout ceux que l'on ne voit pas et qui opèrent dans l'ombre, comme des lâches ! Lavandier, lui au moins, agit dans la lumière...

Soudain une hypothèse folle se fit jour dans l'esprit d'Apolline.

Et si Guillaume et le saboteur ne faisaient qu'un ?

Celui-ci aurait eu tout intérêt en effet à pousser son client, autrement dit sa victime, à vendre son patrimoine. Bien que cette idée l'effrayât au plus haut point et qu'en son for intérieur elle n'imaginait pas Guillaume capable d'autant d'ignominie, il n'était toutefois pas totalement impossible qu'il ait pu se comporter ainsi.

Elle repensa aux pur-sang dans son écurie, qu'il disait avoir obtenus grâce à ses « affaires ».

Elle songea à la liste détaillée de la dette de son père dans son carnet, au chiffrage de leurs possessions, qu'il connaissait, dont il avait fait état.

Se pourrait-il que cet homme soit depuis le départ un imposteur et qu'il se soit servi d'elle pour parvenir à ses fins : acquérir le domaine du Chesnay pour une bouchée de pain ?

La tête lui tourna soudain, et elle aurait pu tomber si elle ne s'était dirigée vers une chaise au dernier moment.

Le comte s'en aperçut et s'en inquiéta aussitôt.

— Eh bien, que t'arrive-t-il ?

— Un vertige, père ! Mon corset est trop serré sans doute...

— Je suis désolé de ne pas avoir su te protéger..., lui lança-t-il.

Le cœur d'Apolline fondit.

— Oh ! non ! Vous avez été le meilleur des pères...

Elle songea alors, horrifiée, qu'elle en revanche n'avait pas été la meilleure des filles, loin de là !

Des choses jusqu'ici très plaisantes commençaient à peser

lourdement sur sa conscience, ainsi que tous les mensonges dont elle avait pu user et abuser récemment.

— Va te reposer, lui intima son père. Veux-tu que je fasse venir le médecin pour qu'il t'examine ? Cela fait deux jours que tu ne sors plus de ta chambre.

— Je suis certaine d'aller mieux à présent. Je vais juste m'allonger un peu et je reviens.

Elle songea en effet qu'elle se devait d'oublier ses petits tracas pour aider son père, qui avait bien d'autres problèmes à affronter. Il fallait qu'elle le soutienne. Elle aurait dû le faire depuis quelque temps déjà. Elle allait s'y employer, du moins dès qu'elle irait mieux, car pour l'instant ses jambes flageolantes refusaient de la porter.

— Bon, il ne me reste plus qu'à contacter notre repreneur, je n'ai plus le choix.

— Oh ! père ! Je vous supplie de ne rien faire pour le moment ! Attendez la fin du délai prescrit pour vendre vos biens.

— Et pourquoi donc, je te prie ? l'interrogea-t-il en l'examinant de ses yeux bleu délavé.

— Eh bien, tout d'abord, le temps de lancer une enquête de police. (Son père hésita, puis acquiesça, car sa proposition était sensée.) Et ensuite pour ne surtout pas donner à ce M. Lavandier le plaisir d'avoir tout gagné ! lui répondit-elle d'un ton où perçait le désir de revanche.

25

Défense

Domaine du Chesnay, 1750.
Deux jours plus tard

Assise devant sa table d'échecs éclairée à la bougie, car il faisait nuit, et emmitouflée dans un châle, Apolline relisait pour la centième fois au moins la lettre que Guillaume lui avait fait parvenir. Son valet de chambre l'avait en effet remise à la marquise qui la lui avait envoyée par coursier, car Apolline se refusait toujours à la voir.

Apolline,

Votre silence m'est devenu intolérable… J'ignore ce qui a pu vous heurter à ce point, mais je pense qu'il serait bon d'aplanir ce différend et de nous revoir apaisés pour en discuter.

Ou si vous ne le désirez pas, ou ne pouvez pas vous déplacer, veuillez me faire savoir par retour de courrier ce qui vous cause tant de tracas.

En tout état de cause, je mérite peut-être vos reproches, mais en aucun cas votre mépris.

Apolline se dit en maugréant qu'elle trouvait son ton bien

péremptoire, étant donné les lourdes charges qui pesaient sur lui.

Nous avons passé un merveilleux moment ensemble, et je n'évoquerai pas davantage ces choses qui n'appartiennent qu'à nous, compte tenu du fait que ma lettre puisse être lue par un tiers plus ou moins bien intentionné ou par un abbé.

Il fait certainement référence à la marquise..., songea-t-elle en souriant, malgré elle. *Il n'a pas tort de se méfier, et j'aurais dû l'écouter, finalement, lorsqu'elle me le dépeignait comme un obscur personnage !*

Je veux que vous sachiez que je ne regrette rien de ce qui s'est passé. Les choses sont arrivées naturellement et se sont imposées d'elles-mêmes, sans que ni vous ni moi n'ayons à nous le reprocher.

Elle non plus ne regrettait pas ce qui s'était passé. Et c'était une torture de penser que l'homme qui lui avait fait tant de bien et procuré tant de bonheur et de sentiments exaltés la laissait ensuite retomber aussi bas. Dans des abîmes de noirceur et de tristesse, où elle aurait pu sombrer si elle n'avait été autant en colère.

Et pour ma part, je ne conçois pas avoir mal agi ou vous avoir effrayée. Vous avez même plutôt semblé apprécier ce que vous avez découvert...

Apolline rougit en songeant qu'il s'enorgueillissait sans doute d'être celui qui l'avait initiée à l'amour, et il était vrai qu'elle n'avait aucune autre expérience jusque-là. Mais ce n'était pas non plus une raison pour s'en vanter ni le crier sur tous les toits !

Elle devait bien reconnaître cependant que Guillaume était un amant formidable. Elle avait goûté sa délicatesse, ses attentions charmantes. Il s'était montré passionné et fougueux. Elle repensa à la chaleur de sa peau, aux caresses de ses mains, au rythme de ses hanches. Des frissons la parcoururent et elle sentit des trépidations dans son ventre avec certaines images.

Mais elle s'efforça de les chasser de son esprit. Le désir était un phénomène puissant et incontrôlable, tout comme les sentiments. Ceux-ci pouvaient enflammer les individus et l'instant d'après anéantir celui qui en avait été la victime. Elle se devait d'apprendre à connaître les règles du jeu de l'amour, sans quoi elle subirait toujours sa vie.

Un peu comme elle avait appris le jeu d'échecs, dont elle avait assimilé les règles parfois à grand-peine et au prix de défaites cuisantes, avant de le maîtriser aujourd'hui.

Vous avez sans doute été froissée en découvrant mon carnet, celui où je note le détail de mes affaires. Ce ne sont là justement que des affaires, faites de chiffres, d'actes, et de transactions qui ne doivent en aucun cas faire appel à des sentiments.

Sachez que j'agis toujours conformément au droit, et que j'interviens uniquement dans des situations délicates et sur sollicitation de ma clientèle.

La plupart de mes clients me sont d'ailleurs très reconnaissants de leur venir en aide (financièrement il s'entend, car je ne donne pas dans la charité.)

Oh ! ça oui, monsieur, vous ne faites guère dans la charité !

Mais il reste encore à prouver que ce ne soit point vous qui poussez ces pauvres hères, vos « clients », comme vous les appelez, dans une situation délicate, voire désespérée.

Elle ne pouvait en effet s'empêcher de penser que le négociant puisse avoir un lien avec les problèmes rencontrés par son père et les dégradations survenues au domaine, même si l'accusation était très grave.

Jusqu'où était-il prêt à aller pour faire des affaires ? Il était en tout cas prêt à profiter du père tout autant que de la fille... Une oie blanche bien appétissante et toute prête à être sacrifiée sur l'autel des affaires !

Apolline mit la main sur sa bouche pour étouffer un

haut-le-cœur. Puis elle se souvint qu'il ignorait qui elle était en réalité. Et, rassérénée, elle poursuivit sa lecture.

Quoi qu'il en soit, je suis tout disposé à m'en expliquer auprès de vous et à répondre sans détour à toutes vos questions sur le sujet.

« Sans détour ? » Cela reste encore à prouver !

Apolline avait en effet perdu confiance en lui.

Je vous attendrai au petit lac demain en fin de matinée. Il est sans doute préférable de s'y retrouver, plutôt qu'en mon domaine.

Tiens, donc ! Et depuis quand se soucie-t-il des convenances ?

Croyez que si j'avais la possibilité de venir vous voir, j'accourrais aussitôt.

Je vous prie de croire, chère Apolline, en l'assurance de mes sentiments les plus fervents à votre égard, ils n'ont pas changé.

Guillaume Lavandier

Elle referma sa lettre en se disant qu'elle était bien incapable de le détester en vérité, car elle éprouvait aussi pour lui des sentiments sincères. Lesquels étaient trop profondément ancrés pour disparaître ainsi sous le coup de la colère, souvent destructrice et éphémère.

Quant à ce rendez-vous, il était vrai qu'elle aimerait beaucoup retourner au petit lac. Elle revit en songe les instants merveilleux qu'ils y avaient passés. Mais elle ne le devait pas. Elle devait se méfier et se protéger de lui désormais. Elle l'avait, hélas, douloureusement appris à ses dépens.

L'obscurité jeta aussitôt un voile sur ses souvenirs et elle ressentit un froid glacial dans tout son corps.

Elle s'enveloppa davantage dans son châle, avant de mettre ses mains devant la bougie pour se réchauffer. Puis elle contempla la chandelle se consumer et brûler, comme sa vie. Le temps lui était compté en effet, elle devait agir.

Elle balaya du regard son échiquier, et s'y plongea. Ce qui lui permettait souvent de fuir une réalité morne ou difficile. Sauf que cette fois elle y projeta sa situation.

Elle songea à son plan de l'autre jour et modifia les pièces en présence en fonction des nouveaux éléments survenus.

Le moins que l'on puisse dire est que si elle avait voulu maîtriser les choses et le rendre fou d'elle sur le conseil de la marquise, c'était elle qui s'était prise au jeu de l'amour ! Elle devait se ressaisir et reprendre l'avantage, ou elle serait mise échec et mat.

Pour le moment, elle devait garder sa reine en lieu sûr. Elle l'écarta donc au bout de l'échiquier, tout en sachant que le roi adverse organiserait ses troupes pour venir la chercher.

Elle allait le laisser approcher, tout en faisant diversion. Jusqu'au moment où elle passerait à l'attaque.

Sa décision était prise, elle pinça la mèche de la bougie entre ses doigts, ressentant une petite brûlure, qui était tout à fait insignifiante comparée à la douleur profonde qu'elle éprouvait. Et l'obscurité emplit l'espace.

26

Tactique

Domaine de Lavandier, 1750.
Trois semaines avant la vente de la propriété du Chesnay

Assis sur la chaise devant son secrétaire, Guillaume relisait pour la centième fois au moins la missive qu'Apolline lui avait fait parvenir. Il gratta sa barbe naissante, et passa une main dans ses cheveux défaits. Il n'avait pas dormi de la nuit, ni la précédente non plus. Il huma de nouveau le papier à la recherche d'une trace de son parfum, mais en vain.

Mais que m'arrive-t-il ? Je deviens fou ! Cette fille m'a littéralement retourné la tête...

Monsieur Lavandier,

Le ton de sa lettre était donné : froid et distant... Ce qui n'aurait pas dû être après leur rapport charnel. Elle avait pourtant eu l'air d'apprécier ce qu'ils avaient fait.

Si je vous écris, ce n'est pas tant pour me justifier, mais afin que vous cessiez d'importuner mon amie la marquise avec toutes vos sollicitations.

Un comble ! Si seulement elle m'avait donné son adresse, tout autant que son nom, les choses auraient été plus faciles !

Je vous parlerai sans détour. Je ne veux plus jamais vous revoir. En effet, la nature des relations que nous entretenons ne convient guère à une jeune femme respectable.

Il souffla. *Voilà qu'elle s'en soucie, à présent ! Je la croyais rebelle, mais elle se transforme en petite fille modèle lorsque cela lui sied...*, se dit Guillaume, passablement énervé.

Autrement, et compte tenu des sentiments que vous prétendez avoir à mon égard et de ce que nous avons fait (ce que vous évoquez avec fierté), il serait souhaitable que vous fassiez votre demande auprès de mon père le plus vite possible.

Ceci afin de me protéger de l'opprobre où je serais jetée au cas où les choses viendraient à être connues.

— Elles ne le seront pas, sauf si elle parle, bien sûr ! bougonna Guillaume. Il se leva, irrité, fit quelques pas, puis revint vers la chaise.

Il est hors de question que je me marie ! Je refuse toute forme d'engagement, c'est contre mes principes. Si je devais convoler avec toutes celles avec qui j'ai eu une relation, je ne m'en sortirais plus !

Il songea cependant que c'était avec une femme mariée qui se sentait délaissée qu'il avait eu sa dernière liaison. Ce qui l'avait bien arrangé. À l'avenir, il ne devrait plus s'aventurer dans le domaine des sentiments, cela ne lui réussissait pas en définitive !

Pour le moment, je vais me retirer de la société et faire pénitence. J'ai pensé à entrer au couvent pour me laver de mes péchés, mais je crains que cela n'alerte mon entourage et ne leur fasse soupçonner quelque chose...

Voilà qu'elle joue les demoiselles effarouchées à présent ! Cela ne lui ressemble tellement pas..., s'agaça Guillaume. *Non, définitivement. Il y a quelque chose qui ne va pas.*

Il défit son col de chemise qui le serrait trop.

Il devait cependant admettre qu'il l'avait compromise... Mais la jeune femme était tout à fait consentante et même en demande. Hors de question pour lui toutefois de réparer le « préjudice subi », si tant est qu'il y en ait eu un, en l'épousant.

Et dans le cas où elle parlerait à son entourage, que pouvait-il se passer ?

Son père pouvait se retourner contre lui, réclamer justice, voire porter atteinte à son honneur et à ses affaires.

Il sourit cependant en songeant qu'il traînait déjà une réputation bien obscure. Il ne voulait pas malgré tout qu'elle soit entachée par un fait non justifié qui lui serait reproché. Et il insistait là-dessus, la demoiselle était consentante ! Était-ce sa faute à lui si elle en éprouvait des regrets à présent ?

Ah, si seulement ce n'était pas Apolline !

Il aurait déjà réglé l'affaire et serait passé à autre chose. Mais voilà, c'était elle.

Je vous prierais donc de ne plus m'importuner.

Sincères salutations.

Apolline.

— Et elle ne signe toujours pas de son nom ! s'exclama-t-il, exaspéré.

Peu après, la porte s'ouvrit et son valet en robe de chambre et bonnet de nuit apparut, visiblement réveillé par ses éclats de voix :

— Monsieur m'a appelé ?

Guillaume sursauta.

— Non, mon ami. Vous pouvez aller vous recoucher. Pardonnez-moi, je me suis emporté !

Le domestique s'inclina et s'apprêtait à partir lorsque Guillaume le rappela.

— Non, attendez...

— Monsieur ?

— Dites-moi, Séraphin, que faut-il donc offrir à une femme pour l'émouvoir ou lui plaire ?

Le vieil homme réfléchit brièvement et répondit :

— Oh ! eh bien des fleurs, des parfums, de l'eau-de-vie de lavande rouge, des poudres à la tubéreuse ou à la Richelieu, différentes pâtes à la vanille, au miel ou à la reine, des houppes de soie et de cygne, des sacs à main, des chaussures et des gants à la mode par exemple... Tout ceci est très apprécié par la gent féminine.

— Fort bien... Euh... (Il regarda son valet, surpris qu'il en sache autant.) Connaissez-vous un magasin où l'on vende ce genre d'articles ? questionna Guillaume, embarrassé.

— Il y a bien le gantier parfumeur et mercier À la Cloche d'Argent. Il se trouve à Paris entre le tapissier qui fait l'angle et le perruquier À la perruque à marteaux...

— Très bien très bien..., le coupa Guillaume, s'impatientant. Alors, écoutez-moi, demain je vous donnerai une bourse garnie et vous irez effectuer quelques emplettes dans ce magasin. Vous achèterez tout ce qui pourrait rendre le sourire à une jeune et jolie femme !

— Bien, monsieur ! répondit Séraphin, dont le regard s'illumina soudain, tant cette tâche semblait lui plaire.

— Merci, ce sera tout !

Son valet de chambre retourna se coucher d'un pas sautillant. Guillaume trouva son attitude quelque peu étrange.

Il songea alors qu'en couvrant Apolline de cadeaux celle-ci serait peut-être mieux disposée à son égard. Après tout, les femmes étaient coquettes et il pouvait toujours flatter cet aspect-là chez elle. Il pouvait en tout cas essayer, étant donné qu'il n'arrivait pas à la convaincre par ses mots et qu'elle refusait de le voir. Il n'avait en vérité guère d'autre option.

27

Forteresse[1]

Domaine du Chesnay, 1750.
Deux semaines avant sa vente

— Quel changement ! s'exclama la marquise en pénétrant dans le petit salon où l'attendait Apolline. Votre père avait l'air si heureux que je vous rende visite ! (Elle ajouta à voix basse sur un ton de conspirateur :) Je pensais qu'il ne voulait plus me voir en ces lieux. Et qu'il considérait que j'avais une mauvaise influence sur vous...

Apolline, vêtue d'une robe d'un beau bleu ciel, se leva pour l'accueillir. Et, lui saisissant les mains, elle lui confia :

— C'est parce qu'à force de me priver de ma liberté il s'étonne de me voir dépérir...

— Ah !

— Je crois qu'il compte sur vous pour l'aider à soigner le mal de sa fille, dont il ignore tout.

La marquise roula des yeux et suggéra d'un ton complice :

1. Disposition de pièces adoptée par un joueur quand sa position devient inférieure, se mettant ainsi à l'abri derrière les pièces restantes, afin d'empêcher la progression de son adversaire.

— Ne s'agirait-il point de la maladie d'amour ?

— Cela se peut ! Même si la situation a fort évolué depuis, et pas forcément en bien.

— Allons bon ! Ne me faites pas languir plus longtemps et racontez-moi tout.

— Avant toute chose, désirez-vous un peu de thé ?

— Volontiers...

La jeune femme donna ses instructions et, lorsque sa domestique fut sortie, la marquise s'exclama, impatiente :

— Allons, je ne tiens plus ! Dites-moi tout ! Et n'omettez aucun détail !

— Tout d'abord, je vous demande de ne point me juger.

— C'est entendu, répondit Mme de la Pomponière, un peu inquiète.

Apolline prit place dans un fauteuil, les mains sur les genoux, tandis que son amie s'asseyait sur le bord du sien pour recueillir sa confession.

La jeune fille lui raconta alors avoir revu plusieurs fois Guillaume Lavandier. Puis, la façon dont leur relation avait fini par évoluer... jusqu'à ce qu'ils se donnent l'un à l'autre dans une écurie sur fond d'orage.

La marquise écarquilla les yeux en se couvrant la bouche pour ne point crier.

Puis, Apolline enchaîna sur ce qu'elle avait découvert dans son carnet, et la colère qu'elle nourrissait depuis à l'encontre de Guillaume.

Lorsqu'elle eut terminé, elle observa sa compagne à la dérobée. Laquelle n'avait pas bougé. Tout au plus se contenta-t-elle d'arquer un sourcil.

La domestique entra alors avec le thé et les deux femmes demeurèrent silencieuses durant la mise en place, jusqu'à ce qu'elle sorte. Ce qui représenta une forme de supplice pour Apolline, désireuse de recueillir la réaction de son amie.

— J'imagine que vous devez beaucoup m'en vouloir, n'est-ce pas ?

— À vrai dire, cela ne m'étonne guère ! Vous m'aviez déjà

habituée à agir de façon inconsidérée, comme lors de notre précédente conversation où vous m'aviez avoué vos visites inopinées à Versailles pour rencontrer ce même monsieur.

— Je me doutais que vous alliez m'en vouloir !

— Non, vous dis-je ! Il n'est point de mon fait de devoir juger vos comportements. Vos emportements, devrais-je dire. En revanche, il y a une chose que j'aimerais beaucoup savoir.

— Laquelle ? Demandez et vous serez exaucée !

La marquise s'approcha et, les yeux brillants et les lèvres serrées, comme lorsqu'elle s'apprêtait à cancaner sur le dos de quelqu'un, elle s'enquit :

— Ce Guillaume Lavandier est-il un aussi bon amant qu'on le prétend ?

— Oh ! le meilleur ! Bon, même s'il est vrai que je ne dispose pas d'éléments de comparaison, dut bien convenir Apolline. Mais il est doux, passionné, tendre, prévenant...

Son amie buvait ses paroles avec délectation.

— Sa réputation de séducteur n'est donc point volée...

— Assurément ! répondit Apolline, avant de songer avec une pointe de jalousie à ses conquêtes passées.

Elle demeura ensuite pensive en se demandant s'il ne l'avait pas séduite par jeu finalement, et si elle n'était pas qu'une conquête parmi tant d'autres. Mais elle chassa bien vite cette supposition qui la mettait encore plus mal à l'aise pour poursuivre :

— Mais je vous en supplie, ne parlez de ceci à personne ! Ou il m'en cuira...

— Ma bouche est scellée ! répliqua la marquise, en feignant de verrouiller ses lèvres.

Apolline l'observa d'un air incrédule. Elle savait sa compagne sincère, mais était aussi consciente que sa maladresse, hélas, lui faisait souvent commettre des bévues.

— En tout cas, il semble que de votre côté vous lui avez fait forte impression ! reprit son interlocutrice, extatique.

— Comment cela ?

— Mais il n'y a qu'à voir comment il vous couvre de cadeaux.

Je n'ai pas eu assez de place dans mon carrosse pour tous vous les apporter.

— Oh ! vous pouvez les garder. Vous en ferez un bien meilleur usage que moi.

— C'est trop ! Je ne le puis, répondit la marquise dont les yeux brillaient de convoitise, ce qui démentait ses paroles. En particulier cette petite houppe de soie, et ces chaussures en satin à la semelle rouge, une merveille !

— Servez-vous, vous dis-je ! Il cherche à m'acheter, mais je ne marche pas ! Et que dirait mon père en voyant ces accessoires qu'il ne connaît pas ? ajouta-t-elle pour elle-même.

— Vous l'avez rendu fou de vous ! Il vous couvre de cadeaux, se jette à vos pieds... Pardon, mais en général les hommes ne restent pas après avoir obtenu ce qu'ils désirent. Ce qui vous arrive est tout à fait extraordinaire ! Alors, qu'attendez-vous de plus de lui ?

— Qu'il m'épouse ! répondit la jeune femme, avec fermeté.

— Allons bon ! Pourquoi ne pas simplement prendre du bon temps sans vous engager ? Vous savez, moi, si c'était à refaire...

Apolline la regarda d'un air surpris.

— Tiens donc ! Il y a peu vous me vantiez les mérites de la sécurité du mariage, et à présent vous déchantez ?

— Oh ! ma chère ! Je n'ai jamais été aussi seule que depuis que je suis mariée.

— Ah, oui ! J'en suis désolée pour vous. Mais pour ma part, je veux qu'il m'épouse ! martela Apolline, qui n'en démordait pas.

— Voilà bien un caprice ! s'exclama la marquise. Mais cela ne se peut, je vous l'ai déjà dit.

— Et pour quelle raison, je vous prie ?

— Mais, parce que Lavandier n'épouse pas ! C'est un séducteur, il virevolte de femme en femme sans jamais se fixer. Pour lui, sa liberté prévaut sur tout le reste.

— Même l'amour ?

— Même ! Et puis, pardon, mais je doute qu'il éprouve réellement des sentiments... Les don Juan confondent souvent le désir avec l'amour. Or, les deux n'ont rien à voir !

— Mais ils ne vont guère l'un sans l'autre...

— Assurément ! Croyez-moi, oubliez cette idée, cela vaut mieux !

— Et moi, je vous dis qu'il m'épousera. J'en fais le serment !

La marquise marqua un temps devant l'insistance de son amie. Elle mit un peu de sucre dans sa tasse et reprit :

— Et pourquoi donc vous acharner de la sorte ?

— Parce qu'il est l'homme qu'il me faut. (Elle ajouta un ton plus bas :) Et que nous nous aimons, pardi !

— La belle affaire, il vous l'a dit ?

— Absolument !

— Avant ou après vous avoir possédée ?

Apolline s'apprêtait à répondre, mais elle s'interrompit et ne dit rien.

La marquise arqua les sourcils.

— Voyez ! Vous êtes encore bien naïve !

Apolline, énervée, se leva alors pour faire quelques pas.

— Oh ! que non ! Je ne le suis pas. Ou du moins, je ne le suis plus. Et je sais ce que je dis ! D'ailleurs, je puis affirmer sans honte que je suis ravie d'avoir été sortie de mon innocence par un expert tel que lui !

— Que voulez-vous dire ? s'enquit la marquise, troublée.

Apolline rejoignit alors son échiquier.

— Il m'a enseigné ce que je devais savoir.

— Je ne vous comprends pas..., interrogea encore Mme de la Pomponière, lointaine, tandis qu'Apolline songeait à son plan.

— J'ai expérimenté l'amour, sur un plan physique, mais aussi la vaste palette des émotions qui y étaient rattachées, ayant navigué du désespoir à l'euphorie. À présent, je ne me sens plus vulnérable sur ce terrain-là.

— C'est peut-être un peu rapide pour...

— C'est bien suffisant ! Je pourrais désormais défier un homme tel que lui sans rougir, ajouta-t-elle pour elle-même.

— Vous me faites peur. À quoi pensez-vous donc ?

— C'est la guerre, marquise ! répondit Apolline, en regardant les deux camps s'affronter sur son échiquier.

— Mais vous l'avez déjà vaincu, il est à vos pieds !

— Pas encore, ma chère !

— Prenez garde à ce que cela ne se retourne pas contre vous ! À trop vouloir gagner, vous risquez de tout perdre !

La jeune femme pivota alors vers son aîné.

— Eh bien, quoi ? Ne trouviez-vous pas ce séducteur détestable ?

— Si, bien sûr, mais...

— Ne voudriez-vous pas que je prenne une revanche qui fera date sur ce genre de spécimen qui malmène nos congénères ?

— Si... Mais... Enfin...

Elle s'épuisait elle-même, à court d'arguments.

— La seule question qui vaille est : êtes-vous avec moi ?

— Bien entendu, très chère...

— Si j'ai besoin de vous, m'aiderez-vous ?

La marquise inspira profondément et finit par répondre :

— Vous pouvez compter sur moi !

Apolline se pencha sur sa table d'échecs et attrapa alors le fou qu'elle avança en diagonale en direction du cavalier.

— Toutes les pièces se mettent en place, c'est parfait !

Au même moment, elle éprouva une nausée désagréable. Son ventre la tiraillait et elle eut l'impression que tout tournait.

— Pardonnez-moi, je ne me sens pas très bien...

— Vous êtes pâle tout à coup. Voulez-vous que je fasse appeler ?

La marquise se leva et se précipita dans le couloir :

— Holà, quelqu'un ?

La femme de chambre d'Apolline arriva alors à la vitesse que lui autorisait son état de grossesse avancée.

— Qu'y a-t-il ?

— Votre maîtresse ne se sent pas très bien...

— Les événements du domaine m'ont fortement remuée. Me pardonnerez-vous de vous laisser ? s'excusa Apolline.

— Ne vous inquiétez pas. Je vais vous laisser vous reposer...

Et tâchez de vous tranquilliser. Voyez un peu dans quel état tout cela vous met !

Mais Apolline n'entendit pas la fin de sa phrase. Elle sortit de la pièce en courant, et se précipita dans l'antichambre où se reposait sa domestique et dans laquelle elle savait qu'elle trouverait une bassine. Elle s'y pencha alors pour expulser les restes de son repas.

La femme de chambre la rejoignit, peu après.

— Oh ! mademoiselle ! Vous allez bien ?

— Je suis désolée, mais il fallait que je...

— Vous avez bien fait !

Au même moment, une nouvelle nausée plus forte encore que la précédente la saisit, et elle dut de nouveau se pencher au-dessus de la bassine pour se soulager.

— Eh bien, dites donc ! Ça me rappelle le début de ma grossesse ! Je n'arrêtais pas de courir partout pour vomir, s'exclama la domestique en riant.

Et tandis qu'elle évoquait ses souvenirs, Apolline la dévisageait, horrifiée.

28

Milieu de partie

Domaine de Lavandier, 1750.
Une semaine avant la vente de la propriété du Chesnay

— Du courrier ce matin, Séraphin ? demanda Guillaume à son valet qui entrait dans la pièce avec le déjeuner.

— Non, monsieur. Toujours rien !

— Diantre ! s'exclama-t-il en tapant du poing sur son secrétaire, devant lequel il s'affairait à rédiger une lettre.

— Avez-vous fait livrer les cadeaux et les fleurs à l'adresse que je vous ai indiquée ?

— Oui, monsieur. Tout est bien arrivé au château de la Pomponière et le coursier m'a confirmé que la marquise en avait pris possession.

— La peste soit de la coquine ! Si cela se trouve, elle a tout gardé pour elle et Apolline ignore tout de mes présents.

Le domestique demeura stoïque, mais roula des yeux en signe d'assentiment.

— Je vais aller m'en assurer sur-le-champ ! s'exclama Guillaume en se levant de son fauteuil.

— Dois-je faire atteler, monsieur ? questionna Séraphin, rompu aux sursauts de son maître.

— S'il vous plaît ! Et vous m'apporterez mon habit bleu.

— Excellent choix, monsieur ! lui déclara son serviteur sur le même ton. Il vous sied à merveille, si je puis me permettre...

Puis, il sortit s'acquitter des tâches qui venaient de lui être confiées.

Demeuré seul, Guillaume se pencha sur son secrétaire, en proie au plus vif des tourments.

— Mais pourquoi ne cherche-t-elle pas à me revoir ? Bon sang, ce silence est intolérable !

Apolline était devenue son obsession, et Guillaume pour la première fois sans doute depuis la disparition de sa mère se sentait vulnérable. Lui qui toute sa vie s'était cuirassé vis-à-vis des sentiments, voilà qu'une jolie blonde faisait vaciller le colosse aux pieds d'argile qu'il était !

Jusqu'à présent, il avait toujours traité ses relations amoureuses comme des bagatelles, mais cette fois, il en était incapable. Cette joueuse invétérée représentait une forme de défi. De l'orgueil également y était mêlé. Bref, c'était compliqué ! Et surtout, il ressentait une douleur aiguë dans les tripes, qui ne s'estompait pas le moins du monde avec le temps.

— Elle va bien finir par craquer, et me revenir ! Ce n'est pas possible autrement...

Sa gorge se noua. Il dut une fois de plus desserrer son col.

— On suffoque ici ! Il faut aérer. Séraphin ? Où se terre-t-il, celui-là ?

Guillaume réalisa qu'il venait de l'envoyer aux écuries.

— Oh ! je perds la tête, moi !

Il se dirigea alors vers les grandes fenêtres et les ouvrit lui-même. Et tandis que l'air frais pénétrait dans la pièce où régnait une atmosphère pesante, il se sentit mieux.

Il comprit alors une chose curieuse. En dépit du succès qu'il rencontrait dans ses affaires, de la santé dont il jouissait, et de sa fortune qui grandissait, si l'amour était absent, plus rien ne semblait avoir de valeur. L'amour était peut-être finalement ce qui était le plus important dans l'existence. Et il lui avait fallu le perdre pour qu'il s'en rende compte !

Au même moment, Séraphin revint avec son habit bleu et ses bottes fraîchement lustrées. Un détail qui ravit Guillaume, désireux d'apparaître sous son meilleur jour.

— Il faudra que l'on songe à augmenter vos gages, Séraphin.

— Monsieur est trop bon ! répondit le domestique. Cela n'est pas nécessaire...

— Allons, c'est mérité ! Ainsi, vous pourrez acheter ce qui vous fait plaisir.

Les joues du serviteur rosirent de satisfaction et il marmonna entre ses dents :

— Décidément... L'amour vous va bien !

— Pardon ?

— Oh ! rien ! répliqua Séraphin en souriant.

Lorsqu'il arriva chez la marquise, Guillaume ne trouva pas porte close, mais il reçut un accueil glacial. La maîtresse des lieux était devenue complètement hermétique à ses suppliques.

Lorsqu'il tenta de connaître la raison de son changement d'attitude à son égard, elle lui fit entendre qu'elle avait appris certaines choses qu'elle n'aurait jamais voulu savoir.

Ainsi donc, Apolline avait parlé...

Mais, loin de lui en vouloir, la marquise affichait à présent une totale indifférence. Ce qui était pire encore que la colère ou le mépris, car tout paraissait glisser sur elle.

— Lui avez-vous remis les présents que je vous ai fait parvenir ?

Il avait en effet remarqué qu'elle portait des escarpins aux semelles en velours rouge, semblables à ceux qu'il avait achetés à prix d'or, sur la recommandation de Séraphin. Ces pièces étaient très en vogue à Versailles.

— Je les lui ai apportés, en effet. Et si vous ne me croyez pas, vous pouvez toujours interroger mon domestique. C'est lui qui a porté tous les paquets ! Mais elle n'en a pas voulu et me les a offerts. Cela dit, si vous souhaitez les récupérer, je suis toute prête à vous les rendre.

Ce disant, elle pointa sa chaussure dans sa direction. Retroussant par là même et sans façon le bas de sa robe et de ses jupons.

— Non, je vous en prie. Gardez-les ! Considérez-les donc comme l'expression de ma gratitude pour votre intervention.

Pour toute réponse, elle rangea son bel escarpin après l'avoir contemplé sous ses couches de vêtements. Il se jeta alors à ses pieds :

— Écoutez, marquise, la supplique d'un cœur meurtri. Je suis sincèrement épris et…

— Veuillez cesser de dégouliner ainsi sur mon tapis ! C'est insupportable ! s'exclama la marquise, agacée. Je vous préférais encore fier et orgueilleux que vous abaissant de la sorte !

Sentant qu'il n'obtiendrait rien d'elle en essayant d'atteindre sa corde sensible, qui avait définitivement cessé de vibrer, semblait-il, Guillaume se releva.

— Mon vœu le plus cher serait de la revoir…

— Mais moi aussi, figurez-vous ! Je n'ai pas de ses nouvelles depuis des jours. Et la dernière fois que je l'ai vue, elle était fortement indisposée…

— Malade, dites-vous ? Est-ce grave ? A-t-on fait venir quelqu'un ?

— Ce que vous êtes ennuyeux, Lavandier ! Je vous préférais encore en séducteur invétéré plutôt qu'en amant mielleux éconduit pleurnichant sur mes genoux. Aussi, je vous prierais de quitter les lieux, mon ami. Je ne peux plus rien pour vous !

Guillaume songea que la marquise devait jubiler, car sa vengeance était complète à présent, et il n'insista pas davantage.

— Fort bien, je m'exécute. Mais auparavant, je vous demanderai simplement de la rassurer sur mes intentions. Je désire lui offrir une belle vie et la chérir. Je n'ai point dans l'idée de l'abandonner. Et pour preuve, je vais de ce pas accélérer la transaction que je m'apprête à conclure avec le comte du Chesnay.

Guillaume vit le visage de la marquise se crisper, il s'inclina et disparut.

Assise devant son échiquier, Apolline étouffait des haut-le-cœur dans son mouchoir. La nausée la prenait désormais tous les matins. Et, était-ce un effet de son imagination, ou son ventre s'arrondissait-il de jour en jour ? Ce que lui confirma sa femme de chambre qui devait serrer un peu plus les lacets de son corset pour le fermer.

— Madame est-elle particulièrement gourmande en ce moment ?

— Hélas, non ! Je n'ai qu'une envie, rendre aussitôt ce que je viens d'avaler.

— Cela me rappelle quand je suis tombée enceinte ! s'esclaffa la jeune femme. Au début...

Et elle raconta ses souvenirs devant une Apolline défaite. Laquelle s'inquiétait d'autant plus qu'elle n'avait plus de menstruations. Ce qui tendait à lui confirmer ce qu'elle avait hélas pressenti.

Comment cela était-il possible qu'en si peu de temps, lors de leur seul échange charnel, il ait eu l'opportunité de planter une graine de vie en elle ? Ce miracle lui échappait.

Quoi qu'il en soit, cela compliquait furieusement les choses. Le temps lui était plus que jamais compté pour agir !

Elle n'avait plus le choix, elle devait mener son plan à terme, pour son père, pour la préservation de leur patrimoine et pour la vie qu'elle portait. (Elle frémit à cette pensée, n'ayant pas encore vraiment réalisé ce qui lui arrivait.)

Elle venait de passer brutalement de l'enfance à l'âge adulte. Le rêve n'était plus permis, elle devait tous les mettre à l'abri. Il ne lui manquait plus que le moyen de le faire...

Ce fut alors qu'on lui annonça l'arrivée de la marquise de la Pomponière.

Elle se leva péniblement, et vint au-devant d'elle.

— Oh ! ma chère ! Vous tombez bien !

— Moi ? dit l'intéressée.

— Oui, mais tout d'abord, dites-moi donc ce qui me vaut le plaisir de votre visite ?

— Guillaume Lavandier...

— Oh ! fit Apolline, en blêmissant.

Ce nom résonna jusqu'au plus profond de ses entrailles. Et pour cause !

— Il est venu m'implorer une nouvelle fois pour que j'intercède auprès de vous. Il désire vous revoir...

— Je suis vraiment désolée, marquise.

— Oui, c'est ennuyeux à la longue ! se plaignit son amie, tout en contemplant ses chaussures.

Mais à voir son empressement à venir la trouver et son excitation Apolline devinait que toute cette affaire n'était pas pour lui déplaire et la distrayait en l'absence de son mari.

— Il y a aussi du nouveau..., ajouta la visiteuse, en arquant un sourcil.

— Allons bon ! Et qu'est-ce donc ?

— Lavandier veut accélérer la procédure d'achat du domaine de votre père. Ainsi, et selon ses dires, il pourra vous offrir la vie confortable que vous méritez...

— Quelle ironie ! s'exclama Apolline.

Mais soudain un déclic se fit dans son esprit.

— Mais voilà le moyen qu'il me manquait ! Bénédicte, êtes-vous toujours prête à m'aider ?

— Ne suis-je donc pas ici, très chère ? Vous pouvez disposer de moi !

— Merveilleux ! Alors, voici ce que nous allons faire...

29

Initiative[1]

Domaine de Lavandier, 1750.
Deux jours avant la vente de la propriété du Chesnay

Guillaume accourut ventre à terre chez la marquise, à peine eut-il reçu sa missive. Dans sa lettre, elle l'informait avoir eu des nouvelles d'Apolline et aussi réfléchi à son « problème ». Elle lui proposait de passer à l'heure du thé pour lui expliquer certaines choses. Ce dont il ne se fit pas prier.

— Je ne sais comment vous remercier ! lui lança Guillaume en pénétrant à grandes enjambées dans son salon.

Il lui attrapa les mains, qu'il baisa avec empressement. Mais la marquise s'éloigna aussitôt en esquissant un rictus embarrassé, avant de croiser les mains sagement sur sa robe.

— Alors, dites-moi tout ! L'avez-vous vue ? Lui avez-vous parlé de moi ? s'enquit Guillaume, avec emportement.

— Alors, oui et oui ! Mais, je vous prierais de vous calmer, mon ami, tempéra-t-elle, ou cela risque de froisser mes nerfs ! Tenez, prenez un siège !

1. Action offrant des perspectives de gain matériel ou positionnel. L'adversaire se retrouve ainsi contraint d'en tenir compte sous peine de basculer en position inférieure.

Mais Guillaume était si agité qu'il ne pouvait se résoudre à s'asseoir.

— Je vous supplie de ne point me faire languir plus longtemps !

— À votre aise, après tout !

Elle toussota pour s'éclaircir la voix et lui expliqua avoir vu Apolline, chez elle…

— Vous vous êtes rendue dans les bas quartiers ? interrogea Guillaume, surpris.

— Eh bien… oui !

— En calèche ?

— Il le fallait bien ! répliqua la marquise en rougissant. Je devais en avoir le cœur net, faute de recevoir une réponse à mes lettres.

— Et donc ?

— La pauvre *enfant* (perfide, elle insista sur ce mot) est fort malade. Elle ne quitte plus la chambre…

— Mais qu'a-t-elle donc ?

— Une sorte de refroidissement, expliqua avec réticence son interlocutrice en balayant l'air de sa main.

— Pensez-vous qu'elle soit bien soignée ? Au besoin, pourriez-vous lui transmettre une bourse de ma part ? s'empressa d'ajouter Guillaume.

— Je crois sincèrement qu'elle n'a que faire de votre argent ! Elle a bien d'autres problèmes qui la préoccupent.

Cette fois, Guillaume s'assit. Puis, il s'avança sur le bord de sa chaise jusqu'à toucher la marquise.

— Et quels sont-ils, ces problèmes ?

— C'est un brin indiscret, chevalier !

— Pardonnez-moi, je m'emporte un peu…

— Oui, c'est le moins que l'on puisse dire !

— Quoi qu'il en soit, je me suis laissé dire que sa famille était très endettée… Nous y voilà ! Je pourrais tout à fait les secourir, elle et les siens au besoin.

— Je crois qu'elle s'y refuserait ! C'est une question d'honneur, voyez-vous !

Guillaume se renfrogna et se mordit la lèvre, gardant le silence.

— Mais vous-même qui me disiez être sur le point de faire une très belle acquisition, où en êtes-vous donc ? avança la marquise avec précaution.

— À vrai dire, je n'ai guère progressé dans ce domaine.

— Tiens donc ! Et pour quelle raison ?

— Eh bien, pour une question d'honneur peut-être aussi...

— Je me disais bien que vous sembliez avoir un problème de conscience ! s'exclama Mme de la Pomponière en tapant dans ses mains.

— En fait, ce n'est pas tout à fait cela, mais...

— À force d'acquérir des biens bradés par de pauvres gens en fort mauvaise situation, vous deviez bien finir par éprouver de la culpabilité, poursuivit la marquise. Le contraire n'eut pas été humain...

— Eh bien, ce n'est pas...

— Car enfin, chevalier, de vous à moi... On ne peut faire d'affaires avec un cœur de pierre, et ressentir l'amour de concert !

— Je me ramollis un peu, peut-être..., admit Guillaume.

— Ou alors, vous devenez meilleur...

— C'est aussi ce que dit mon valet ! Mais pour ma part, je ne trouve pas que j'ai beaucoup changé.

La marquise ne lui laissa pas le temps de s'appesantir et enchaîna aussitôt :

— Donc, si je comprends bien, vous éprouvez quelques scrupules à acquérir la demeure de votre nouvelle victime...

— Il s'agit d'un client ! rectifia Guillaume avec raideur.

— Oui, enfin, vous m'avez comprise !

Guillaume avait de plus en plus l'impression qu'elle l'avait attiré chez elle sous un prétexte fallacieux, car elle n'avait quasiment pas parlé d'Apolline. Mais, en réalité, il ne voyait pas où elle voulait en venir.

— Tiens, cela me rappelle l'histoire d'un ami. Comme vous, il éprouvait quelques scrupules à vendre son domaine.

Et finalement, il a disputé ses terres au poque[1]... Mais bon, lui pouvait se le permettre. C'était un bon joueur ! conclut-elle, piquante.

— Je me débrouille plutôt pas mal aux échecs, vous savez ! se défendit Guillaume, touché dans son orgueil.

— Aux échecs ? Tiens donc ! Quoi qu'il en soit, mon ami était ravi ! En plus, il a raflé la mise et ainsi gardé ses terres.

— Vous savez que vous me donnez là une bonne idée, marquise ?

— Moi ? Mais je n'ai rien fait ! Qui suis-je pour vous influencer ?

Le fait est qu'elle avait l'art de lui suggérer les choses en lui faisant croire qu'elles venaient de lui. Mais Guillaume devait bien convenir que l'idée était excellente.

— Je pourrais proposer au comte de le défier aux échecs, songea-t-il à haute voix. On le dit bon joueur... Mais, il est aussi âgé, ce qui le rend vulnérable...

— Oh ! si j'en juge par mon mari, il ne faut pas s'y fier ! Les vieux barbons ont parfois de la ressource ! lança-t-elle en levant les yeux au ciel.

— Quoi qu'il en soit, je vais y réfléchir ! Merci, marquise.

— Mais je vous en prie...

— Pour en revenir à Apolline, lui avez-vous parlé de moi ?

— Oui, je lui ai transmis votre message.

— Et ? questionna Guillaume, impatient.

— Cela a eu l'air de la toucher, enfin d'une certaine façon. J'ai vu ses sourcils bouger un peu.

— Ah...

Guillaume ne savait comment interpréter les choses.

— Laissez-lui un peu de temps, chevalier !

— Mais...

— Quant à moi, je vais devoir vous quitter, hélas ! Je viens de m'apercevoir que j'avais quelque chose de prévu ! s'affola

1. Ancêtre du poker.

soudain la marquise, qui n'était définitivement pas une bonne menteuse.

Guillaume se dit qu'elle voulait mettre un terme à leur conversation, étant sans doute mal à l'aise de ressasser toujours les mêmes histoires. Après tout, elle avait déjà beaucoup fait pour lui !

Il n'insista donc pas et s'inclina pour la saluer.

— Encore merci, madame ! Je demanderai à mon valet de vous procurer d'autres chaussures, comme celles que vous affectionnez tant !

— Oh ! ce n'est pas nécessaire ! Mais d'accord ! trancha aussitôt la coquette, en rosissant de plaisir.

— Et prévenez-moi surtout si Apolline...

— Oui, oui ! répéta la marquise avant de le congédier de la main, tandis que le domestique l'accompagnait vers la sortie.

Cachée derrière la porte de la pièce contiguë, Apolline surgit dans le salon, aussitôt le chevalier parti. Elle avait entendu toute leur conversation, et hormis quelques maladresses de la marquise, elle avait dans l'ensemble été satisfaite.

— Alors ? s'enquit-elle auprès de l'intéressée qui se délassait à présent dans son fauteuil.

— Je crois qu'il a mordu à l'hameçon.

Apolline sourit, un peu tristement.

— Eh bien, qu'y a-t-il ? Vous n'avez pas l'air heureuse ? Éprouvez-vous quelques regrets ? Je vous rappelle que c'était votre idée de lui suggérer de jouer le domaine aux échecs.

— Et je reste persuadée que mon père peut le battre. C'est lui qui m'a inculqué les rudiments de mon art, et bien qu'il soit âgé, il est aussi très fort. Le chevalier pourrait bien être surpris !

— Mais alors, pourquoi cette moue boudeuse ?

— En écoutant sa voix, j'ai réalisé que je ressentais toujours des choses pour lui. Ma colère s'est un peu émoussée à présent, et d'autres émotions que je croyais profondément enfouies resurgissent avec plus d'intensité encore.

La marquise écarquilla les yeux, passablement ennuyée pour son amie.

— Cela vous passera, ne vous inquiétez pas.

— Il semble si épris de moi ! Ses intonations possédaient tous les accents de la sincérité. Peut-être l'ai-je jugé trop vite ? Il n'est pas si insensible qu'il n'y paraît. La preuve, il tergiverse sur l'acquisition du domaine de mon père. On dirait que sa conscience le rattrape.

— Oui, oh... ! C'est sûrement momentané.

— Mais vous l'avez déclaré vous-même : son cœur s'est attendri avec les sentiments qu'il me porte.

— Vous savez, j'ai dit cela comme cela ! J'ai juste abondé dans son sens, puisqu'il jouait le petit malheureux...

— Non, cela semble plus profond...

Apolline triturait nerveusement ses mains, comme rongée de doutes.

— En somme, vous n'êtes plus si sûre du plan que vous qualifiiez tantôt d'infaillible. Lequel consistait à utiliser sa passion pour le jeu et son orgueil ?

— Eh bien, pour la première fois, j'avoue mettre sérieusement en doute ma stratégie ! confessa Apolline, la mine sombre. Et cela me chagrine beaucoup !

30

Zugzwang[1]

Domaine du Chesnay, 1750.
La veille de sa vente

Ce fut d'un pas alerte que Guillaume gravit les quelques marches du perron, puis il frappa au heurtoir en cuivre de la porte de bois cossue. Il avait passé une bonne partie de la nuit à réfléchir à la suggestion de la marquise, et à présent sa décision était prise. Il allait proposer au comte de disputer son domaine aux échecs.

Il était clair pour lui que, s'il gagnait la partie, il n'aurait aucun scrupule à prendre possession des lieux.

En revanche, si le comte l'emportait, alors il le laisserait vivre sur ses terres jusqu'à son décès, y injectant ses propres capitaux pour faire fructifier le domaine et en récolter le profit.

Si cette solution présentait une forme de risque, elle était tout de même et de loin la meilleure pour sa conscience.

Cynique et sûr de lui, le négociant était persuadé de gagner.

1. Le joueur au trait est contraint de jouer, tout en sachant qu'il va détériorer sa position.

En somme, il ne faisait que différer la satisfaction de disposer des biens du vieux bougre.

— Monsieur le comte du Chesnay va vous recevoir, lui fit savoir l'intendant, avec obligeance.

Toujours aussi mielleux, celui-là ! songea Guillaume.

En homme d'affaires avisé, il percevait chez Ferrand le don de flatter pour mieux amadouer et duper, propres aux vils personnages.

En revanche, ce fut un homme fatigué et au visage blafard qui le reçut dans la bibliothèque. Lorsqu'il entra dans la pièce plongée en partie dans la pénombre, le comte vêtu d'une robe de chambre ne se leva même pas du fauteuil dans lequel il était assis.

Guillaume fut surpris de le voir aussi las et diminué. Était-ce le poids des soucis ? Dans ce cas, il serait peut-être ravi de la proposition qu'il allait lui faire.

— Je suis sans doute vieux, malade et ruiné, mais je sais encore compter, préluda celui-ci. Et vous avez un jour d'avance sur la date que nous avions convenue, jeune homme !

— En effet ! répondit Guillaume. C'est parce que je viens vous faire une offre.

— Allons bon ! Encore une ! Et quelle est-elle donc ? fit le vieil homme blasé en se tenant la tête.

— Je viens vous proposer de jouer vos terres aux échecs.

Le comte souleva l'un de ses sourcils broussailleux, et Guillaume y vit briller une étincelle.

— Continuez...

Il lui fit alors part des conditions de son offre tandis que du Chesnay l'écoutait attentivement.

Puis, il garda un temps le silence avant de répliquer :

— Dans tous les cas, vous l'achetez, si je comprends bien. Mais j'en resterai l'occupant jusqu'à mon trépas en cas d'échec et mat. Est-ce bien cela ?

— En effet, approuva Guillaume.

— Mais je ne suis pas seul, vous savez...

— Vous pourrez demeurer au sein de votre domaine avec vos proches et vos gens, si tel est votre souhait.

Le vieil homme hocha doucement la tête pour bien intégrer ses paroles.

— Vous pouvez prendre la journée pour y réfléchir et me donner votre réponse demain.

— Je peux aussi décider de ne pas vous le céder, tout court !

— Assurément ! C'est votre choix.

— Sauf que, voyez-vous, je ne suis plus vraiment en mesure de cracher sur un acheteur. Et vous êtes peut-être de tous les vautours – et j'en ai rencontré un certain nombre ces derniers temps – le moins malhonnête de tous en vérité.

Guillaume frémit. Était-il en train de lui adresser un compliment ?

— Mais si je remporte cette partie d'échecs, j'aimerais également que vous y adjoigniez un petit pécule qui me permette de vivre, ainsi que ma famille.

— Cela va de soi, vous bénéficierez d'une rente sur les profits réalisés sur vos terres.

— Mais pas seulement...

— Désirez-vous aussi une rente viagère ?

— Ce serait la moindre des choses ! approuva le vieil homme, en plissant les yeux.

C'était logique, après tout.

— Cela me va, accepta Guillaume.

— Alors, affaire conclue ! Il va me falloir un peu de temps en revanche pour faire consigner tout ceci par écrit...

— Je vous propose de le faire rédiger par mon homme de loi, je dois justement passer le voir cet après-midi. Nous pourrions alors convenir de fixer notre partie d'échecs à... dans deux jours, si cela vous sied.

— Vous êtes décidément très prévoyant, jeune homme.

— Je m'efforce de l'être. Cela fait partie de mon travail.

— Vous avez sans doute tout prévu et ne doutez assurément pas de l'issue de la partie, fit le vieux singe à qui l'on n'apprenait pas à faire des grimaces. Mais vous oubliez cependant quelque chose… et de taille.

— Quoi donc ? interrogea Guillaume, sentant ses entrailles se nouer.

— Je peux aussi gagner !

Lorsqu'il sortit quelques minutes plus tard, Guillaume avait le cœur moins lourd et la conscience en paix. Le comte du Chesnay avait accepté sa proposition sans trop négocier. En revanche, son état de délabrement physique lui faisait de la peine, malgré lui. Peut-être parce qu'il appréciait d'avoir des adversaires à sa hauteur, car alors la victoire n'en avait que plus de valeur.

En longeant la bâtisse jusqu'aux écuries, il se remémora la dernière fois où il était venu. Il avait aperçu une certaine jeune femme en train d'étendre le linge en lieu et place d'une servante. Son cœur se serra. Il scruta le paysage, dans l'espoir de la revoir, mais en vain. Apolline n'était pas visible.

Cela assombrit ses pensées. Il devait vraiment prendre du recul avec ces souvenirs, car ce n'était pas bon pour lui, ni pour ses affaires en définitive.

Le soir venu, son humeur ne s'était guère améliorée.

Le comte avait pourtant accepté le défi, il aurait dû s'en réjouir. De plus, son homme de loi préparerait les papiers pour le lendemain, ce qui était une véritable gageure. Tout se mettait donc en place pour le mieux !

Mais Guillaume demeurait toujours sans nouvelles de celle qui faisait battre son cœur et accaparait toutes ses pensées. Il ne cessait de ruminer et ne voyait pas son horizon s'éclaircir. Bien au contraire, il lui semblait s'enfoncer, seul, dans les ténèbres.

Il alla se servir un verre de vin, cela lui réchaufferait peut-être les tripes à défaut de son cœur, redevenu froid, comme avant sa rencontre avec Apolline. Au fond, il aurait préféré ne pas avoir connu d'autre sensation. Ainsi, il n'aurait pas à la regretter.

Il devait cesser de penser à elle. Il était clair qu'elle ne voulait plus de lui. Quelque chose s'était définitivement brisé entre eux. Il devait accepter la défaite, ce qui était difficile pour un joueur tel que lui.

Il n'avait pas seulement perdu la partie, il l'avait perdue, elle, pour toujours.

— Séraphin, une autre bouteille de vin ! Je meurs de soif, s'exclama-t-il, déjà passablement alcoolisé.

Le domestique la lui apporta. Et, jaugeant de son état, il lui servit un verre et repartit avec la bouteille.

— Pas si vite, canaille ! Laissez-la donc ici.

— Bien, monsieur ! répondit le valet, de guerre lasse.

— Et vous, qu'en pensez-vous ? lui demanda-t-il alors. Devrais-je abandonner la partie ?

— Laquelle, monsieur ?

— Celle avec Apolline, pardi ! L'autre avec l'ancien, je la gagnerai haut la main.

— Si vous le dites...

Guillaume fit tournoyer le liquide rubis dans son verre, tout en soliloquant.

— Voyez-vous, le manque m'est devenu insupportable. Ses yeux pétillants, sa douceur, sa vivacité d'esprit, son humour... Je les regrette tant ! Parce qu'elle peut être très drôle aussi, vous savez !

— Vous me l'avez déjà dit, monsieur ! répondit le domestique, stoïque.

— Elle me rend fou...

— Vous êtes juste amoureux, monsieur !

— Amoureux ? Moi ? s'exclama Guillaume, mais je ne l'ai jamais été ! Et je peux vous dire qu'après un coup pareil je ne me ferai plus jamais avoir...

— C'est parce que vous ne vous êtes jamais autorisé à l'être, monsieur, avança le serviteur.

— Oh ! que non ! Celle qui arrivera à me coincer n'est pas encore née. Je lui préfère grandement ma liberté.

— C'est bien dommage ! Vous auriez bien besoin d'une femme à vos côtés pour équilibrer votre existence.

— La seule chose qu'il faille équilibrer dans la vie, ce sont les parties d'échecs ! C'est foutaise que de dire qu'il faut prendre le centre. Ceux qui se concentrent là-dessus en oublient l'essentiel : il faut protéger son roi, développer ses pièces… Tout est un subtil jeu d'équilibre ! C'est une question d'harmonie.

Sur ce, il avala le contenu de son verre d'un trait.

— Je vais lui écrire pour lui dire que tout est terminé. Je n'espère plus la revoir, jamais ! Comme cela, c'est moi qui mettrai un terme à cette attente devenue insupportable ! Vous comprenez. C'est une question de logique…

— Ou d'orgueil, suggéra son interlocuteur.

— Pardon ? Attention, vous frisez l'insolence, Séraphin.

Le valet se raidit et pinça ses lèvres fines.

Guillaume saisit sa plume, la trempa un peu vite dans l'encre, en répandit une partie sur le papier, pesta et finalement se mit à rédiger frénétiquement quelques phrases.

Une fois sa missive incendiaire achevée, il la sécha à peine et l'oblitéra de son sceau avant de la remettre à son valet.

— Vous transmettrez ceci à l'intéressée.

— Puis-je me permettre de suggérer à monsieur que l'alcool est mauvais conseiller ?

— Non, vous ne le pouvez pas ! Et d'ailleurs quelle est cette liberté de ton que vous prenez avec moi ? Il suffit !

— Pardonnez-moi, monsieur. Dans ce cas, puis-je aller me coucher ?

Guillaume consulta sa montre, la nuit était déjà bien avancée.

— Oh ! ça ? Allez-y, Séraphin. Pardon, il est tard. Mais que je ne vous y reprenne plus !

— Bien, monsieur !

Le domestique partit en emportant la lettre, et Guillaume se versa encore un verre de vin, ruminant à présent sur son enfance et la disparition de sa mère. La boîte de Pandore de ses émotions était ouverte et tous ses vieux démons revenaient le hanter.

Il repensa à toutes les fois où la pauvre femme pleurait le soir quand son père ne rentrait pas, étant allé se perdre dans d'autres draps. Il se souvint de ses souffrances de petit garçon, de son impuissance à consoler sa mère et de sa douleur plus vive encore, insoutenable, quand elle était partie rejoindre les anges. Sa gorge se noua et des larmes trop longtemps contenues lui remontèrent dans les yeux. Il les essuya d'un revers de manche, pesta et se leva en titubant.

— Voilà que je pleure, moi, maintenant ! Vite, sortir d'ici ! Cette atmosphère empesée ne me réussit guère.

Il se dirigea vers la porte et partit dans le jardin en chemise prendre l'air. Ses pas le menèrent jusqu'à la fontaine. Il leva les yeux vers le ciel étoilé. Tout tourbillonnait.

En baissant le regard, il se souvint alors qu'Apolline s'était tenue là. Elle avait tant eu l'air de l'apprécier... Il ressentit une douleur plus vive dans son cœur. Mais que lui avait-elle fait ? Et cependant, il n'avait jamais eu l'impression d'être aussi vivant. Il pouvait sentir tant d'émotions, comme celle de humer les parfums de terre humide et de fleurs et éprouver tant de sensations, suscitées par la fraîcheur du soir sur sa peau, le murmure des insectes qui frétillaient dans les herbes, ou le chant des quelques oiseaux nocturnes qui folâtraient dans les branches des arbres. Lesquels demeuraient impassibles, du moins en apparence, majestueux et éternels, comparés à la petitesse de l'existence humaine.

C'est alors qu'il entendit crier. Une voix féminine. Il secoua la tête pour s'assurer qu'il ne rêvait pas, mais ce n'était pas le cas. Il y avait du bruit dehors, juste devant le portail. Un cheval hennissait aussi, furieusement, comme en souffrance.

Guillaume se dirigea en tanguant vers les cris, puis finalement se mit à courir.

Il vit alors qu'une voiture à cheval avait versé dans le fossé. Encore harnaché, l'animal tentait vainement de se remettre sur ses pattes, tandis que toute la voiture avait basculé sur le côté. Une passagère était bloquée dans l'habitacle. Le cocher semblait quant à lui très mal en point, une jambe écrasée sous la voiture.

Ce fut d'abord vers lui que Guillaume se dirigea, tout en

regrettant de ne pas avoir les idées plus claires pour venir en aide aux malheureux. Il dut constater que hélas il n'était pas de taille à soulever la caisse tout seul pour en extirper le cocher.

— Je vais aller chercher du renfort, tenez bon !

Il se porta ensuite au secours de la jeune femme. Celle-ci n'était pas blessée, mais elle ne parvenait pas à s'extraire de la voiture.

— Allez-vous bien ? lui lança Guillaume.

— Je pense que oui ! Mais j'ai si peur !

— Tout va bien se passer, je vais vous sortir de là, ne vous inquiétez pas !

— Qui que vous soyez, merci, monsieur ! Vous êtes notre sauveur...

Guillaume tiqua intérieurement, car il ne se voyait pas du tout comme tel. On lui avait tellement répété qu'il était une crapule.

Il se dirigea alors vers la pauvre bête qui soufflait et tentait vainement de se relever, sans y parvenir, étant trop harnachée.

— Tout doux ! lui dit Guillaume en la caressant.

Il constata avec soulagement que l'animal n'était pas blessé. Il devait souffrir d'une foulure tout au plus, ce qui relevait du miracle compte tenu de l'accident. Il s'employa alors à défaire les sangles qui le maintenaient prisonnier. En dépit du manque de lumière, des gesticulations de l'animal et de son état d'ébriété, il parvint tout de même à le détacher après quelques laborieuses minutes d'efforts.

Le cheval se remit debout et fit quelques pas en clopinant.

Guillaume attacha ses rênes à la voiture pour l'empêcher de s'enfuir et de se blesser davantage.

Il courut alors jusqu'au domaine, réveilla son domestique, un palefrenier et un garçon d'écurie. Les quatre hommes s'employèrent à dégager le pauvre cocher coincé sous la voiture. Puis Guillaume secourut la jeune femme qui se désespérait dans l'habitacle. Il grimpa sur la caisse, puis lui attrapa les poignets et la hissa à l'extérieur. Enfin, il l'aida à regagner la terre ferme en la recueillant dans ses bras. Elle se jeta aussitôt à son cou, littéralement, mais Guillaume l'écarta poliment, quoique sans ménagement.

Quelques minutes plus tard, le cocher était allongé dans son salon pendant que Séraphin était parti quérir un médecin. Tous se réchauffaient devant le feu de cheminée, une boisson chaude à la main, tandis que la jeune femme s'escrimait à le remercier avec insistance.

Elle était plutôt jolie et très avenante, un peu trop même, mais Guillaume repoussa ses avances, songeant que les demoiselles en détresse n'étaient pas son genre. Il leur préférait les femmes fortes, à l'image d'Apolline, qui prenaient leur destin en main et se battaient pour leur survie. Comme lorsqu'elle disputait des parties d'échecs dans des cabarets mal famés.

Il finit par aller rejoindre sa couche, ce soir-là, seul et exténué, et après avoir bu abondamment pour mieux rêver d'elle. Heureusement pour lui, la partie d'échecs n'avait pas lieu le lendemain, car il aurait été mis mat, à coup sûr !

31

Marée de pions[1]

Domaine du Chesnay, 1750.
La veille de la partie d'échecs

— C'est une catastrophe, madame ! hurla la domestique en pénétrant dans la chambre d'Apolline, alors qu'elle achevait de se vêtir.

— Qu'y a-t-il donc ? demanda la jeune femme, inquiète de la voir dans un tel émoi. Asseyez-vous. Respirez... Voilà, calmez-vous, et racontez-moi tout !

Sa femme de chambre s'exécuta, tout en enserra son ventre fort rond dans ses bras.

Lorsqu'elle se fut un peu apaisée, la tête lui tournant d'avoir trop ventilé, elle expliqua :

— Un renard, madame, cette nuit dans le poulailler... Un massacre ! Et tous les œufs ont été piétinés...

— Oh ! non ! répondit Apolline en blêmissant.

— Je ne peux même pas vous en faire cuire un pour le déjeuner...

— Est-il bien question de mon déjeuner, alors que tous

1. Avancée de plusieurs pions vers le camp adverse.

nos moyens de subsistance disparaissent les uns après les autres ? Sans compter ces pauvres volatiles..., geignit la jeune femme, atterrée.

Elle songea alors aux paroles de son père qui pointait l'œuvre d'un saboteur dans toutes ces dégradations survenues récemment au château.

— Il suffit, cela n'a que trop duré ! Il convient de tirer toute cette affaire au clair...

— Qu'allez-vous faire ? s'enquit la domestique, trop perturbée pour mettre les formes. Voir la police ?

— Je la crois fort peu disposée à prendre notre histoire au sérieux en vérité. Non, je vais déjà aller voir mon père et adopter les décisions qui s'imposent.

— Votre père ? (Elle blêmit.) C'est que...

— Oui, eh bien quoi ? Parlez...

— Le comte est au plus mal, madame.

Apolline eut le sentiment que le sol se dérobait sous ses pieds.

— Ferrand est allée quérir le médecin, poursuivit la servante, mais il est retenu au chevet d'une femme sur le point d'accoucher et ne peut se rendre disponible.

— Comme par hasard ! pesta Apolline.

L'instant d'après, elle courait jusqu'au bureau de son père où il n'était point, puis dans la bibliothèque sans plus de succès et enfin rejoignit sa chambre. Elle ne s'y aventurait jamais. Il faut dire que son père en avait fait un sanctuaire, ayant gardé en l'état tous les effets de sa femme après son départ.

Ce fut donc pleine d'appréhension qu'Apolline y entra.

Elle se heurta alors à la silhouette fantomatique de Ferrand, qui observait le comte à bonne distance d'un air lugubre. Ils sursautèrent tous les deux.

L'intendant au visage émacié affichait une mine encore plus austère que d'habitude.

— Ah, mademoiselle ! J'ai peur que votre père n'aille pas bien du tout...

— J'en ai été informée en effet. Que lui arrive-t-il ?

— Il respire de plus en plus mal... Je crains le pire !

Apolline voulut avancer dans la chambre, mais Ferrand s'interposa en secouant la tête.

— Je pense qu'il vaudrait mieux le laisser se reposer.

— Vous pensez ce que vous voulez, intendant ! Mais moi, je veux voir mon père, alors ôtez-vous de mon chemin ! s'emporta-t-elle avec une rage nouvelle.

D'un caractère plutôt réservé, il était rare qu'elle s'énerve ainsi, mais elle se sentait sous pression ces derniers temps, en particulier depuis qu'elle percevait de l'agitation dans son ventre et un changement dans tout son corps. Et toute cette inertie ambiante, le fait de devoir subir les événements sans avoir de prise sur eux avaient fini par l'étouffer. À présent, c'était un peu l'énergie du désespoir qui l'animait.

L'intendant pinça les lèvres et s'écarta pour la laisser passer.

— Et vous fermerez la porte en sortant ! lui intima-t-elle encore.

L'instant d'après, Apolline était au chevet de son père.

Celui-ci était très pâle et respirait en effet avec difficulté.

Quelque chose d'étrange attira son attention, un filet d'une couleur blanchâtre coulait de ses lèvres.

— Voilà qui est singulier !

Le cœur battant, elle saisit son mouchoir pour lui éponger la bouche. Un geste inhabituel et que son propre père avait fait maintes fois avec elle quand elle était enfant. Mais qu'elle n'avait jamais effectué dans le sens inverse.

Qu'il est curieux de voir ses parents vieillir ! songea Apolline. *Les plus jeunes veillent désormais sur leurs aînés. Il semble que le rapport s'intervertit avec l'âge. Et on supplée à leurs défaillances, tandis que leur corps fatigué s'éteint doucement. Tout comme eux nous ont soutenus lors de nos premiers pas.*

Ainsi vont les choses, ainsi va la vie.

Une grosse boule d'émotion lui monta dans la gorge.

Tournant la tête pour essuyer une larme, elle vit alors un verre sur la table de nuit au fond duquel demeurait un liquide blanchâtre.

Son fortifiant, sans doute, songea-t-elle. *Il ne lui est point d'un grand secours... À moins qu'il n'ait rien bu et avalé depuis un moment.*

Elle décida d'appeler. Tirant sur le cordon, elle eut la surprise de voir sa femme de chambre remonter des cuisines par une porte dérobée quelques minutes plus tard.

— Vous m'avez appelée, mademoiselle ? s'enquit-elle, avec gentillesse, et souffle court d'avoir grimpé les escaliers dans son état.

— Vous êtes partout, décidément ! Dans ma chambre, à la cuisine...

— Nous ne sommes plus très nombreux à officier comme personnel, il faut dire. (Et avisant le comte alité.) Votre pauvre père...

— Savez-vous de quand date son dernier verre de fortifiant ?

— Je le lui ai apporté hier. Mais...

Elle se figea en voyant celui sur la table de nuit.

— Que fait-il donc ici ? Je jurerais l'avoir ramené aux cuisines pour le nettoyer.

— En êtes-vous certaine ?

— Absolument ! Je ne laisse jamais traîner de vaisselle, répondit-elle, les joues rouges, comme prise en faute.

— Peut-être est-ce quelqu'un d'autre qui le lui a monté, suggéra Apolline.

La servante se saisit du verre, et fronça les sourcils en humant le contenu.

— Eh bien, qu'y a-t-il ?

— J'ignore ce qu'il y a dans ce verre, mademoiselle, mais ce n'est pas le jus de fruits et de légumes frais plein de bonnes vitamines que je lui prépare chaque jour !

— Peut-être s'agit-il de lait, dans ce cas. N'avez-vous aucun souvenir de lui en avoir apporté ?

La femme de chambre tergiversa.

— Cela arrive, si le comte le demande, mais je jurerais que...

À ce moment-là, le père d'Apolline émit un râle avant de se rendormir. Était-il gêné à cause du bruit de leur conversation ? La jeune femme congédia sa servante, l'invitant à aller se reposer, car elle perdait visiblement un peu la tête. Et ce, en dépit des protestations de cette dernière.

Et Apolline demeura au chevet de son père presque tout le reste de la journée.

À un moment, il frémit. Elle approcha alors doucement les doigts de son poignet et hésita. Il faut dire qu'il l'impressionnait beaucoup par son autorité. Leurs gestes de tendresse l'un envers l'autre étaient devenus très voire trop rares.

S'armant de courage, elle toucha sa main, bien plus grande que la sienne, plus massive, mais elle la trouva aussi très froide.

Elle apporta ensuite plusieurs couvertures pour l'envelopper, alimenta le feu dans la cheminée et il lui sembla voir son front se détendre.

Il s'éveilla en fin d'après-midi, tandis qu'elle-même somnolait.

— Que faites-vous donc dans ma chambre ? rugit le vieil homme.

Réveillée en sursaut, Apolline sourit en le regardant redevenir lui-même.

— Que je suis contente de vous voir revenir à vous, père !

— Vous ne m'avez pas répondu, jeune fille, que faites-vous ici ?

— Eh bien, je veille sur vous...

— Ce n'est pas votre rôle. Vous n'êtes pas médecin à ce que je sache ! Et je ne suis pas encore grabataire. Mais où sont donc les domestiques ?

Apolline songea qu'il allait visiblement beaucoup mieux !

Puis elle médita sur le fait que les enfants pouvaient veiller sur leurs parents, à condition que ceux-ci l'acceptent ! Certains avaient de toute évidence un problème avec l'autorité.

Elle se dit aussi que quand le corps s'éteint l'homme âgé réagit en râlant. Une question d'orgueil, sans doute !

Le comte se redressa alors dans son lit et écarta les couvertures d'un geste sec.

— Tout doux, père ! Il faut vous laisser le temps de vous remettre.

— Mais je vais très bien ! Quelle heure est-il ?

— 5 heures. Vous avez dormi tout le jour.

Le comte écarquilla de grands yeux.

— Comment est-ce possible ? Mais j'ai une partie d'échecs à préparer, moi ! Ce gredin de Lavandier va venir demain pour me déposséder de mes biens, et il faut que je puisse l'accueillir comme il se doit. En boutant l'arrière-train de ce coquin !

Apolline ne put s'empêcher d'esquisser un sourire en imaginant la scène. Mais elle se ravisa bien vite en voyant son père tenter de se remettre sur pied.

Il portait une simple chemise de nuit de coton et elle ne l'avait jamais vu ainsi. Elle lui avança donc sa robe de chambre et l'aida à l'enfiler. Ce qu'il fit en bougonnant.

— Voilà qu'il faut tout faire soi-même à présent ! Quelle misère !

Il mit ses deux pieds à terre et se leva. Il tint un moment en équilibre, mais vacilla et dut bien vite se rasseoir.

— Hélas, ces deux guiboles ne me soutiennent plus !

— Voulez-vous que je vous fasse porter à manger ou un fortifiant pour recouvrer des forces ?

— Au diable cette mixture, je m'endors à chaque fois que je l'ingurgite ! Je ne suis pas certain que ce soit l'effet escompté.

— En effet ! approuva Apolline, surprise, avant d'aborder des sujets plus fâcheux. Père, ne devriez-vous pas remettre votre partie ?

— Impossible, nous avons un accord avec Lavandier. Et au train où vont les choses, je ne peux guère attendre plus longtemps.

— D'autant plus qu'il y a encore eu d'autres dégradations. Nos poules, tous leurs œufs... Apparemment, ce serait un renard qui...

Elle était incapable de témoigner de l'horreur d'une telle situation.

Cependant son père comprit à demi-mot.

— J'ignore quelle crapule a fait cela, mais il n'ira pas au paradis celui-là ! grommela-t-il entre ses dents.

Il essaya alors une nouvelle fois de se remettre debout, mais sa tentative se solda par un nouvel échec. Et si Apolline n'avait pas été présente pour le rattraper, il aurait sans doute lourdement chuté au sol.

— Tout est fini ! Il faut se résoudre. Nous avons perdu, ma fille.

— Non, pas encore, père ! Cette partie d'échecs, je vais la jouer pour vous et je vais la gagner ! s'exclama Apolline, pleine de rage contenue.

— Comment ? Vous ? Allons bon !

Son père éclata d'un rire rauque, qui se tarit de lui-même devant l'air décidé de sa fille.

— Bon, je vais me reposer cette nuit et demain j'irai peut-être mieux. Maintenant, laissez-moi.

Il s'allongea et se tourna de l'autre côté, lui manifestant ainsi que leur entretien était terminé.

La gorge nouée, Apolline se leva et allait quitter la pièce lorsqu'elle entendit :

— Et merci d'avoir veillé sur moi. Votre présence était aussi douce que celle de votre mère. J'avais d'ailleurs l'impression qu'elle était avec moi. Si seulement...

Il se rendormit. Apolline essuya une larme et sortit.

32

Finale

Domaine du Chesnay.
Jour de la partie d'échecs

Le lendemain, Apolline le trouva dans le même état que la veille. Bien qu'il parût avoir retrouvé quelques couleurs, le comte était toujours incapable de se tenir debout.

— Il faut annuler la partie, concéda-t-il, la mort dans l'âme.

— Je m'y refuse, père ! Laissez-moi la disputer pour vous.

Devant son insistance, le comte finit par céder un peu de terrain.

— Je sais que petite vous étiez plutôt douée, mais vous ne jouez plus depuis longtemps !

Apolline baissa les yeux, avant de les relever avec fierté pour les planter dans ceux de son père :

— Je ne joue peut-être plus contre vous, mais je n'ai jamais cessé de jouer contre d'autres ! lui avoua-t-elle alors.

— Allons bon ! Donnez-moi la liste des traîtres dans ce château qui vous ont affrontée et je m'occuperai personnellement de leur cas.

Au même moment, l'intendant arriva dans la chambre du

comte par le passage secret menant aux cuisines. Il portait un verre de son fortifiant sur un plateau.

En voyant le regard inquiet d'Apolline et en entendant des bribes de leur conversation, il fit aussitôt demi-tour sans que le comte l'ait aperçu. Ce dernier poursuivit :

— Mais je suis cloué au lit. Et que je joue ou non, le résultat sera le même. Alors, au fond, pourquoi pas ?

Apolline sourit.

— Merci, père ! Je ne vous décevrai pas.

— Attendez, un instant. Je n'ai pas dit oui ! Amenez-moi l'échiquier ici, et montrez-moi ce dont vous êtes capable, jeune fille. Je ne voudrais pas non plus que vous vous ridiculisiez. Et alors seulement, je déciderai si vous pouvez risquer l'honneur du nom que vous portez.

Bien qu'un peu piquée, Apolline ne se fit pas prier pour s'exécuter. D'autant que le chevalier n'allait pas tarder à arriver.

Mais, pour réussir à battre son père, elle allait devoir lutter contre son pire ennemi : elle-même. En effet, au contact des gens avec qui elle avait un lien affectif, son esprit clairvoyant se brouillait, et elle ne parvenait pas à déchiffrer leurs intentions. Or, dans un jeu où la victoire reposait en grande partie sur la psychologie, il était fort probable qu'elle se retrouve en difficulté face à lui.

Finalement, cette confrontation était une aubaine, et l'occasion pour Apolline de tester si elle serait en mesure de résister face à celui qu'elle aimait.

Une heure plus tard, c'est une toute nouvelle Apolline, bien décidée à prendre les choses en main, qui, en sa qualité de maîtresse de maison, distribuait ses directives aux domestiques dans la perspective de la venue du chevalier de Lavandier.

La partie contre son père s'était en effet soldée par un échec et mat en sa faveur. Une victoire qui lui avait paru d'une facilité déconcertante et donné des ailes. N'ayant plus de raison de s'opposer à ce qu'elle affronte le négociant, le vieil homme y avait finalement consenti.

Mais cette partie serait certainement d'un autre acabit, car beaucoup de sentiments y seraient rattachés, allant de la colère et du ressentiment à l'amour, toujours présent, comme elle avait pu le constater chez la marquise.

Ce fut alors qu'arriva Mme de la Pomponière. Cette dernière, informée de la partie d'échecs entre le comte du Chesnay et Guillaume de Lavandier, avait accouru pour ne rien manquer de l'événement. Elle voulait en effet être la première à en connaître l'issue, avant de l'apprendre par d'autres personnes du voisinage.

Aussi, quelle ne fut pas sa surprise quand elle fut instruite que c'était Apolline qui allait la disputer contre son ancien amant.

— Est-ce bien raisonnable, ma chère ? lui demanda-t-elle, en s'éventant pour calmer son excitation. Car enfin, c'est vous-même qui m'avez dit être incapable de vaincre quelqu'un que vous aimiez... C'est « ma plus grosse faille », disiez-vous ! Ne serait-ce point pure folie que de vous aventurer sur ce terrain glissant dans ces conditions ?

— Ce n'est pas exactement ce que..., commença à rectifier la jeune femme avant de déclarer : je viens de battre mon père et je crois avoir évolué depuis.

— Mais vous sentez-vous de taille à affronter ce coquin de chevalier ? Ne peut-il vous déstabiliser en vous séduisant avec sa voix chaude et ses sourires charmeurs, comme il sait si bien le faire ? s'enquit encore la marquise, en poursuivant Apolline dans les couloirs.

— Ses charmes seront de peu d'effet sur moi, si je reste concentrée. Et tant de choses ont changé, Bénédicte...

— Je l'espère pour vous ! s'exclama son amie, tout essoufflée.

— Écoutez, je sais que c'est risqué pour moi. C'est pourquoi je vais également mettre en place d'autres petits pièges qui devraient me permettre de prendre l'avantage.

— Vous m'intriguez ! répondit la marquise, tout excitée. Mais n'est-ce point tricher ?

— Je possède l'avantage du terrain et ne vais point me priver d'y disposer quelques chausse-trappes judicieusement dissimulées pour le déstabiliser. (Elle arqua les sourcils.) À chacun ses armes...

— Vous avez bien raison ! approuva sa compagne admirative.

Apolline réunit alors le personnel du château pour leur transmettre des directives précises.

Tout d'abord, concernant l'accueil du négociant : il s'agissait de le faire patienter dans le couloir, voire de l'ignorer un maximum, quitte à se montrer trop affairé pour lui indiquer les toilettes par exemple. (Ce qui ajouterait à sa nervosité.)

Mais aussi, de lui servir un thé un peu corsé qui puisse l'indisposer, et de la même façon trop cuire certains gâteaux pour qu'ils lui fassent mal aux dents, ou les saler à l'excès pour lui donner soif. Bref, tout ce qui pouvait déstabiliser ou incommoder son hôte était bienvenu.

La marquise éclata de rire devant ces petites mesquineries, qui étaient de bonne guerre cependant faute de mieux.

Apolline installa alors l'échiquier, en demandant aux domestiques de le disposer de telle manière qu'un côté soit positionné à contre-jour, avec des ombres gênantes. Elle s'arrangerait bien entendu pour se placer dans le camp opposé.

Elle testa ensuite les fauteuils et fit ôter un peu de rembourrage à celui de son adversaire. Ainsi, en s'asseyant, il se sentirait d'emblée mal à l'aise.

— C'est digne de Machiavel ! s'exclama la marquise, interloquée.

— Nous sommes en guerre, très chère. Même si celle-ci se joue sous couvert de dentelle.

Puis, elle réfléchit au chemin que prendrait Guillaume en arrivant, jusqu'à l'échiquier.

Elle demanda alors au domestique d'appliquer une grosse quantité de cire sur le parquet au centre. Quelle opportunité en effet ce serait si le chevalier venait à glisser par mégarde. Ainsi, la partie pourrait être ajournée.

Oh ! bien entendu, elle ne lui voulait aucun mal ! Le but n'était pas qu'il se blesse, il s'agissait juste de le déstabiliser.

Tous ces petits pièges disséminés n'étaient que des éléments tactiques auxquels il pouvait tout aussi bien échapper. C'est pourquoi elle possédait une carte maîtresse en réserve. Guillaume lui avait en effet confié son aversion pour les souris. Aussi avait-elle demandé à une servante d'aller en chercher une toute mignonne qu'elle laisserait gambader librement dans le salon le moment venu.

— Tout de même, Apolline, ce sont des gamineries fort amusantes, mais… Enfin, est-ce bien raisonnable ?

— Tout ceci n'a qu'un seul objectif en vérité, marquise.

— Et quel est-il ?

— Me rassurer, répondit Apolline avec aplomb avant de prendre congé de son amie en la priant de revenir plus tard.

Celle-ci accepta volontiers, percevant sans doute son agacement. Elle invoqua une soudaine course à faire, et Apolline lui promit de venir la voir sitôt la partie terminée pour lui en confier l'issue.

La marquise partie, Apolline procéda encore à quelques ajustements et, alors qu'elle allait quitter le salon en contemplant son œuvre, satisfaite, elle croisa l'intendant de son père. Lequel manifesta sa désapprobation en secouant la tête.

— Vous moquez-vous, monsieur ? s'enquit-elle alors. Figurez-vous que j'essaie de sauver le château et vos gages !

— Je doute fort que monsieur le comte du Chesnay, s'il savait, cautionnerait tout ceci…

Apolline se crispa. Sur le fond, il n'avait pas tort. Ces petites manigances n'étaient peut-être pas dignes de l'honneur du nom qu'elle portait, et son père n'aurait pas manqué de les lui reprocher. Mais aujourd'hui les choses étaient bien différentes. Le comte ne pouvait combattre, et elle allait le faire à sa place. Et pour réussir, elle ne disposait que de ses propres armes. Aussi s'efforçait-elle de mettre toutes les chances de son côté au cas où son don pour le jeu d'échecs lui ferait défaut.

Au même moment, on annonça l'arrivée d'un carrosse à quatre chevaux dans l'enceinte du domaine.

Le cœur d'Apolline se mit à battre frénétiquement dans

sa poitrine. Elle se força à respirer plus doucement pour se calmer. Et la jeune femme songea alors qu'une fois de plus Guillaume utilisait sa tactique qui consistait à en imposer pour déstabiliser son adversaire avec un attelage ostentatoire. Mais de son côté elle aussi lui avait réservé une réception des plus soignées.

— Tenez, Ferrand, rendez-vous utile ! Vous irez accueillir le sieur Lavandier et le ferez patienter en attendant que j'arrive. Après tout, il est très en avance, comme à son habitude.

— Mais bien volontiers, mademoiselle ! répondit l'intendant dont le regard brillait d'une lueur maligne.

Apolline ne se fit guère d'illusions sur le fait que leur employé, opportuniste, s'efforcerait sûrement de courtiser le camp adverse, pour le cas où celui-ci remporterait la partie, et par conséquent le domaine.

Elle grimpa l'escalier jusqu'à sa chambre, où sa servante la rejoignit pour l'aider à se changer.

Elle se vêtit alors d'une robe bleue qui mettait en valeur ses cheveux blonds relevés en chignon dégageant sa nuque, car elle se souvenait que Guillaume l'avait particulièrement appréciée. En y songeant, elle éprouva d'ailleurs des trépidations étranges dans le ventre. Elle dut inspirer profondément pour les chasser et sentit bientôt que la tête lui tournait.

Elle dut s'asseoir pour se calmer, tandis que Guillaume Lavandier passait sous ses fenêtres. Ce n'était pas le meilleur moyen de faire redescendre la pression !

Désireuse de l'impressionner, tout autant que de montrer qu'elle s'accommodait très bien de leur rupture, elle insista sur le maquillage pour se donner bonne mine et peignit ses lèvres d'un rouge vif appuyé pour accentuer sa féminité et faire comprendre au chevalier que la jeune fille naïve avait bien grandi. Elle avait beaucoup appris du maître.

Elle demanda aussi à ce que sa femme de chambre serre fort son corset, avec pour conséquence de dissimuler son ventre rebondi, d'affiner sa taille et de faire encore davantage ressortir son décolleté, lequel était plus généreux depuis quelque temps. Elle le renforça également de quelques tissus pour bien mettre ses attributs en valeur et, en même temps, toutes les chances de son côté.

Mais elle se sentit par trop comprimée et dut demander à sa servante de desserrer un peu le corset. Elle ne pouvait en effet aller contre la nature sans se pénaliser elle-même. Ce qui n'était pas le but !

Elle attendit ensuite, tandis que des odeurs de gâteaux brûlés remontaient de la cuisine. Apolline sourit, car ses directives avaient bien été exécutées et son plan se mettait en place.

Enfin, lorsqu'elle jugea qu'il avait suffisamment patienté et devait être mûr à point, elle descendit.

Son cœur battait à tout rompre, mais la perspective de voir sa réaction quand il découvrirait qui elle était réellement lui procura une certaine excitation, avec un goût de revanche, qui agissait comme un baume cicatrisant sur la douleur profonde qu'elle éprouvait.

D'un pas alerte et décidé, elle avança vers l'entrée. Elle reconnut alors sa haute silhouette élancée, enserrée dans un habit noir. Le temps ayant passé cependant, cet homme lui paraissait aussi un peu étranger, en dépit du cortège de souvenirs qui lui étaient rattachés. Elle ressentit la singularité de cette sensation, compte tenu des événements récents qui les avaient rapprochés.

Elle entendit Ferrand l'informer que le comte était souffrant et qu'il ne pourrait pas disputer leur partie d'échecs.

— C'est fâcheux ! tonna Guillaume. Dois-je comprendre qu'il déclare forfait ? Nous avions un accord...

— Et cet accord tient toujours ! lui répondit-elle d'une voix forte et affirmée, soutenue par une autorité nouvelle confortée par le sentiment légitime d'être chez elle.

— Mlle Apolline du Chesnay, fille de monsieur le comte, annonça cérémonieusement l'intendant.

Guillaume leva lentement les yeux sur elle.

Apolline vit son visage blêmir, ses yeux s'écarquiller, avant de se rétrécir. Il étouffa même un petit cri, tandis qu'elle ressentait une certaine jubilation à voir cet homme, si orgueilleux et fier, surpris, l'espace d'un instant.

— Bonjour, monsieur Lavandier. Inutile de faire les présentations, nous nous connaissons.

— En réalité, je n'en suis pas si sûr, mademoiselle du Chesnay ! énonça-t-il en insistant sur chaque syllabe de ce nom méconnu de lui jusqu'alors.

Il voulait probablement lui faire entendre qu'il ne s'attendait pas à la retrouver là. Et encore moins en tant que fille du comte du Chesnay. Il devait à présent comprendre ce qui avait motivé sa colère en découvrant le contenu de son carnet, après qu'ils avaient fait l'amour.

En y songeant, une bouffée de chaleur l'envahit. Mais elle serra les dents pour ne pas se laisser émouvoir par ces souvenirs. L'heure était en effet à l'affrontement, et elle avait une mission : sauver le domaine de son père. Le reste devait absolument demeurer au second plan. Ce qui ressemblait un peu à un supplice, compte tenu de l'effet que lui procurait encore sa seule présence.

Sur le visage de Guillaume, elle lut des émotions contradictoires. Après la surprise, il la scruta pour tenter de cerner ses pensées. Puis, il esquissa un sourire, heureux manifestement de la revoir, tout autant qu'admiratif devant sa beauté.

Apolline cilla plusieurs fois, car elle ne voulait pas se laisser troubler, elle aussi.

Après avoir un temps hésité, il articula alors d'une voix étrange et fébrile, qu'elle ne lui connaissait pas :

— Dois-je comprendre que c'est vous qui m'affronterez en lieu et place de votre père ?

— En effet, approuva Apolline. Ce qui s'accompagne également de nouvelles conditions.

— Qui sont... ?

Elle prit une profonde inspiration pour énoncer ce qu'elle avait répété devant sa glace pour se donner du courage :

— Si vous gagnez, vous disposerez de ce château.

— Et si je perds ?

— Vous m'épouserez !

33

Sacrifice de la dame pour mater

Guillaume se crispa en entendant cette dernière allégation :
Vous m'épouserez !

Comment pouvait-elle proférer de telles paroles ?

Le mariage était contre ses principes. Il lui préférait grandement sa liberté, virevoltant sans s'attacher. Mais d'un autre côté, si elle le contraignait à l'épouser, cela voulait dire aussi qu'elle se lierait à lui pour la vie. Ce qui était contraire à son attitude à elle, qui jusqu'ici l'avait rejeté et fui.

En outre, si le prix à payer en cas de victoire d'Apolline était de convoler, cela signifiait également une forme de sacrifice de la part de la jeune femme, qui avait toujours refusé de souscrire à un arrangement imposé par son père. En définitive, elle décidait de son sort, avec le domaine de son père à la clé. Des terres qui se dépréciaient de jour en jour d'après les informations qu'il avait pu glaner. En se mariant avec lui, elle garderait ainsi l'usufruit de la propriété placée sous l'autorité d'un époux, du moins tant qu'elle n'aurait pas d'héritier. Lequel s'en occuperait et le ferait fructifier, tout autant qu'il prendrait soin d'elle. C'était assez malin !

Guillaume aurait dû être flatté cependant qu'elle portât son dévolu sur lui pour être son mari. C'était au fond ce qu'il avait toujours secrètement espéré. Toutefois, cet accord prenait une tournure qui l'amenait à éprouver des émotions contradictoires.

D'un côté, Apolline le priverait de sa liberté de célibataire si elle gagnait, de l'autre, elle le rendrait l'homme le plus heureux du monde en l'épousant, compte tenu de ses sentiments. Mais ce mariage n'aurait lieu que parce qu'il y était contraint. Quel étrange paradoxe !

Une association bizarre se fit dans son esprit entre la force de son désir et la perspective d'un mariage qu'il avait jusqu'ici toujours abhorrée. Guillaume était en proie à un terrible conflit intérieur.

Dans les deux cas, Apolline l'obligeait. Elle lui offrait au fond ce qu'il avait toujours espéré, sans jamais oser se l'avouer sans doute. N'avait-elle pas été la seule femme qu'il n'ait jamais aimée ? En tout cas, pas de cette façon ni avec cette intensité.

Il songea aussi que, pour elle, les enjeux étaient doublement élevés, car non seulement elle défendait l'honneur de son père et ses terres, mais elle mettait aussi en péril sa propre liberté.

Quoi qu'il en soit, elle escomptait sans nul doute pouvoir le mettre échec et mat, et peut-être même l'humilier... Mais son orgueil lui dictait de ne surtout pas lui donner ce plaisir !

Toutefois, elle avait réussi à le surprendre et avait pris un sacré avantage ! C'était elle qui menait le jeu désormais.

L'esprit brumeux et le cœur battant, Guillaume tentait d'appréhender la situation sous tous les angles, un peu comme lors d'une partie d'échecs. Et pour le moment il était dans le flou, ne sachant que faire.

— Alors, chevalier, que décidez-vous ? Acceptez-vous cette partie, ou vous fait-elle peur et allez-vous fuir ?

Guillaume éclata d'un rire rauque, signe de sa tension nerveuse.

— Ne dites pas de sornettes, Apolline ! C'est vous qui me fuyez depuis des jours, après vous être enfuie comme une jouvencelle effarouchée sitôt nos ébats achevés !

Apolline rougit et jeta un œil autour d'elle pour voir si son personnel avait entendu ses paroles.

— Je vous demanderai de modérer vos propos, chevalier.

— Parce que vous ne m'appelez plus Guillaume, à présent ? surenchérit-il, revanchard. Ne me le chuchotiez-vous point tendrement à l'oreille, il y a peu ?

— Très bien ! Vous voulez jouer à ce petit jeu ? Alors, je suppose qu'il nous sera impossible de parvenir à un accord. Et je vous prierai de quitter les lieux immédiatement.

— Ce que vous êtes susceptible ! Il me semble pourtant que c'est moi qui aurais tout motif de me plaindre. Ne m'avez-vous pas honteusement menti depuis des semaines en me dissimulant votre véritable identité ? questionna-t-il, en la regardant dans les yeux.

Cet échange n'avait fait qu'exacerber leur trouble, constata Guillaume en sentant ses battements de cœur redoubler dans ses tempes et sa poitrine, et en voyant Apolline ciller nerveusement plusieurs fois.

— À ma décharge, tout est parti d'un quiproquo, se justifia Apolline. Et ensuite, quand j'ai su que vous vous apprêtiez à acquérir le domaine de mon père, j'ai jugé préférable que vous ignoriez qui j'étais.

— Et pour quelle raison ?

— Afin que vous ne puissiez pas vous servir de moi pour atteindre mon père, pardi !

Son regard était sincère, et sa voix exprimait toute sa frustration et sa colère.

— Cela me semble cohérent ! concéda-t-il, après un temps.

Elle parut s'apaiser un peu.

Mais en ce qui le concernait, il restait d'autres points à éclaircir.

— Puis-je aussi vous demander pour quelle raison vous avez refusé de me revoir afin que je puisse m'expliquer au sujet du carnet ? Ne vous ai-je pas écrit ? Couverte de cadeaux ? N'ai-je point assez supplié la marquise d'intercéder en ma faveur ?

— Je suis difficile à acheter, voyez-vous. Et vous vous êtes montré certes très insistant, chevalier, mais peu convaincant, en vérité ! lui répondit-elle, cinglante.

— Pardon ?

— Vous alignez des chiffres et recensez des biens comme s'il s'agissait de simples marchandises, sans même vous soucier du fait qu'ils ont une âme et sont liés à l'histoire d'une famille. Certains des meubles que vous avez ainsi évalués appartenaient à ma mère…

Guillaume serra les dents.

— Oui, oh… ! Vous allez me dire que ce sont « les affaires »…, explosa encore Apolline. Mais comment réagiriez-vous si je mettais le portrait de votre mère aux enchères ? questionna-t-elle, tandis que ses yeux lançaient des éclairs.

Son argument fit mouche et le mit profondément mal à l'aise. Il ne trouva rien à répondre.

— Alors, excusez-moi, mais il me semble que j'avais tout motif de vous en vouloir et de ne plus jamais vous revoir ! poursuivit-elle.

Elle s'essoufflait cependant, et sa colère laissait transparaître l'expression de sa tristesse et de sa souffrance. En cet instant, il avait une furieuse envie de la prendre dans ses bras pour apaiser son courroux. Et surtout pour mettre un terme à cette stupide querelle.

Il était sain néanmoins que tous deux expriment le ressentiment qui pesait sur leur cœur. Et d'ailleurs lui-même en avait encore beaucoup en réserve.

— Alors, chevalier, acceptez-vous les enjeux de notre partie d'échecs ? Soit vous vous y soumettez et vous demeurez, soit vous disparaissez de ma vue pour toujours.

Il ne l'avait jamais vue aussi déterminée. La jeune fille fraîche et timide qu'il avait connue s'était muée en une femme qui affirmait ses désirs et défendait à présent chèrement son territoire ainsi que l'honneur de sa famille.

Le rouge de ses lèvres renforçait la brûlante attraction qu'elle exerçait sur lui et la rendait à la fois tout à fait irrésistible et dangereuse. Sa tenue très suggestive montrait aussi qu'elle avait pris conscience de ses charmes et qu'elle n'hésitait plus à les mettre en avant, pour mieux le provoquer sans doute.

L'idée de ne plus la revoir lui était toutefois intolérable. Il avait trop souffert ces derniers jours. Mais il sentait aussi le piège se refermer avec la perspective du mariage.

Et cependant, il brûlait de la défier aux échecs et de retrouver la brillante adversaire qu'il avait rencontrée au Cabaret Ramponneau. Il pourrait, de plus, l'affronter à visage découvert cette fois, tout en contemplant ses charmes à volonté et peut-être même la toucher au passage. Quelques minutes de bonheur à ses côtés... Lui qui était tant en manque d'elle. Cette perspective était terriblement tentante.

Elle avait fort bien manœuvré en définitive pour en arriver à ce qu'il n'ait plus d'autre choix que de ne pas refuser ce qu'elle lui proposait. Tout cela faisait partie d'un plan très élaboré, à n'en point douter, et provenait d'un esprit particulièrement brillant !

À l'admiration qu'il ressentait pour elle se mêlaient le respect et même une certaine fascination.

Il ne retrouverait jamais une telle femme. Et s'il la tenait de nouveau entre ses bras, il serait le plus heureux des hommes.

Il s'inclina face à elle, beau joueur.

— Très bien. Vous voulez une réponse ? Je vous la donne : j'accepte cette partie d'échecs.

Elle releva le menton, et son regard se troubla. Elle cilla plusieurs fois, comme pour chasser l'émotion. Ou était-ce parce qu'elle ressentait la satisfaction d'avoir su exactement le mener là où elle le désirait ? Il n'aurait pu le dire.

Sans un mot, elle l'incita alors à la suivre.

Le cœur d'Apolline battait la chamade. Tout se déroulait comme elle l'avait prévu. Mais c'était une véritable torture pour elle d'affronter ainsi l'homme pour lequel elle éprouvait il y a peu de temps encore les sentiments les plus doux. Lesquels couvaient brûlants sous la cendre, elle le sentait, affleurant sous la colère et l'amertume.

Elle tenta alors de se concentrer, car le plus dur restait à faire : elle devait à tout prix remporter cette partie, qui s'inscrivait dans le prolongement de celle qu'elle avait disputée face à son père.

Avec l'idée du mariage, elle avait eu un trait de génie. Elle gagnerait sur tous les plans. L'enfant qu'elle portait et dont il ignorait l'existence trouverait un protecteur, en l'occurrence son véritable père. Elle se mettait dès lors à l'abri, ainsi que sa progéniture, même si le prix à payer, à savoir sa liberté, était tout de même lourd pour elle. Mais elle ne pouvait plus reculer à présent, les choses étaient trop engagées.

Si elle avait été persuadée que l'idée du mariage réussirait à le faire fuir, elle constatait que apparemment il était plus joueur que séducteur en définitive !

Ils longèrent le corridor qui menait au salon, où Apolline avait placé son premier piège. Le parquet brillait en effet en son centre. Une fois près de la porte, elle s'arrêta pour laisser Guillaume pénétrer le premier dans la pièce.

— Mais je vous en prie, après vous ! répliqua le chevalier, avec galanterie.

Elle dut en conséquence passer devant lui, et fit un écart pour éviter la zone dangereuse en prétextant réagencer quelques fleurs dans un vase près du mur. Guillaume la suivit pour ne rien manquer de ses gestes.

Ainsi, sa première tentative pour éliminer son adversaire avant la partie se solda par un échec.

Ils rejoignirent alors la table avec l'échiquier, positionnée près de la fenêtre. Apolline se dirigea aussitôt du côté où la lumière était à son avantage, caressant le haut du fauteuil comme pour mieux se l'approprier.

Guillaume marqua un temps d'arrêt. Si elle s'en inquiéta tout d'abord, il s'enquit à ce moment-là :

— Qui sera notre arbitre ?

— Eh bien, Léopold Ferrand, notre intendant. C'est un très bon joueur d'échecs.

— Fort bien, mais il est de votre maison. Et j'aimerais autant posséder également mon arbitre pour plus d'impartialité, si vous n'y voyez pas d'inconvénient.

— Non, bien sûr ! répondit Apolline, quelque peu surprise.

— Je vais lui demander de venir, il attend dans la voiture.

Ainsi donc, il avait tout prévu lui aussi !

Quelques minutes plus tard, la jeune femme vit entrer Séraphin, l'homme à tout faire de Guillaume. Bien qu'elle se réjouît de le revoir, l'homme, qui semblait très attaché à son maître, demeura froid, comme à l'accoutumée, et balaya la pièce de son regard d'aigle méfiant.

Il désapprouva aussitôt le fauteuil qui était destiné à son maître, jugeant son assise pas assez confortable.

— Serait-il possible d'avoir un gros coussin ? s'enquit-il auprès de la domestique.

Celle-ci rougit en regardant Apolline, qui là encore dut se résigner à voir un autre de ses pièges désamorcé. Elle opina de la tête et la jeune femme partit chercher de quoi contenter le valet de Guillaume.

Ils prirent alors place autour de l'échiquier.

Apolline était extrêmement troublée de se tenir ainsi si près de lui. Les effluves de son parfum si envoûtant lui parvinrent aussitôt et lui embrumèrent l'esprit.

Elle poussa un petit cri lorsque le soulier à boucle du chevalier effleura malencontreusement son escarpin. La proximité de leurs deux corps, avec l'impossibilité de se toucher, était une véritable torture.

Elle se cramponna cependant à l'idée qu'elle était positionnée du bon côté de l'échiquier et possédait au moins cet avantage.

Une servante vint alors au-devant de Guillaume pour lui proposer du thé et des gâteaux.

Lorsqu'il déclina son offre, préférant ne boire que de l'eau, Apolline ne put se résoudre à voir tous ses stratagèmes échouer les uns après les autres. Elle insista sur le ton badin de la conversation :

— Vous avez tort, chevalier. Ces gâteaux sont tout chauds

et doivent être excellents, si j'en juge par la bonne odeur en provenance des cuisines !

— Je n'ai faim que de vous croquer aux échecs pour le moment, ma chère. Et je dois d'ailleurs dire que vous êtes très en beauté...

Apolline pinça les lèvres, à la fois déçue et troublée par ses paroles. Et ce, d'autant plus qu'il s'attardait un peu trop sur ses lèvres et ses différents appâts bien mis en évidence.

Elle fit une moue boudeuse.

Devant son air désappointé, il rectifia :

— Bon, laissez-moi en goûter un. Juste pour vous faire plaisir...

Elle respira et fit signe à sa servante de les lui apporter au plus vite. Laquelle revint à toute vitesse de la cuisine, avec un plateau chargé d'un assortiment de gâteaux presque calcinés.

Mais dans son empressement elle ne prit pas garde et fonça directement sur la zone trop cirée du parquet, glissa et chuta au sol avec toutes ses pâtisseries.

Tous à l'exception de Ferrand se portèrent à son secours, car la pauvre se tenait le ventre en couinant de douleur.

Apolline elle-même se soucia de son état et lui proposa de faire venir un médecin. Mais la brave servante déclina son offre et partit s'allonger.

Comme ce stratagème s'annihilait de lui-même, Apolline demanda alors à l'oreille de l'intendant s'ils avaient toujours en réserve la petite chose qu'elle avait prévue.

L'autre lui répondit avec raideur :

— Elle s'est échappée, mademoiselle et nous lui courons après dans la cuisine !

Comme par hasard !

Faute de ruses pour décourager ou faire fuir son adversaire, elle ne pouvait désormais plus reculer. Il ne lui restait plus qu'à l'affronter dans cette partie d'échecs décisive pour le domaine de son père et pour son avenir en général.

34

Contre-attaque

Le hasard et une pièce jetée en l'air par Séraphin décidèrent du démarrage de la partie. Si Apolline avait choisi pile et Guillaume face, la pièce en atterrissant sur le dos de la main du valet donna raison à la première.

La jeune femme opta donc tout naturellement pour les blancs, qui se trouvaient précisément face à elle.

Séraphin fit une mine contrite et désolée à son maître, mais Guillaume ne lui en tint pas rigueur. Le pauvre homme n'y était pour rien. Le hasard seul était responsable. Ou le destin, peut-être...

— Après vous, très chère ! dit Guillaume, avec une pointe d'ironie galante.

Mais Apolline était déjà concentrée et il s'abstint par la suite de parler, se contentant dans un premier temps de l'observer à la dérobée.

Un affrontement psychologique et amoureux s'engagea entre les deux anciens amants. Leur partie d'échecs prit rapidement des allures de duel.

Apolline avait préparé une ouverture très spéciale. Guillaume arqua un sourcil, et dut réfléchir longuement avant de répliquer, mais il n'apparut pas déstabilisé pour autant. Ou du moins s'efforça-t-il de demeurer impassible alors que ses pensées étaient tout autres.

Aux échecs, l'aspect psychologique revêtait une grande importance. Il y avait également une part considérable de bluff, chaque joueur devant faire croire à l'autre qu'il maîtrisait la partie et n'était pas inquiété par les manœuvres de son adversaire, qu'il avait anticipées.

Pour Guillaume, c'était un peu comme lorsqu'il séduisait une très jolie femme, il devait se montrer confiant pour que la demoiselle se laisse prendre au jeu. S'il hésitait ou trahissait la moindre faiblesse, elle pouvait douter et fuir.

Il avança donc son pion avec assurance et élégance. Le geste importait beaucoup lui aussi. Il n'était pas question de tergiverser ou de trembler, le mouvement devait être net et décidé, pour témoigner de la force de la pensée qui le guidait.

Le front crispé, Séraphin scrutait la manœuvre de son maître. C'était un piètre joueur d'échecs, ou du moins l'était-il face à lui, car il avait toujours peur de gagner. Mais cette fois, c'était différent. Il craignait pour le chevalier, et cependant il appréciait aussi beaucoup Apolline. Cette partie était donc pour lui une véritable torture, emporté qu'il était dans un tourbillon d'émotions et d'anxiété. Il s'efforçait toutefois de demeurer stoïque et impartial.

Face à lui, l'intendant du comte du Chesnay observait la partie avec un rictus étrange et indéchiffrable. Sa posture dénotait un certain inconfort et il paraissait avoir l'esprit ailleurs. Nul doute qu'il aurait préféré être loin d'ici à ce moment-là, et sa présence négative n'était pas très agréable pour les joueurs. Guillaume devait néanmoins s'en accommoder.

Ils échangèrent quelques coups assez rapides, destinés à déployer leur jeu sur l'échiquier et placer leurs pièces sur des cases stratégiques, fortes de préférence. Il s'agissait également d'occuper les colonnes et les diagonales. Bref, de développer toute leur créativité dans les contraintes des cases du jeu d'échecs. Et à ce petit jeu-là Apolline était beaucoup plus douée que lui, Guillaume le savait.

Elle s'appliquait aussi consciencieusement à bâtir un édifice où chaque pièce en protégeait une, voire plusieurs autres. Pour le moment, elle était en mode défensif, avançant comme un colosse face à lui, déployant ses troupes avant l'offensive décisive.

Mais, bien qu'il ne sache pas au juste où elle voulait en venir, il ne devait pas la laisser faire, sous réserve de devoir se plier ensuite à ses exigences et être dominé. Il s'employa donc rapidement à saper sa technique par de petits coups tactiques, attaquant plusieurs de ses pièces pour affaiblir son géant d'argile.

Apolline se mordit les lèvres, d'une manière charmante certes, preuve de son embarras. Son regard vif et alerte d'écureuil avait remarqué qu'il l'avait confondue. Elle se redressa alors pour poser son menton sur ses deux mains et analyser la partie plus sereinement, en prenant de la hauteur.

Il l'observa alors plus à loisir. Sa peau était blanche et nacrée, ses épaules présentaient la douceur d'un arrondi qu'il aurait tant aimé pouvoir caresser, sa nuque délicate et veloutée appelait ses baisers.

Sous ses mains, il pouvait voir son décolleté, généreux et profond. Il n'avait d'ailleurs pas souvenir avoir jamais aperçu d'elle autant de chair. Une émotion bien légitime l'envahit et il dut croiser les jambes d'embarras. Il toussota et se recentra sur l'échiquier.

Mais à cet instant précis il perçut chez elle un léger sourire. Elle avait senti son trouble. Les femmes étaient redoutables à ce petit jeu-là, elles possédaient une intuition hors norme.

Son cavalier sauta alors par-dessus deux cases occupées par des pions pour aller lui voler l'un de ses fous, trouant ainsi ses lignes, pénétrant son enceinte fortifiée. Apolline rougit. Était-ce de colère ou de confusion ?

Ils étaient tous deux penchés sur l'échiquier, leurs têtes se touchaient presque à présent. Il pouvait sentir son souffle, un peu accéléré, percevoir les battements de son cœur et voir sa poitrine onduler dans son corset. Qu'il était difficile pour lui de demeurer impassible ! Il devait lutter contre ses propres pulsions, emprisonner ses désirs entre les soixante-quatre cases d'un jeu d'échecs. Se plier aux règles tout autant que les contourner. Et surtout affronter celle qu'il rêvait de coucher sur l'oreiller dans un corps-à-corps, plutôt qu'un tête-à-tête qui relevait plus de la lutte que de l'amour.

Ses pièces noires étaient à son image, obscures, ténébreuses, vindicatives. Et cependant, comme le velours de son habit, elles frôlaient le marbre avec désinvolture, audace et espièglerie. Tout comme l'étalon de son cavalier noir, Guillaume se cambrait sous ses assauts, ne se laissant pas intimider. Il s'esquivait pour mieux revenir ensuite et frapper l'une de ses pièces et l'éliminer de l'échiquier, pour ainsi la mettre à nu.

La lutte entre eux était farouche, chacun étant déterminé à l'emporter. Le calme affiché du début avait laissé place à une intense concentration, à des gestes secs, incisifs, tranchants.

Séraphin souffrait, se mordant les lèvres jusqu'au sang. Ferrand jubilait de voir Guillaume infliger de lourdes pertes à sa maîtresse.

Mais quel jeu joue-t-il celui-là ?

Si c'était ainsi qu'il désirait lui montrer qu'il était de son côté, il se trompait lourdement !

Mais aux échecs, comme en amour, il convenait aussi de varier le tempo. Si le rythme était trop lent, une forme d'habitude confortable s'installait qui finissait par lasser les joueurs à la longue ou par les endormir, ce qui pouvait être aussi une stratégie de la part de l'adversaire. Un peu comme le serpent qui étouffait ses proies avant de les achever. Si au contraire le rythme était soutenu, il pouvait générer de l'anxiété et pousser l'autre à la faute.

Guillaume choisit la seconde option. Il menaça sa tour au bout de la diagonale du fou. Presque sans réfléchir, car il venait de lui infliger deux pertes coup sur coup, Apolline para le piège en protégeant sa pièce de son cavalier.

C'était exactement ce qu'il avait espéré et Guillaume s'en saisit presque aussitôt. Hélas, cette fois, ce fut lui qui manqua de prudence, car l'autre fou d'Apolline situé à l'autre bout de l'échiquier vint le cueillir.

Loin de s'énerver cependant, il considéra la manœuvre avec respect. Il leva les yeux et remarqua que le regard d'Apolline brillait. Il sourit. Leurs yeux s'aimantèrent et se perdirent l'un dans l'autre. Mais la jeune femme se reprit, fronçant son front charmant et déviant le regard.

Le cœur de Guillaume battait fort à présent. Il venait de constater que le désir était toujours présent entre eux, et la complicité pas très éloignée non plus.

Ce n'était toutefois pas le moment de mollir. Il crispa la mâchoire et, caressant sa barbe naissante, prit le temps de réfléchir à sa prochaine offensive. Il ne lui ferait pas de cadeau cette fois-ci, et envisageait une attaque imprévisible. Il allait lui tendre un piège.

Il lui offrit son cavalier en pâture, feignant de ne point avoir vu sa dame en embuscade sur le côté. Il fit un large mouvement du poignet et ses doigts effleurèrent ceux d'Apolline. Il en ressentit une véritable décharge dans tout le corps. Et elle aussi visiblement, étant donné la vitesse avec laquelle elle s'éloigna, comme si elle s'était brûlée.

Ils demeurèrent ensuite sur leurs gardes, troublés, perturbés.

Alors, dans un sursaut d'orgueil, Apolline riposta en évitant soigneusement de capturer le cavalier que Guillaume lui offrait et prit sa tour à l'autre bout de l'échiquier avec sa dame.

Il s'en étonna et tressaillit.

— L'occasion était trop belle…, commenta-t-elle. Vous ne réussirez pas à m'avoir, chevalier !

— Et vous, très chère, pensez-vous toujours tout maîtriser ? Croyez-vous que je ne sois pas dupe des pièges dans lesquels vous vous efforcez de me faire tomber depuis le début ? répliqua-t-il aussitôt. Comme ce côté de l'échiquier que vous m'avez donné, à contre-jour où j'ai du mal à voir mes pièces, alors que vous-même jouez en pleine lumière.

Apolline haussa ses épaules, qu'il trouvait fort charmantes.

— Vous fabulez, chevalier ! Et si cela vous gênait tant, vous auriez pu demander à changer…

— Oh ! que non ! Je me suis adaptée à votre stratégie. Tout comme vous endurez mes attaques à présent, après avoir voulu m'assujettir à votre plan.

Apolline rougit, il avait touché juste.

La colère et le ressentiment revenaient en force entre eux. En réalité, Guillaume était frustré de ne pouvoir la tenir dans ses bras, et de se trouver réduit à disputer une simple partie contre elle.

— N'est-ce pas un peu présomptueux de votre part ? Il me semble au contraire que c'est vous qui subissez et moi qui mène le jeu depuis le départ…

Son minois était charmant et sa naïveté confondante. Mais son orgueil était atteint et son sang ne fit qu'un tour.

— Peut-être que ce n'est pas le cas, après tout. Peut-être que depuis le début vous jouez la partie que j'ai décidée pour vous…, suggéra-t-il, énigmatique.

Son allusion dépassait le cadre de leur partie, elle le savait. Elle leva les yeux sur lui et planta ses prunelles ambrées dans les siennes.

— Que voulez-vous dire ?

— Supposons que notre première rencontre à Versailles n'ait pas été le fait du hasard…, dit Guillaume, tout en avançant sa pièce.

— Peut-être devrions-nous revenir à la partie ? trancha Séraphin qui sentait les choses dégénérer entre ces deux passionnés. Enfin, si je puis me permettre… !

Mais les deux joueurs éludèrent sa remarque.

— Comment cela ? s'enquit Apolline.

— Supposons en effet que j'aie sciemment provoqué cette rencontre après avoir entendu dire que le comte du Chesnay avait une fille, jolie qui plus est. Quoi de plus commode pour atteindre le père que de séduire sa fille, dans ce cas ?

— Mais comment avez-vous su que je m'y trouverais ?

— Oh ! Une simple discussion entre votre amie la marquise

et son volage de mari dans les couloirs de Versailles que j'ai interceptée la veille.

Une voix intérieure et celle de Séraphin ne cessaient de lui dire qu'il risquait gros à s'aventurer sur ce terrain. Mais la colère et la frustration de la voir sans pouvoir la toucher étaient trop fortes, Guillaume bouillonnait.

Apolline s'empourpra.

— Et donc, depuis le début vous saviez qui j'étais ?

— En effet ! Et j'ai beaucoup ri quand vous m'avez emmené dans les bas quartiers pour mieux me duper.

Cette fois, Apolline se figea.

— Mais vous avez été surpris de me voir étendre du linge au château...

— En effet ! En vérité, j'ai été agréablement surpris de vous voir aider votre femme de charge. Cela dénotait un caractère généreux. Et c'est peut-être là où tout a basculé pour moi et que je suis tombé amoureux de vous, ce que je n'avais pas du tout prévu !

Apolline écarquilla les yeux devant ce nouvel aveu. Elle était très agitée, la respiration haletante et les joues rouge écarlate.

— Non, cela ne se peut ! Je vous ai entendu chez la marquise lui confier vos sentiments et tout ce que vous aviez entrepris pour me revoir.

— En vérité, je savais que vous étiez là. Il m'a suffi d'attendre un peu dans ma voiture pour vous voir sortir, et j'ai eu la confirmation de ce que j'avais pressenti. C'est également à dessein que j'ai menacé d'accélérer la procédure d'achat du domaine de votre père. Pour vous forcer à réagir ! Quant à votre amie, la marquise, elle a fait assez de gaffes pour me fournir nombre d'indices. Sans compter que Séraphin lui-même vous avait lui aussi cernée depuis le début. Votre langage et vos manières sont ceux d'une dame de la noblesse et non d'une roturière. Il a suffisamment fréquenté la cour du roi pour savoir démasquer les courtisans derrière leur loup.

Séraphin fixa ses chaussures, confus.

Apolline était abasourdie. Elle réussit toutefois à articuler :

— Mais comment avez-vous pu ?

— Nous sommes des joueurs d'échecs tous deux, ma chère, même si nos méthodes diffèrent. Je dois néanmoins concéder que j'ai éprouvé quelques scrupules et même culpabilisé à un moment. C'est pourquoi, au bord du lac, je vous ai offert ce tablier, j'espérais que vous comprendriez que j'avais deviné que vous n'étiez point la dame de compagnie de la marquise. Je pensais qu'avec votre franchise vous m'avoueriez tout...

— J'ai bien failli, confia-t-elle dans un souffle.

— Et en parlant de masque, inutile aussi de dire que je vous ai reconnue derrière la joueuse d'échecs du Cabaret Ramponneau. Celui que vous portiez ne dissimulait qu'une partie de votre visage. Et bien que vous ayez quelque peu modifié votre voix et votre comportement, tout votre être transparaissait au-delà. Je dois d'ailleurs vous remercier de m'avoir sauvé la vie. Cela pesait lourdement sur ma conscience de ne pouvoir vous exprimer ma gratitude. Me voilà soulagé à présent !

Soudain, l'attitude d'Apolline changea.

— Mais attendez un peu, qu'est-ce qui me dit que vous n'êtes pas en train de bluffer à l'instant même ?

— Pardon ? s'étonna Guillaume.

— N'êtes-vous pas en train de tenter de me déstabiliser, car je suis en bien meilleure position que vous sur l'échiquier ?

35

Échec

Quelle qu'elle fût, mensonge ou vérité, la révélation de Guillaume eut cependant un effet dévastateur sur Apolline. En dehors du traumatisme qu'elle lui infligeait, son esprit ne cessait de chercher dans ses souvenirs des preuves pour accréditer ses dires. Et de fait, elle se trouvait grandement déconcentrée.

Son coup suivant fut un échec retentissant. Elle avança un pion sans protection et il se fit rapidement dévorer par son adversaire, aussi gourmand sensuellement que vorace sur l'échiquier.

De plus, depuis le début de la partie, elle ne parvenait pas à éprouver suffisamment de ressentiment à l'encontre de Guillaume pour annihiler les sentiments qu'elle nourrissait pour lui. Ce qui avait pour conséquence de la rendre incapable de lire dans son jeu. Ce qu'elle avait pourtant réussi à faire avec son père. Bien qu'en réalité elle fût arrivée si rapidement au mat qu'elle n'avait pas eu le temps de vraiment s'y employer.

Depuis le commencement donc, elle s'appuyait uniquement sur son sens de l'observation, et son analyse de la stratégie de Guillaume. En fait, il n'en possédait aucune. Tacticien, il préférait les attaques brèves et dévastatrices aux longues anticipations menant à la victoire. Et voilà qu'en plus de cette faiblesse l'émotivité d'Apolline prenait le dessus sur son jugement.

Finalement, je n'ai rien appris jusqu'ici ! Mes défauts et mes limites restent les mêmes, songea-t-elle.

Guillaume avait sans peine l'avantage sur elle. En particulier depuis qu'il avait lâché sa révélation, qui l'avait fortement déstabilisée. Elle devait réagir, et vite ! Car sinon, elle perdrait la bataille.

— Vous dites être « tombé amoureux » de moi en me voyant officier comme lingère... Mais qu'en est-il vraiment ? s'enquit-elle alors.

— Comment cela ? demanda Guillaume, dont les sourcils tressaillirent à l'évocation de ses sentiments.

— Je ne sais pas justement, c'est à vous de m'éclairer là-dessus ! lança-t-elle, laconique. Qu'éprouvez-vous pour moi exactement ?

— Eh bien, je ressens de chauds sentiments à votre égard. Mais, vous le savez bien ! Je ne m'en suis jamais caché.

Elle le vit rosir légèrement. L'homme d'affaires sans cœur avait-il fendu la carapace ?

Au tour suivant, il joua un coup non réfléchi et ne se rendit compte que trop tard de son erreur.

Apolline sourit, car elle avait touché juste. Elle devait trouver et jouer sur les failles de son adversaire, si elle espérait l'emporter.

— Et quel genre de sentiments éprouvez-vous ? demanda-t-elle encore.

Tout comme un arnaqueur se trouve démuni face à la vérité, elle songea que le seul moyen de confondre un séducteur était de le confronter à ses propres émotions.

— Eh bien, je ne sais pas ! Vous voir me remplit de joie... Et votre absence est un supplice pour moi...

— Mhh, continuez...

— Je vous désire fortement, et... vous aime, telle que vous êtes. (Le cœur d'Apolline manqua un battement.) Que vous soyez redoutable aux échecs, passionnée en amour, ou incapable de coudre (Apolline sourit malgré elle), ce sont toutes les facettes de votre personnalité que j'aime. Et j'ai réalisé que je ne pouvais vivre sans vous...

— Si vous n'avez plus besoin de moi, je peux peut-être vaquer à mes occupations ? interrogea Ferrand, passablement ennuyé par leur conversation.

— Chut ! le tança Séraphin, qui souriait, aux anges.

Il les incita alors à poursuivre d'une légère inclination du menton.

L'intendant, exaspéré, et supposant sans doute que la partie était en pause, sortit.

Guillaume saisit la main d'Apolline qui frémit à son contact.

— Nous ne devrions point nous quereller... Alors que nous sommes faits pour nous aimer.

Apolline déglutit, puis retira sa main de la sienne et lui répondit sèchement :

— Eh bien, nous verrons cela... Mais pour le moment, c'est à vous de jouer !

Ce qu'il fit, presque sans réfléchir. Avant qu'elle ne dérobe avec agilité la pièce qu'il venait d'avancer.

— Mais il nous manque un arbitre. Que fait l'intendant ? Il devrait être ici, s'agaça Guillaume, saisissant ce prétexte pour laisser libre cours sa colère.

Une domestique fut dépêchée pour aller le quérir en courant.

Ferrand revint quelques minutes plus tard, plus renfrogné que jamais. Il subit alors les remontrances de sa maîtresse. Mais cela ne parut pas l'affecter outre mesure.

Les deux joueurs échangèrent ensuite une série de coups rapides qui n'eurent pour conséquence que de voir le nombre de pièces diminuer de part et d'autre.

Tous deux demeurèrent silencieux, semblant ressasser leurs dernières paroles.

Apolline, pour sa part, ne nourrissait désormais plus de colère contre Guillaume. Ses doux aveux résonnaient encore à son oreille. Elle savourait simplement sa présence à présent, comme une trêve après la bataille, bien qu'ils soient toujours en train de se poursuivre et de s'affronter sur l'échiquier.

C'est alors qu'une épaisse fumée noire se répandit dans la pièce.

— Qu'est-ce donc ? questionna Apolline en toussant.

— Cela sent le brûlé, on dirait..., répliqua Guillaume.

— Pouvez-vous aller voir ? s'enquit la maîtresse de maison auprès de l'intendant.

Mais ce dernier resta stoïque :

— Ah, non ! Moi, je ne bouge plus. Je ne voudrais pas me le voir reprocher.

Au même moment, une servante accourut au salon :

— Au feu ! Au feu !

— Que se passe-t-il ? demanda Apolline, alarmée.

— Oh ! mademoiselle, c'est terrible ! La cuisine flambe et le brasier se propage à toute la demeure.

— C'est fâcheux ! Je crains que nous ne devions interrompre la partie, répliqua alors Ferrand, non sans ironie tandis qu'Apolline devenait aussi blanche que sa dame.

36

Pion isolé[1]

Guillaume se leva en toute hâte, prêt à agir.

— Que puis-je faire pour aider ? questionna-t-il aussitôt.

— Pour le moment, rien. Et personne ne sortira de cette pièce avant que je ne l'aie décidé ! intima Apolline, en s'extirpant promptement de son fauteuil.

— Pardon ?

La jeune femme se dirigea d'un pas résolu vers la porte, qu'elle ferma à clé.

— Je me doutais qu'un incident de ce genre se produirait... C'est pourquoi j'avais pris mes dispositions. D'autant que le coupable de cette infamie se trouve dans cette pièce.

Guillaume échangea un regard inquiet avec Séraphin, lequel observa que, à part eux, il n'y avait dans le salon que Ferrand et la domestique qui venait d'annoncer l'incendie. Celle-ci écarquillait de grands yeux, ahurie.

— Je vais voir s'ils n'ont pas besoin d'aide..., déclara alors l'intendant avant de se diriger vers la porte.

Mais Apolline le devança et lui désigna sa place.

— Vous, vous restez ici !

1. Pion n'ayant plus de protecteur.

— Si c'est une blague, je la trouve de mauvais goût ! marmonna Ferrand entre ses dents.

La fumée se fit bientôt plus épaisse. Apolline se frottait les yeux, mais persista dans son refus d'ouvrir la porte. Tous commencèrent à s'inquiéter sérieusement.

— Puis-je au moins ouvrir les fenêtres ? interrogea la domestique.

— Mauvaise idée, cela ferait un appel d'air, répliqua l'intendant, ce qui alimenterait davantage le feu.

— Sauf si l'on calfeutre la porte, répondit Séraphin, en haussant les épaules. Puis-je ?

Dans la pièce, l'atmosphère devenait de plus en plus irrespirable.

— Faites donc ! approuva Apolline.

Le valet ôta alors sa veste et la plia consciencieusement avant de la placer sous la porte. La servante lui adjoignit son tablier, puis elle ouvrit les portes-fenêtres. Tous humèrent avec bonheur l'air frais venant du dehors.

Soudain, il y eut un bruit de cavalcade. Des hommes accouraient des écuries et du parc.

Guillaume ne tarda pas à se rendre compte que tous les regards suspicieux convergeaient vers lui.

— Oh ! Me croyez-vous capable d'un tel méfait ? s'enquit alors le chevalier.

— Pourquoi pas ? répondit Apolline, laconique. Après tout, vous auriez tout intérêt à ce que le domaine parte en fumée pour le racheter une bouchée de pain...

Guillaume demeura bouche bée, incapable de répondre.

— Toutefois, je ne vous crois pas assez abject pour le faire ! poursuivit la jeune femme, sans attendre. Je me suis pourtant posé nombre de questions à votre sujet. À qui profite le crime ? Comme l'on dit. Et il faut bien avouer que vous êtes en tête de liste des suspects potentiels.

— Vous voulez dire que ceci n'est pas un accident ? interrogea Guillaume, surpris.

— Oh ! ce n'est pas la peine de faire l'innocent ! s'exclama l'intendant, d'un ton accusateur.

Mais Apolline ne tint pas compte de sa remarque et poursuivit son raisonnement :

— De nombreuses dégradations sont survenues au domaine ces derniers temps. Et elles sont toutes l'œuvre d'un seul et même saboteur.

— Mon maître n'est en aucun cas responsable ! s'écria Séraphin, bravache. Je réponds de sa loyauté et je donnerais ma vie pour lui. (Guillaume arqua un sourcil, surpris, tandis qu'Apolline esquissait un sourire.) Quant à moi, je ne ferais pas de mal à une mouche ! argumenta Séraphin.

— Et pourquoi votre maître ne pourrait-il être coupable des charges qu'on lui reproche, je vous prie ? interrogea Ferrand, mains sur les hanches.

— Eh bien, parce qu'il est tout simplement le meilleur homme et le meilleur maître que je connaisse !

— Oh ! comme c'est touchant ! répondit l'intendant. Mais cela ne suffira pas à le disculper, hélas !

— Il suffit, Ferrand ! Séraphin a raison. Ni lui ni le chevalier ne sont fautifs.

Séraphin souffla et s'éventa de la main, sur le point de s'évanouir, tandis que Guillaume regardait Apolline avec attention.

— Pour la bonne raison que j'ai mené ma petite enquête et mandaté quelques domestiques pour surveiller celui que je soupçonnais. Et celui-ci vient tout bonnement de se trahir ! (Tous retinrent leur souffle.) Car le coupable, c'est vous, Ferrand ! Votre pantalon est d'ailleurs encore tout taché de la cire des chandelles que vous avez utilisées pour mettre le feu à la cuisine.

— Mais c'est faux ! s'insurgea l'intendant, offusqué.

— Une accusation est une chose grave, mademoiselle, tempéra Guillaume. Comment en êtes-vous arrivée à cette conclusion ?

— J'ai commencé à avoir des doutes lorsque j'ai surpris Ferrand en train de remettre une bourse à un malfaiteur.

C'était après que la grange se fut en partie écroulée, le bois ayant été dévoré par des termites. Pour se disculper, Ferrand a prétexté avoir des dettes de jeu, mais mon intuition et son regard fuyant me disaient qu'il mentait.

Ferrand haussa les épaules.

— Ce ne sont que de simples suppositions qui ne reposent sur rien de concret !

— C'est encore Ferrand qui a ouvert l'enclos des chevaux et introduit un renard dans le poulailler. Mais hormis le témoignage du garçon d'écurie qui décrivait une silhouette similaire à la sienne, je n'avais aucune preuve.

L'intéressé se mit à siffler, l'air mauvais.

— Voilà !

— Il se trouve également que mon pauvre père est alité depuis plusieurs jours. Et bien qu'il soit soigné, son état s'est étrangement dégradé.

— Quel rapport avec moi ? s'offusqua le coupable présumé.

— Hier, un verre de son fortifiant était posé sur la table de nuit, sans qu'aucun de nos domestiques ne le lui ait amené, poursuivit Apolline avec fermeté. Il contenait une substance blanchâtre. En réalité, un poison doublé d'un somnifère, comme l'a confirmé l'apothicaire à ma femme de chambre. Ce breuvage réduisait mon père à l'impuissance.

— Oh ! fit Guillaume, saisissant la raison qui avait empêché le comte de disputer la partie d'échecs.

— Et alors que je me trouvais au chevet de mon père, devinez qui j'ai vu surgir d'une porte dérobée ? Léopold Ferrand ! Il avait emprunté le passage secret allant de la cuisine à la chambre de mon père et portait son fameux remède empoisonné sur un plateau. Le nierez-vous également ?

Pour toute réponse, l'intendant haussa les épaules.

— Ma femme de chambre vous a vu ensuite jeter le breuvage dans l'évier en descendant.

— Oh ! elle m'a toujours détesté celle-là !

— Le laitier se trouvait là également, Ferrand. Et lui aussi vous a vu. L'accuserez-vous encore d'être jaloux de vous ?

Plusieurs rires jaillirent dans l'atmosphère pourtant tendue. Cette fois, l'accusé ne trouva rien à répondre.

— Mais ce que j'ignore, c'est pourquoi vous avez fait tout cela, Léopold, reprit Apolline avec une douceur inattendue. Car enfin, la hauteur de vos gages diminue depuis des mois à cause de vos larcins. Alors c'est à n'y rien comprendre ! Sauf si, bien sûr, vous nous vouez une haine farouche.

Tous le dévisageaient.

L'intendant pinça les lèvres et finalement explosa :

— Tout n'est pas toujours noir ou blanc comme sur un échiquier, mademoiselle ! Et tout le monde n'est pas né avec une cuillère en argent dans la bouche ! J'ai simplement voulu tirer mon épingle du jeu, tout comme vous le faites d'ailleurs aux échecs en m'humiliant à chaque fois ! Moi qui suis pourtant un grand joueur ! Me faire battre par une femme…

Apolline frémit en réalisant toute la frustration que l'intendant avait dû accumuler depuis des années.

— Est-ce là tout ? questionna Apolline, toutes ces turpitudes pour une bête histoire de revanche ?

En dépit de la fenêtre ouverte, l'air se chargeait d'une épaisse fumée noire et tous commençaient à bouillir. Mais Apolline tenait bon et ne voulait pas lâcher son coupable.

— Non, finit par concéder Ferrand, contraint et forcé. L'un des repreneurs potentiels du domaine de monsieur le comte m'a soumis à un odieux chantage. Il menaçait de révéler certaines… choses de mon passé si je ne l'aidais pas à racheter la propriété pour une bouchée de pain.

— Ainsi donc, vous étiez déjà une crapule auparavant ! s'exclama Séraphin. Cela ne m'étonne pas de vous !

L'intendant lui lança un regard mauvais et fier à la fois.

— Le négociant à l'origine de ce chantage a échoué dans ses tractations, puisque mon père a choisi le chevalier comme repreneur, poursuivit Apolline. Son intimidation est donc tombée à l'eau ! Alors, pourquoi avoir continué ?

— Quand le vin est tiré, il faut le boire ! Et comme mademoiselle n'était pas prête à se marier (Apolline tiqua) je savais que le domaine de son père serait vendu. N'étant plus tout jeune, je m'efforçais juste d'accélérer un peu les choses pour pouvoir proposer mes services au nouveau maître, tant qu'il était encore temps.

— Je ne vous aurais jamais engagé de toute façon ! s'écria Guillaume, hors de lui. Vous êtes bien trop vil et en même temps trop servile...

On frappa plusieurs coups à la porte.

— Police du roi, ouvrez !

— Les voilà, enfin ! s'exclama Apolline, soulagée.

Pris de panique, Ferrand se dirigea alors vers les grandes fenêtres pour s'enfuir, mais Séraphin plus prompt que lui étira la jambe pour lui faire un croche-pied. L'intendant trébucha et s'étala de tout son long sur le parquet ciré et glissa lentement avant d'aller se cogner dans le mur.

Apolline ouvrit la porte et la police entra pour s'emparer du fuyard assommé, et lui lier les mains.

— Votre personnel est venu nous prévenir et nous a tout expliqué, mademoiselle. Mais cela faisait un moment que nous suspections ce lascar... (Apolline arqua un sourcil, émettant quelques réserves à ce sujet.) Il s'avère que cet homme a déjà commis de nombreux larcins par le passé. Il va devoir payer pour ses crimes !

— Faites votre travail ! Et je vous remercie pour votre intervention.

— Mais il faut que vous sortiez vite d'ici, cela sent sérieusement le roussi ! les exhorta l'officier de police.

Effectivement, le feu rongeait à présent les lambris du couloir et venait lécher le plafond déjà noirci.

— Mon père ! s'exclama Apolline, affolée. Il est à l'étage !

— Il faut le sortir d'ici ! lança Guillaume.

— Il y a aussi ma servante, enceinte, qui doit se reposer dans le vestibule, près de ma chambre...

— Je vous propose de les transporter chez moi. Ils y seront en lieu sûr !

— C'est un beau geste, chevalier ! Et je ne suis guère en

position de refuser, répondit Apolline, exténuée après tous ces événements.

Guillaume, Séraphin et tous les hommes valides du domaine s'employèrent à aller secourir le comte et la femme de chambre d'Apolline. Ils les amenèrent jusqu'à la voiture à quatre chevaux du chevalier. Puis, Séraphin les accompagna avec le cocher jusqu'au domaine de Lavandier.

Pendant ce temps, Guillaume se joignit aux autres pour tenter d'éteindre le feu à coups de seaux d'eau, ou en l'étouffant avec des couvertures.

Dans un contexte si tumultueux, il était évident que la partie d'échecs n'était plus de mise. Et Apolline voyait à présent toute sa vie partir en fumée. Les choses n'auraient-elles pu être pires pour la jeune femme ?

37

Pat[1]

— Tout est terminé ! déclara Guillaume à Apolline, en essuyant son front couvert de suie noire du revers de sa main.

Il était allé retrouver la jeune femme qui attendait fébrilement dans le parc du domaine, près du petit lac où s'ébattaient les canards qu'elle affectionnait tant.

— C'est un miracle si tout n'a pas brûlé ! Je vous en suis infiniment reconnaissante, répliqua Apolline. Sans votre intervention, il n'en aurait sans doute pas été ainsi !

— C'était le moins que je puisse faire. Et vous-même m'avez déjà sauvé la vie... L'auriez-vous oublié ?

— Dois-je en déduire que nous sommes quittes ?

— Absolument, c'est un pat ! répondit Guillaume, en souriant.

Ils baissèrent tous deux les yeux et demeurèrent un temps silencieux. La colère et le ressentiment avaient quitté leurs cœurs. Ils avaient fait place à la joie d'être vivant et à l'attente du renouveau qui s'annonçait après la tornade destructrice des récents événements.

— Je dois dire que vous êtes une enquêtrice remarquable, mademoiselle ! reprit alors Guillaume, admiratif. La façon dont

1. Situation aux échecs dans laquelle un roi ne peut plus bouger sans être mis en échec.

vous avez confondu cet homme et l'avez poussé en douceur à vous avouer le motif de ses actes était tout simplement admirable !

Elle hocha la tête l'air sombre.

— Quelle tristesse ! Un homme en qui mon père avait toute confiance. Dire qu'il le trahissait depuis des années... Et qu'il est même allé jusqu'à l'empoisonner !

— La cupidité fait faire des choses bien terribles aux hommes.

Apolline allait surenchérir, mais elle s'en abstint. Il ne lui restait que peu d'énergie et de courage pour finir ce qu'elle avait commencé.

— En parlant des biens d'autrui, pourrions-nous reprendre notre partie à présent ? s'enquit-elle, avec lassitude.

Guillaume serra la mâchoire, avant de répondre :

— Êtes-vous bien certaine d'être en mesure de le faire ? Nous pouvons l'ajourner, si vous le désirez, ou... parvenir à un accord qui nous satisfasse tous deux.

Elle hésita, mais, avec obstination, choisit de s'en tenir à sa décision initiale.

— Je me sens tout à fait capable de le faire.

— Si tel est votre souhait... alors, je m'incline !

Il marqua un temps, puis dit :

— Je sens que vous éprouvez de la colère contre moi. Et j'en suis le seul responsable. Aussi, je vous prie de m'excuser si j'ai pu vous blesser dans la lettre incendiaire que je vous ai écrite. Je... (il hésita) n'étais pas tout à fait moi-même quand je l'ai rédigée. Et je m'en veux terriblement de vous l'avoir envoyée. Si c'était à refaire, je...

— Quelle lettre ? demanda alors Apolline, surprise.

— Comment, vous ne l'avez pas reçue ? (Il réfléchit.) Ce sacripant de Séraphin ! Je parie qu'il ne vous l'a pas transmise, s'exclama Guillaume.

— Ah, je confirme ! Je n'ai reçu aucune lettre d'insultes de votre part. Celles que j'ai pu lire de vous relevaient plutôt de la supplique.

Guillaume se mordit la lèvre et répondit alors à mi-voix :

— Au fond, je devrais peut-être le remercier. Il m'a protégé de moi-même... Même si je devrai avoir une petite explication avec lui au sujet de l'exécution des ordres de son maître !

— Ne soyez pas trop dur avec lui, Séraphin est une perle ! Et j'aurais mille fois préféré avoir un intendant comme lui.

— Cela pourrait se faire..., suggéra alors Guillaume de manière allusive.

— Jouons ! répondit Apolline, avec fermeté.

Ils eurent recours à l'échiquier de voyage qu'Apolline utilisait parfois dans le parc et y reportèrent la partie en cours, tous deux ayant mémorisé la position de leurs pièces.

Toutefois, leur attitude face au jeu avait changé. Si Guillaume s'était adouci, les récents événements avaient endurci Apolline.

Et, grâce à cette transformation, elle pouvait même lire dans le jeu de Guillaume à présent, comme dans un livre ouvert.

Après s'être longuement tournés autour et avoir effectué un véritable massacre dans les rangs de l'un comme de l'autre, Apolline creusa la distance en arrachant la dernière pièce de valeur à son adversaire.

Il ne resta dès lors plus que trois pièces sur l'échiquier. Le roi noir du côté de Guillaume, et la dame et le roi blancs pour Apolline.

Dans cette configuration Guillaume devait rechercher le pat, c'est-à-dire la nulle. Il échapperait ainsi au mariage et pourrait même décider de renoncer au domaine du père d'Apolline. D'autant plus que celui-ci nécessitait à présent des travaux coûteux pour être remis en état.

Apolline, pour sa part, avait désormais plus que jamais intérêt à gagner la partie.

Elle s'efforça donc de contraindre son adversaire à rejoindre l'un des bords de l'échiquier pour le coincer. Avec sa dame, elle réduisit ainsi son champ d'action et construisit une prison d'où le roi noir ne pouvait s'échapper.

En le constatant, Guillaume ne parut cependant guère étonné, il semblait même plutôt résigné.

La reine poursuivit le roi noir sur les cases, rétrécissant progressivement la taille de sa prison.

Mais, pour réussir l'échec et mat, la dame avait encore besoin du roi blanc pour éviter de se faire capturer. Et, pendant que la dame blanche laissait le roi noir faire quelques pas dans sa cellule, seuls mouvements qu'il pouvait désormais s'octroyer, le roi blanc approcha doucement par-derrière.

La dame accula alors le roi noir contre une bande de l'échiquier, contrôlant toutes les cases de fuite, tandis que le roi blanc la protégeait de la capture. Une position qui trouvait une étrange résonance avec la situation actuelle.

— Mademoiselle, vous m'avez vaincu ! lui lança Guillaume mis échec et mat.

Apolline lui rétorqua cette phrase pleine de sous-entendus :

— Auriez-vous oublié, chevalier, que la dame est la pièce la plus puissante du jeu ?

Il plongea son regard dans ses prunelles ambrées. Il était fier d'elle et de tout ce qu'elle avait accompli. Sa victoire, elle l'avait amplement méritée. Il ajouta alors :

— Félicitations ! Vous avez gagné. Bon, vous allez donc bientôt vous appeler Mme Lavandier. En revanche, point positif, vous resterez sur vos terres où nous vivrons heureux et aurons plein d'enfants !

Bien loin de lui déplaire, cette idée semblait lui remémorer des souvenirs. Apolline se mordit la lèvre, tout en battant des cils.

— Ah, oui ! D'ailleurs, à ce sujet, il faudra que je vous dise quelque chose...

Mais dans l'immédiat elle s'abstint de tout propos, car Guillaume lui avait saisi la main pour l'inviter à faire quelques pas.

Apolline exultait. Toute la tension était retombée et elle savourait à la fois sa victoire et son bonheur. Elle serait bientôt mariée, son père pourrait demeurer sur ses terres, et son honneur serait sauf, tandis que son enfant trouverait un père.

Avec le sentiment du devoir accompli, elle put alors laisser libre cours à ses sentiments. Car elle était toujours follement amoureuse de Guillaume.

Et, au-delà de ses attentes, elle avait même la bonne fortune d'avoir trouvé un mari totalement épris d'elle, que la passion avait métamorphosé.

Au demeurant, il lui fit alors une déclaration enflammée :

— Je dois reconnaître que l'amour m'a changé, dit-il en lui saisissant le bras et en le pressant contre lui, pour son plus grand plaisir. Et je suis heureux de vous épouser. J'ai compris que j'avais été aveuglé par mes a priori à l'égard du mariage, mais aussi à cause de mes mauvaises expériences, mon éducation… Mais au cours de notre affrontement sur l'échiquier, j'ai compris que je ne trouverais jamais une femme à votre mesure ! Je n'ai jamais cessé de vous aimer. Mais c'est surtout grâce à cette partie que vous m'avez véritablement conquis. Et ce, dans tous les sens du terme !

Au fond, le jeu leur avait permis de révéler leurs sentiments, mais aussi leur vraie personnalité.

Alors, en définitive, n'avaient-ils pas gagné tous les deux ?

Lorsque Séraphin revint pour informer Guillaume qu'il avait agi conformément à ses directives et que ses invités étaient confortablement installés, son maître lui annonça qu'il travaillerait à présent au domaine du Chesnay pour le compte du couple.

Ce à quoi le domestique répondit simplement :

— Bien, monsieur !

Avant d'ajouter :

— Puis-je me permettre de dire que je suis heureux d'apprendre votre mariage et de voir enfin votre relation se concrétiser ?

Surpris, Guillaume s'exclama :

— Ah, parce que tel était votre souhait ?

— Absolument, monsieur. Vous êtes faits l'un pour l'autre, comme deux opposés complémentaires. C'était une évidence !

— Mais pourquoi ne m'en avoir rien dit ?

— Vous ne m'avez guère laissé le loisir d'exprimer mon jugement, monsieur !

— En effet, j'ai peut-être été un peu sévère... Cela dit... J'aimerais tout de même que vous exécutiez mes directives à l'avenir. Comme lorsque je vous demande de poster une lettre, et que j'apprends qu'elle n'est jamais partie...

Séraphin rougit et se crispa.

— Aurais-je oublié de la poster ? s'enquit-il d'une voix innocente.

— C'est bon pour cette fois ! Vous avez bien agi et je devrais même vous remercier pour cela, convint Guillaume. Nous avons évité là une terrible catastrophe ! Mais que cela ne se reproduise plus ! Ou alors, j'aimerais que l'on en discute à l'avenir. Sereinement, à tête reposée...

— Ou à jeun.

— Oui, voilà.

— Bien, monsieur !

Guillaume ajouta, comme pour lui-même :

— Voyez-vous, je me suis laissé aveugler par mon orgueil et mes a priori, mais il n'en sera plus jamais ainsi. Car Apolline m'a ouvert les yeux. Il me semble voir avec le cœur désormais.

— Alléluia ! répondit Séraphin en levant les yeux au ciel.

Guillaume éclata de rire tandis que son serviteur s'empressait d'aller féliciter la future mariée.

Ce soir-là, le couple resta longtemps à se promener dans le parc. Parce qu'ils étaient peu désireux de se quitter, mais aussi parce qu'ils avaient tant à se dire et à se pardonner.

Ils parvinrent ainsi devant un bosquet et s'y arrêtèrent. Au même moment, le soleil couchant se fondit à l'horizon dans un lavis rosé, et une lumière cuivrée se répandit sur la terre. Ému par tant de beauté, Guillaume saisit les mains d'Apolline qu'il baisa l'une après l'autre avec tendresse. Puis, il s'enhardit, impatient de la serrer tout contre lui.

Ils se prirent alors dans les bras l'un de l'autre. Ils y demeurèrent longtemps, blottis, consolés, apaisés et soucieux de se réchauffer à la flamme de l'être aimé. Ainsi imbriqués, ils se sentaient enfin complets.

Lorsqu'ils s'écartèrent, ce fut uniquement pour pouvoir s'étreindre et s'embrasser avec passion. Guillaume était si heureux de pouvoir la toucher de nouveau que ses mains descendirent sur ses reins et qu'il la pressa tout contre lui.

— Vous serez bientôt ma femme… Peut-être pourrions-nous faire une exception et consommer avec un peu d'avance ce mariage ? Après tout, nous l'avons déjà fait ! lui murmura-t-il malicieusement à l'oreille. D'autant que votre père n'est pas ici…

Elle lui répondit :

— À ce sujet d'ailleurs, mieux vaudrait nous marier au plus tôt.

— Ah, oui ? Et pourquoi donc ?

— Il se pourrait bien qu'il y ait une autre surprise…, répliqua-t-elle en caressant son ventre rebondi.

38

Le grand roque

Guillaume, qui avait été aussi ravi que perturbé d'apprendre qu'Apolline attendait un enfant, fit en sorte d'accélérer les préparatifs du mariage. Ce ne fut pas une mince affaire, car la cérémonie religieuse devait être précédée par une union devant notaire. L'acte juridique civil qui devait régler toutes les questions patrimoniales fut scrupuleusement supervisé par le comte du Chesnay, enfin remis sur pied.

Les cheveux recouverts d'un voile blanc quelque peu mensonger mais de circonstance, et le ventre bien rond dissimulé sous une multitude de jupons qui la faisait ressembler à un chou à la crème plus qu'à une mariée Apolline fit son entrée dans l'église sous le regard conquis de son futur époux.

Au premier rang se trouvait la marquise de la Pomponière qui avait joué les entremetteuses dans leur histoire. Elle semblait beaucoup se réjouir de leur union. À moins que le regard extatique et pétillant qu'elle affichait ne soit plutôt dévolu à l'angelot qui célébrait la messe.

La petite église était pleine ce jour-là. Nombre d'amis du comte étaient venus le féliciter, le sachant désormais à l'abri des soucis financiers.

Si Guillaume éprouvait une joie indicible à épouser la jolie femme qui faisait battre son cœur autant que la redoutable joueuse d'échecs dont il était si fier, il ressentait également une anxiété bien légitime à la perspective de se voir passer l'alliance au doigt.

Mais Apolline avait tout prévu pour neutraliser cette angoisse. Les anneaux furent en effet présentés sur un échiquier. Cela fit sourire Guillaume tout en le rassurant, car cela lui rappelait que, comme le disait souvent Apolline, la liberté jaillissait dans les contraintes. Aux échecs, comme dans le mariage, finalement.

Compte tenu de l'enjeu de leur partie, ils échangèrent également une œillade complice lorsque le prêtre leur posa la question rituelle : « Acceptez-vous d'épouser... »

Guillaume n'avait-il pas chèrement défendu sa liberté sur un échiquier, tandis que résonnaient encore les paroles d'Apolline : « Si vous perdez... vous m'épousez ! » ?

Mais pour rien au monde il n'aurait fait machine arrière. D'autant que l'issue de la partie... il l'avait plus ou moins décidée... Mais cela, c'était une autre histoire !

Après la cérémonie religieuse, une grande réception fut donnée dans les jardins de l'ancien domaine du Chesnay, rebaptisé Lavandier-du Chesnay où plusieurs pièces avaient été remises à neuf pour l'occasion. À commencer par la cuisine ! Autant dire le cœur des opérations en cette journée de fête.

Une immense table de banquet avait été installée dans le parc pour tous les convives, sous une vaste tente en toile blanche.

Venue sans son époux, prétendument en voyage d'affaires, la marquise de la Pomponière fut placée près d'Apolline.

Ce dont elle profita aussitôt pour lui demander :

— Alors, êtes-vous heureuse ? Vous avez remporté une victoire éclatante sur tous les tableaux !

Au moment de répondre, Apolline étouffa un haut-le-cœur et dut s'enfuir prestement pour aller vomir.

La marquise ne s'en inquiéta pas cependant, car, comme elle le lui dit plus tard :

— Il est tout à fait légitime de ressentir de la nervosité lors de telles circonstances…

Si les convives furent particulièrement choyés ce jour-là, il en fut de même pour le personnel qui venait de subir des événements éprouvants. Ils eurent ainsi droit à un repas de fête juste avant la cérémonie. Apolline veilla également à ce qu'une certaine petite souris que l'on avait fini par retrouver eût aussi sa part de fromage.

D'autres domestiques issus du domaine de Lavandier vinrent grossir les rangs du personnel, car le chevalier avait mis en vente le château de son père. À l'exception du tableau de sa mère qu'il conservait, il avait revendu la plupart de ses biens. Il laissait ainsi partir ses souvenirs, lesquels n'étaient pas des plus heureux, escomptant bien s'en forger de nouveaux qui le raviraient.

Avec cet argent bienvenu, il put engager des travaux conséquents dans sa nouvelle demeure, et relancer les cultures et d'autres activités lucratives, en excellent négociant et gestionnaire qu'il était. Et ce, même s'il devait souvent combattre l'autorité de son beau-père. Le patriarche n'avait pourtant plus son mot à dire dans la gestion du domaine désormais dévolue à son gendre, mais il ne se privait toutefois pas de le faire.

De la même façon, le jour de la cérémonie, il voulut asseoir l'autorité qu'il avait retrouvée, en même temps que la santé, d'une manière grandiloquente qui faillit bien compromettre la réussite de la réception.

À la fin du repas, en effet, lorsque les convives eurent fini de dévorer l'excellent gâteau surmonté d'un couple en pâte d'amande posé sur un échiquier, il tapa sur son verre de champagne avec la lame de son couteau pour réclamer le silence. Une fois l'attention obtenue, il se leva pour faire un discours.

Apolline, curieuse et fébrile, serra la main de Guillaume dans la sienne, s'attendant à recevoir les compliments et les félicitations de son père.

— Chers amis, nous sommes réunis ici pour célébrer l'union

de ma fille bien-aimée (Apolline rougit, émue par ses mots) et de mon gendre, le chevalier Lavandier.

La jeune mariée fut un peu froissée que son père ne prononce pas le prénom de son époux, mais elle était consciente de la rivalité entre les deux hommes de sa vie et ne s'en offusqua pas outre mesure.

— Si je me réjouis de cette alliance, je m'enorgueillis également d'en être à l'origine.

Apolline haussa un sourcil, surprise de cette déclaration. Elle songea cependant qu'en tant que père il pouvait se prévaloir en effet de l'avoir engendrée. Et elle sourit de plus belle.

— Rien de tout cela ne se serait en effet produit sans mon intervention. Et je pense le moment bienvenu, tandis que ce jeune couple est à l'aube de sa nouvelle vie, pour révéler ce secret, en présence de leur famille, ou du moins ce qu'il en reste, et de leurs amis.

Cette fois, Guillaume jeta un regard inquiet en direction d'Apolline, qui secoua la tête pour signifier qu'elle ignorait tout de ce que son père s'apprêtait à dire.

— Et également parce qu'en présence d'autant de monde mon gendre n'osera pas me chercher querelle !

Toute l'assemblée se mit à rire et Guillaume fronça les sourcils, de plus en plus anxieux. Tout comme Apolline qui lui serra la main plus fort.

— Tout a commencé il y a de cela un an, reprit le comte du Chesnay. Mon domaine se dépréciait de jour en jour, et l'on sait à présent pourquoi...

Un murmure s'éleva dans l'assistance où perçait notamment le nom de Ferrand, tandis qu'Apolline pinçait les lèvres.

— Je m'étais alors rendu compte qu'à ce train-là je n'aurais bientôt plus les moyens de l'entretenir. En dépit de toute ma volonté, et malgré l'aide désintéressée de mes nombreux amis ici présents...

Un silence glacial s'abattit sur l'auditoire, et un malaise se fit sentir cette fois parmi les convives, car peu d'entre eux, peut-être même aucun d'entre eux, ne lui avaient proposé une aide sérieuse.

Le comte poursuivit :

— Je devais me rendre à l'évidence : il me fallait trouver un repreneur pour mon domaine. J'avais toutefois toujours eu des scrupules à m'en séparer, car il est le patrimoine que j'ai reçu de mes ancêtres. Et c'est aussi le lieu où j'ai vécu les meilleures années de ma vie en compagnie de mon épouse bien-aimée. Laquelle s'est enfuie un beau jour, allez savoir pourquoi !

Là encore, personne ne rit et un ange passa.

Apolline elle-même était de plus en plus mal à l'aise en entendant le discours amer et empli de rancœur de son père. Il n'avait pourtant pas bu plus que de raison.

— Ce fut alors que j'eus une idée : j'allais moi-même choisir mon repreneur. Et c'est ainsi, et après moult recherches, que j'ai porté mon dévolu sur... ce jeune homme ! dit-il alors en pointant Guillaume du doigt.

Lequel blêmit. Comme il allait parler, Apolline posa une main sur sa manche pour l'exhorter à la patience.

— Comment l'avez-vous donc trouvé ? me demanderez-vous. Eh bien, c'est simple, dans les salles de jeu.

Cette fois Guillaume faillit intervenir. Mais Apolline s'accrocha à sa manche pour l'encourager à ne pas faire d'esclandre.

Ce qu'il accepta par amour pour elle.

— J'avais en effet pris mes renseignements sur différents très bons joueurs d'échecs et me suis tout particulièrement intéressé à ceux possédant de la fortune.

Guillaume rougit, sur le point d'imploser.

— Le jeune Lavandier, ici présent, semblait être un fin tacticien autant qu'un homme d'affaires avisé...

Guillaume haussa un sourcil, surpris du compliment.

— Bien qu'un peu retors aussi. (Son gendre se rembrunit aussitôt.) Ce qui n'était pas plus mal au fond pour pimenter les choses. Il aimait les défis, et c'est pourquoi il me parut être l'homme idéal.

La marquise échangea un regard incrédule avec Apolline, laquelle ne respirait plus.

— À force de l'observer, j'ai découvert que le jeune Lavandier possédait une faille, et de taille : les jolies femmes !

Apolline ferma les yeux.

— Le chevalier était un séducteur invétéré, beau, ténébreux et très orgueilleux. En lui faisant miroiter mon domaine, je savais qu'il se renseignerait sur mes biens et ne tarderait pas à s'intéresser à ma fille. Ce qu'il a fait !

Guillaume frappa sur la table avec rage en apprenant qu'il avait été dupé.

— Je pensais ainsi que sa beauté ferait pencher la balance en ma faveur et qu'il serait sans doute plus aisé de négocier avec lui, s'il la convoitait...

Apolline était profondément attristée de découvrir que son père avait voulu l'utiliser comme appât.

— Mais le vieux renard que je suis n'avait pas prévu une chose. C'est que les sentiments s'en mêleraient !

Apolline et Guillaume échangèrent un regard, puis la jeune femme leva la tête d'un air interrogatif vers son père.

— Crois-tu que je ne te voyais pas quitter le château en cachette pour aller le retrouver à Versailles ou ailleurs ? Il m'arrivait en effet de simuler mon départ, et de te faire suivre pour savoir où tu te rendais.

Apolline rougit de honte et de confusion.

— Au fond tout cela arrangeait bien mes affaires, bien que je n'aie jamais su la nature exacte de vos échanges en vérité. Mais je faisais confiance à ton éducation, mon enfant, pour que tu saches opposer une vive résistance à ses assauts. (Apolline piqua du nez.) Bref ! j'ai toutefois frémi lorsque vous vous êtes disputés. Toute ma stratégie risquait de tomber à l'eau. Il me fallait donc reprendre l'avantage et provoquer ce jeune homme en duel, du moins derrière un échiquier.

Apolline étouffa un cri.

— C'est alors que tu as eu l'idée lumineuse de proposer à Lavandier de disputer mon domaine aux échecs. Autant dire une véritable aubaine pour moi ! Une idée que tu as ensuite soumise Mme de la Pomponière, puis à l'intéressé.

La marquise rougit tout autant qu'Apolline.

— Mais je savais également, l'ayant appris de mon intendant, que tu étais devenue très forte aux échecs. J'ai donc simulé être tombé malade tandis que cet imbécile de Ferrand tentait de m'empoisonner. J'avais d'ailleurs deviné son petit jeu de saboteur depuis un moment, j'attendais juste de pouvoir le prendre la main dans le sac... Mais j'ignorais en revanche qu'il essayait de me neutraliser. Et quand tu es venu me voir dans ma chambre, je t'ai mise à l'épreuve. Je n'ai eu besoin que de quelques échanges pour m'apercevoir qu'il avait dit vrai. Tu étais devenue assez forte pour tenir la dragée haute à ce négociant.

Apolline prit cela comme un compliment venant de son père.

— Et puis, tu avais bien trop de charmes et d'appâts pour que ce jeune homme puisse te laisser perdre la partie...

— Mais c'est faux, j'ai vraiment battu Guillaume ! s'offusqua la jeune femme.

Le comte haussa les sourcils, sceptique, et s'enquit auprès du marié :

— Allons, en toute honnêteté, vous avez perdu volontairement, n'est-ce pas ?

— En vérité, nous aurions dû faire pat, soit la nulle, avoua Guillaume en piquant du nez.

— Et voilà ! conclut le père. Comment l'amour a triomphé et a permis de sauver mes terres.

Apolline fut soufflée. Toute l'assistance demeura coite, ne sachant si elle devait applaudir ou huer.

— Ainsi donc, vous nous avez manipulés depuis le début ? répliqua Guillaume, qui bouillonnait de rage contenue.

— En fait, je n'ai fait que réparer une injustice qui date de l'époque de tes parents, mon garçon.

— Quelle est donc encore cette faribole ? s'exclama Guillaume, hors de lui.

— Je connaissais bien tes parents...

— Allons bon ! s'étonna Guillaume, sidéré.

— Très bien même ! Ton père était un joueur invétéré et il a dilapidé la fortune de ta mère au jeu. (Guillaume se crispa à cette évocation en public.) Quant à ta mère, c'était une très jolie femme, qui possédait de plus un titre et de la fortune. Et elle aurait mieux fait de m'épouser moi, plutôt que lui !

Apolline dut s'éventer de sa serviette de table, tant la tête lui tournait.

— Il l'a véritablement ruinée lors d'une partie d'échecs chez la comtesse de Guise. Et ce jour-là, son adversaire, c'était moi.

— Impossible ! tonna Guillaume. Je l'aurais su...

— Nous jouions masqués. Il ignorait mon identité. Mais moi, je connaissais la sienne et son affection pour sa femme. Celle que je convoitais...

— Alors, vous vous êtes vengé ?

— Non. Et si j'avais dû venger quelqu'un, ça aurait été ta pauvre mère qu'il trompait allègrement. (Guillaume ne trouva rien à redire sur ce point.) En vérité, ton père s'est fourvoyé tout seul. Il jouait l'argent de sa femme qu'il aimait malgré tout, et il avait très peur de le perdre. C'est pourquoi il était nerveux et gérait mal l'aspect psychologique de la partie.

— Vous avez abusé de sa faiblesse dans ce cas !

— Non plus. Je n'ai fait que disputer une partie d'échecs. C'est ni plus ni moins comme traiter une affaire, et tu es bien placé pour le savoir, n'est-ce pas ? As-tu essayé d'abuser de ma faiblesse en rachetant mon bien au meilleur prix ?

Guillaume ne répondit rien.

— Alors, tu vois ! C'est un pat. Une nulle et les torts sont partagés, voire réparés aujourd'hui. Et tu récupères ainsi une partie de ce qui t'appartient. Ma conscience est en paix et je propose qu'on en reste là. Et tout est bien qui finit bien !

Il y eut un grand silence, durant lequel chacun digérait les informations qu'il venait d'écouter. On pouvait entendre les mouches voler.

Puis, Guillaume leva son verre devant son beau-père :

— Mais c'était bien joué, et je vous félicite !

— C'est normal, voyons. Le roi n'est-il pas la pièce la plus importante du jeu ?

Ils trinquèrent de concert au grand étonnement d'Apolline.

— Il ne faut jamais sous-estimer les vieux barbons croulants, ajouta-t-il alors affectueusement. Ils n'ont peut-être plus leur prime vigueur, mais ils ont de l'expérience !

Ils partirent tous deux d'un rire entendu, à l'immense soulagement de l'assemblée.

— Quoi qu'il en soit, je vous remercie d'avoir mis votre fille sur ma route et de m'avoir accordé sa main, répliqua Guillaume.

Le comte haussa les sourcils en soupirant, ce qui sous-entendait que ce n'était pas totalement une volonté de sa part, mais qu'il s'accommodait de la situation.

Apolline devina qu'il faudrait du temps à ces deux-là pour s'entendre, mais au fond ils étaient faits du même bois, celui-là même dont étaient constituées les pièces d'échecs.

— Viens là toi ! lança le comte à sa fille.

Il la saisit alors sous son bras, tandis qu'il empoignait son gendre de l'autre :

— Et je vous prierai tous deux d'être heureux et de me donner de beaux enfants ! Un héritier serait idéal, ajouta-t-il encore en adressant un clin d'œil à Apolline.

Celle-ci pinça les lèvres en souriant, contrite.

— Si Shakespeare disait que le monde entier est un théâtre, j'avoue l'avoir toujours considéré comme un échiquier géant sur lequel les humains sont les pièces. Des pions, pour la plupart... Au fond, vous êtes un peu comme les noirs et les blancs, deux opposés complémentaires, faits l'un pour l'autre. Car ne dit-on pas que les opposés s'attirent ? (Sur ce point, Séraphin manifesta sa totale approbation.) Mais, il y a une chose que l'on ne pourra jamais contrôler, c'est l'amour ! Et celui-ci en s'invitant sur l'échiquier a introduit un souffle nouveau, avec un vent de liberté.

Apolline et Guillaume s'embrassèrent alors sous les

applaudissements des convives, lesquels n'étaient pas sûrs d'avoir tout bien compris. D'autant que le comte de Chesnay leur avait servi une liqueur de poire qui avait la faculté de faire perdre la tête...

Épilogue

Apolline virevoltait de la cuisine au salon, s'assurant que tout était prêt, tandis qu'Hector, son fils, et Florentine, la fille de sa femme de chambre, âgés tous deux de cinq ans, couraient partout entre les tables du buffet.

— A-t-on sorti suffisamment de coupes pour le champagne ?

— Oui, madame ! Et il y en a le même nombre en réserve à la cuisine, lui répondit la domestique.

— Très bien. A-t-on commencé à garnir les pains ?

— Pas encore ! Ils sortent du four et sont tout chauds.

— Ne traînez pas trop alors.

— Bien, madame !

— Et où en sont les salades et les viandes froides ?

— Prêtes à être servies. Nous attendons la dernière minute pour les assaisonner. Du moins, en ce qui concerne les salades.

— Bon, tout est parfait ! Vous êtes une perle ! Comme toujours.

Son ancienne servante, employée à temps plein à présent comme cuisinière, sourit, ravie.

Apolline regrettait beaucoup qu'elle ne soit plus sa femme de chambre, mais celle-ci ne pouvait plus continuer à assumer plusieurs fonctions à la fois. Elle avait bien mérité sa promotion assortie d'une augmentation de salaire, d'autant plus qu'elle faisait des merveilles en cuisine.

Apolline alla alors s'assurer que les tables d'échecs placées devant les grandes fenêtres du salon étaient prêtes et disposées de manière que chaque joueur jouisse d'un éclairage équivalent.

Guillaume vint la rejoindre, tout en achevant de reboutonner sa veste. Il l'attrapa par la taille et la fit tournoyer dans l'espace. Elle se mit à rire et serra ses bras autour de son cou.

— Monsieur Lavandier, vous êtes très élégant.

— Je vous renvoie le compliment, madame Lavandier. Vous êtes d'une beauté à couper le souffle !

Ils s'embrassèrent, passionnément, comme au premier jour.

— Comment te sens-tu ? s'enquit Guillaume, soucieux de son bien-être.

— Un peu anxieuse, comme à chaque fois que nous recevons des invités de marque !

— Et ils sont de plus en plus nombreux ! C'est à croire que nos parties d'échecs sont courues par le monde entier..., ironisa Guillaume.

— Mais elles le sont ! D'autant plus qu'elles sont accompagnées de fêtes de très bon goût ! (Guillaume approuva de la tête.) D'après la marquise de la Pomponière, on ne parle que de cela à Versailles. Il se murmure même que le roi lui-même souhaiterait y participer ! Mais il bien trop fier pour le faire, alors il organise des jeux de loto dans son château à la place ! ajouta-t-elle, malicieuse.

— Je doute aussi qu'il puisse décemment miser, comme nous le faisons ici..., répliqua Guillaume, sur le ton du secret.

— Assurément, répondit sa dame de cœur avec un air de conspiratrice.

— Je ne doute pas toutefois que vous soyez invitée un jour prochain à la cour. Une femme possédant un talent tel que le vôtre est une curiosité exotique très prisée dans les salons. Mais je n'aimerais pas vous voir capturée par notre souverain pour devenir sa favorite ! riposta Guillaume, jaloux, en l'embrassant dans le cou.

— Oh ! mais moi non plus ! J'ai déjà mon roi. (Ils échangèrent un regard complice.) Et puis, non seulement je sais me défendre, mais je n'ai pas envie de me faire piéger dans l'écheveau des intrigues de cour.

— Cela dit, je vous fais confiance pour savoir vous défaire des situations les plus épineuses avec brio !

— Vous me flattez, mon cher ! répliqua-t-elle, en ronronnant.

— Non point ! Je suis juste réaliste. Vous avez encore progressé aux échecs et personne ne vous arrive plus à la cheville. Si j'en juge par notre partie d'hier soir...

— Allons donc, vous m'avez encore laissée gagner, plutôt que de m'infliger la nulle ! riposta Apolline, revancharde. Mais peut-être aviez-vous envie d'aller vous coucher ?

— Cela fait cinq ans, ma chérie ! Allez-vous me le reprocher éternellement ?

— Peut-être...

— Vous êtes la meilleure, je vous l'assure !

— Allez, filez ! Mon père vous attend aux écuries pour organiser l'arrivée des attelages.

Guillaume haussa les sourcils, peu ravi à cette perspective.

— Ah, s'il n'y avait pas son carnet d'adresses si bien rempli, cela fait longtemps que je lui aurais dit ma façon de penser à ce vieux grigou... Et ce, même si j'éprouve beaucoup de respect pour lui, attention !

— Allons ! Cessez donc de vous chamailler tous deux. Il vous aime bien, et vous aussi vous l'aimez bien !

— Je lui suis au moins reconnaissant d'être votre père. Sans lui vous ne seriez point ici, avec moi.

Il l'embrassa passionnément et sortit.

Demeurée seule, Apolline secoua la tête, puis elle contempla son salon, décoré de somptueux bouquets de roses du jardin, de corbeilles de fruits frais de son verger et autres décorations en rotin fabriquées par quelques artisans du domaine. Elle prit une profonde inspiration, satisfaite et heureuse aussi. Et elle contempla la chance qu'elle avait. Elle était née privilégiée, certes, mais avait ensuite failli tout perdre, puis elle avait trouvé l'amour avec Guillaume, et dans le même temps un moyen de se rétablir et de réaliser ses propres ambitions et sa valeur personnelle.

Pouvait-elle rêver de plus belle réussite ?

Au fond, il ne lui manquait que de mettre François Antoine de Kermur, sire de Legall[1], échec et mat peut-être. Et encore...

Le mieux n'était-il pas parfois l'ennemi du bien ?

En tout cas, elle songea que, quel que soit son futur adversaire au jeu, elle n'aurait jamais de meilleur partenaire dans la vie que Guillaume. Elle sourit et avança confiante vers l'avenir.

1. Joueur d'échecs né à Versailles (1702-1792). Il est le premier joueur d'échecs professionnel.

Remerciements

Chers lectrices et lecteurs,

J'espère vivement qu'Apolline et Guillaume vous auront communiqué un peu de leur passion pour le jeu d'échecs. Voire qu'ils auront suscité suffisamment de curiosité chez vous pour vous inciter à y jouer. C'est un jeu d'une richesse inouïe, en plus de la beauté esthétique de l'échiquier et de ses pièces, et il vous apprendra beaucoup sur vous-même et sur les autres...

Je tiens à remercier Meri, amatrice d'échecs également, pour ses encouragements dans l'écriture de ce roman.

Toute ma gratitude se porte vers mon éditrice Marianne Durand, pour son accompagnement éditorial et artistique. Je suis de plus ravie de partager avec elle une passion pour le jeu, sous toutes ses formes...

Je remercie de même toute l'équipe des éditions HarperCollins ayant contribué de près ou de loin à ce roman, avec la passion qui les caractérise.

Références / Pour aller plus loin

Platel Virginie, *Le cœur des fjords*, collection Victoria, aux éditions HarperCollins.

Platel Virginie, *Désirs de liberté*, collection Victoria, aux éditions HarperCollins.

Platel Virginie, *Alchimie amoureuse*, collection Victoria, aux éditions HarperCollins.

Platel Virginie, *L'Amour pour liberté*, collection Victoria, aux éditions HarperCollins.

Platel Virginie, *Une dentellière à la cour*, collection Aliénor, aux éditions HarperCollins.

Platel Virginie, *Les Derniers Feux de la royauté*, collection Aliénor, aux éditions HarperCollins.

Platel Virginie, *Moi, guerrière viking*, aux éditions Bookmark.

Platel Virginie, *L'Envol d'une étoile ou la Gladiateur*, aux éditions du 123.